Caroline   Reinhold

Albina, das Blumenmädchen

Caroline   Reinhold

Albina, das Blumenmädchen

ISBN/EAN: 9783337360825

Hergestellt in Europa, USA, Kanada, Australien, Japan

Cover: Foto ©Andreas Hilbeck / pixelio.de

Weitere Bücher finden Sie auf **www.hansebooks.com**

Albina
das
Blumenmädchen

von

Constanze Reinhold.

———

Neue, wohlfeilere Ausgabe.

———

Nürnberg, 1826.
bei Heinrich Haubenstricker.

Albina
das Blumenmädchen
von
Constanze Reinhold.

„Lieber Herr! wollen Sie nicht Blumen kaufen?" rief eine süße Kinderstimme dem Secretair Langenheim nach, welcher mit einem Bund Acten unter dem Arm schnellen Schritts über den Markt eilte, um auf das Rathhaus zu gehen. Unwillig über den Aufenthalt, da ihn schon zu Hause der Schlag der Stunde, die ihn zur Session rief, überrascht hatte, blickte er um, und gewahrte ein liebliches Mädchen von ungefähr 9 Jahren mit einem Körbchen zierlich geordneter Blumen, welche sie ihm wiederholt mit so anmuthiger Freundlichkeit anbot, daß auch Langenheim sie freundlich anhören mußte. Er suchte Nelken, Granaten und jelänger jelieber zu einem sinnigen Strauß für sein junges Weibchen zusammen; indem schlug die Uhr wieder. Er wirft hastig dem Mädchen die Blumen wieder in den Korb, und bestellt sie nach dem Mittagessen in seine Wohnung, die er ihr genau bezeichnet. Halb ausser Athem kommt er in's Session-Zimmer und der Direktor läßt ihn über sein längeres Aussenbleiben so heftig an, daß er — aus Aerger, bleich bis in die Lippen — nicht im Stand ist, seinen Verdruß zu unterdrücken.

Der Direktor des Stadtgerichts zu E* war Langenheims

erklärter Feind, die Secretairstelle hatte dieser seinem Kammerdiener Haßlieb gewünscht und zugesagt; aber Langenheim erhielt sie durch Stimmenmehrheit, welche ein würdiges Mitglied des Raths, der den jungen Mann schätzte und begünstigte, für ihn geworben hatte. Dies trug ihm Hainau (so hieß der Direktor) immer nach und er und sein ränkevoller Diener warteten sehnsüchtig auf eine Gelegenheit, Langenheim ihre ganze Rache ungestraft fühlen zu lassen; jedoch seine Gewissenhaftigkeit und Pflichttreue, sein unbescholtenes Betragen, vereitelten alle deshalb geschmiedeten Plane. Welche bösartige Freude empfand daher Hainau, als er dem Secretair, wegen seines Verspätens recht empfindlich seine Uebermacht fühlen lassen konnte. Er überschritt dabei so sehr alle Gränzen und wurde so beleidigend, daß Langenheim gereizt, auch etwas heftig sich zu verantworten suchte. Dies war ein großes Vergehen in den Augen des stolzen Direktors; welcher verlangte, daß der Untergeordnete sich, wenn man wolle, mishandeln müsse lassen, ohne zu wiedersprechen. Der Vorgang erregte endlich Spaltungen unter den Gliedern des Raths. Der eine Theil war auf des Direktors Seite, der andere und größere aber, auf der des Assessor Freibergs, welcher Langenheims Gönner war und sich auch diesmal seiner lebhaft annahm. Es entsteht eine allgemeine Bewegung und die Sitzung wird aufgehoben.

———————

Voll trüber Ahnungen kam der Secretair nach Haus und theilte seiner Gattin den Vorgang mit. Therese, welcher das Glück zufällige Reichthümer versagt hatte, besaß dagegen einen weit größern Schatz in Geist und Herzen, und eine unendliche Fülle der Liebe für ihren Albert. Auch jetzt verstand sie es, den Betrübten aufzurichten und das, in ihrem Herzen herrschende Vertrauen auf die Vorsehung, recht lebendig in dem Seinigen zu erwecken; und das einfache Mittagsmahl wurde darauf mit so viel Ruhe und Zufriedenheit verzehrt, als wäre nichts unangenehmes vorgefallen. Nach Tisch kam das holde Kind mit den Blumen. Ihr bescheidener Anstand, ihr kindliches zutrauliches Wesen, so wie die regelmäßigen Züge ihres freundlichen Gesichtchen bezauberten die Gattin. Albina (so hieß das Mädchen) wurde von ihnen mit Liebkosungen überhäuft und für den gewählten Strauß reichlich beschenkt. Sie sollte erzählen: allein sie wußte nichts zu sagen: als daß sie ein Findling und das Pflegkind braver aber unbemittelter Leute sey, welche, aus Frankreich emigrirt, den Garten einer vornehmen, jedoch sehr kargen Herrschaft besorgten. „Noch sechs eigene Kinder und ich machen dem guten Vater Paul viel zu schaffen, und es ist recht traurig, daß ich ihm auch zur Last fallen muß" setzte das Mädchen am Schluße hinzu und dabei füllten sich ihre sanften blauen Augen mit Thränen und der niedliche Mund verzog sich zum schmerzlichen Weinen — Therese fühlte sich bei dieser Erzählung tief bewegt: denn sie wußte aus Erfahrung was es hieße: arm zu seyn. Mit ihrer Händearbeit hatte sie sich als elternlose Waise mehrere Jahre auch sehr kümmerlich ernährt, bis ihr günstiges Geschick sie in den Dienst einer trefflichen Dame brachte, welche sich auf eines ihrer Güter zurückgezogen hatte, um daselbst den frühen Tod eines heißgeliebten Gatten zu betrauern und hier in ländlicher Stille sorgte sie für die Ausbildung der natürlich guten Anlagen Theresens (welche sie wie eine Tochter liebgewann und mütterliche Zärtlichkeit ihr schenkte) mit der größten Treue. Langenheim, der mit Theresen verwandt, in Familien-Angelegenheiten sie zu sprechen genöthiget war, suchte sein Bäschen auf; er fand in ihr ein so vorzügliches Wesen, daß er sich mit dem festen Entschluß von ihr trennte: ein Amt zu suchen, das ein Paar Menschen, welche ihr Glück nicht in zeitlichen Ueberfluß setzen, ernähren würde und dann

Theresen als Weib heim zu holen. Dies geschah als er die Secretairstelle erhielt; denn auch bei ihr hatte der gebildete innige Mann einen bleibenden Eindruck gemacht und sie folgte ihm gerne. Ihre gütige Gebietherin stattete sie reichlich aus und durch weise Sparsamkeit und Fleiß war es ihnen bei der ziemlich unbedeutenden Einnahme des Mannes doch möglich: recht ordentlich auszukommen, ja noch Etwas übrig zu behalten.

***

Der Nachmittag jenes verhängnisvollen Morgen war einladend schön, Therese bemerkte wieder einige leichte Wolken auf ihres Gatten Stirne; freundlich trat sie daher zu ihm an den Schreibtisch und sagte: „wie wäre es mein Albert, wenn wir ein Bischen ins Freie giengen? In Gottes herrlicher Natur vergißt man leichter die für uns schmerzlichen Folgen der Verirrungen seiner Menschen, als in den engen Mauern!" Langenheim zog die treu besorgte Gattin an sein Herz und dankte ihr mit einem innigen Kuße; packte dann seine Schreibereien zusammen und wandelte mit ihr zur Stadt hinaus. Unterwegs kam das Gespräch wieder auf Albinen und es wurde beschloßen, den Garten aufzusuchen, wo sie sich aufhielt, um auch ihre Pflegeltern kennen zu lernen. Albinens Freude war unbeschreiblich als sie hinkamen und geschäftigt reinigte sie mit ihrer Schürze den besten Stuhl im kleinen Stübchen, um ihn Theresen zum Sitz anzubiethen. Doch sie und ihr Gatte zogen vor, in dem schön angelegten großen Garten zu gehen. Hier erfuhren sie nun in der Unterhaltung mit den wackern Gärtnersleuten: daß Albina als ein Kind in Windeln vor die Gartenthür in einen Korb gesetzt worden sey. „Als meine Dorothea, erzählte der Mann, sie am Morgen entdeckte, machte sie den Besitzern des Gartens die Anzeige davon: allein diese schickten sie höchst aufgebracht mit dem

Kinde wieder fort. Mir war es unmöglich, das arme Würmchen weinen zu hören und mich seiner nicht anzunehmen; ich ließ ihr die h. Taufweihe und den Namen Albina geben und zählte sie in Gottesnamen zu meinen Kindern, mit denen ich trotz meines ärmlichen Einkommens noch nicht erhungert bin." „Gott segnet jede gute That braver Mann!" sagte Langenheim gerührt, „aber, ist denn Albina des christlichen Werks, das an ihr geübt wurde werth?" setzte er fragend hinzu (diese war mit seiner Gattin und mit Dorothea in eine Seitenallee gegangen, um Theresen einen herrlichen Nelkenflor zu zeigen) da glänzten des Mannes Augen vor Freude und er rief aus: „Lieber Herr! mein Lebtage hab ich kein Kind gesehen, das ihr gleichkommt! so fleißig, so einsichtsvoll, so engelgut! — weil sie sieht, wie wir uns absorgen, getraut sie sich kaum satt zu essen, immer müssen wir ihr zureden. Dabei strengt sie unermüdet ihr bischen Kraft vom frühen Morgen bis an den Abend an, um uns in allem beizustehen, uns alles zu erleichtern. Sehen Sie, vorhin kam sie beinahe athemlos gelaufen und mit einem Gesicht, das die Freude glühroth gefärbt hatte, zählte sie der Mutter und mir das Geld vor, womit sie von Ihnen beschenkt wurde; dann gieng sie in ein Winkelchen der Stube, faltete die Hände und betete stille. Gewiß hat sie für Sie gebetet. Ja, ja, sie ist ein liebes Kind! Gott sey mit ihr!" so endigte Paul und große Thränen träufelten ihm über die braune Wange. Als Langenheim auf dem Rückweg der Gattin das Gespräch mit dem Gärtner mittheilte, sagte diese: „ach, was könnte aus diesem Mädchen bei einer sorgfältigen Erziehung werden! wie glücklich würde ich mich dünken, wenn ich Mutterstelle bei ihr vertreten könnte! doch will ich wenigstens thun was ich vermag mit deiner Beistimmung lieber Albert, Albinen zuweilen zu mir kommen lassen und sie in weiblichen Arbeiten unterrichten." Langenheim willigte gerne ein und Albina konnte immer die bestimmten Tage kaum erwarten, an welchen sie einige Stunden Theresens gründlichen und liebevollen Unterricht genießen durfte.

⊢——————⊣

Der Direktor Hainau welcher bei der Regierung viel Gewicht hatte, bewirkte durch eine schwarze, durchaus unwahr entworfene Darstellung, in welcher Langenheim als träg, unbrauchbar und anmaßend geschildert wurde, wirklich dessen Amtsentsetzung. Sie kam nach 14 Tagen und beugte jenen tief. Therese mußte ihre ganze Seelenstärke aufbieten, um theils sich selbst zu trösten, theils ihren Gatten vor gänzlicher Muthlosigkeit zu sichern. Nächte vergiengen schlaflos, langsam und düster schlichen die Tage vorüber und Langenheim konnte zu keinem Entschluß kommen. Endlich gab er Theresens Bitten nach, besiegte die ihm eigene Aengstlichkeit und gieng zu seinem Gönner, dem Assessor Freiberg. Mit herzlicher Theilnahme versicherte ihn dieser, daß, sobald er von seinem traurigen Schicksal gehört habe, er sogleich einem bedeutenden Freund an dem Sch*schen Hof geschrieben, denselben Langenheim geschildert und ihn gebeten habe, bei der ersten Dienststelle die sich eröffnen und die er für jenen passend finden würde, sich seiner zu erinnern. — Die Fürsorge dieses würdigen Mannes, hatte den günstigsten Erfolg.

Die schleunige Rückantwort des Finanzrath Volkmar's (dies war Freibergs Freund) enthielt den Ruf an Langenheim zur eben vacanten Secretairs-Stelle in jenem Fache, und die Aufforderung sich unverzüglich an den Ort seiner Bestimmung zu begeben. Der Assessor eilte mit dieser frohen Botschaft ungesäumt zu seinem Günstling und fand sich für seine schöne That reich belohnt in dem wiederhergestellten Glück der gerührten Gatten, welche keine Worte finden konnten, ihre Gefühle auszudrücken.

9

Albina war gerade zugegen, als Freiberg den Brief vorlas; ihr entfiel das Strickzeug als sie von Langenheims baldiger Abreise hörte; endlich entfernte sie sich. Als nun der gütige Freund weggegangen und die ersten Ergießungen der Herzen zwischen den Ehegatten vorüber waren, vermißte man Albina. Therese fand sie im kleinen Hofraum, den sie händeringend durchschritt und dabei laut weinte. „Was hast du denn Kind?" frug jene. „Ach ich kann es nicht ertragen, wenn ich Sie nicht mehr sehen soll; antwortete schluchzend das Mädchen, gewiß ich bin recht, recht unglücklich!" „Sey ruhig Kleine, es wird sich geben!" sagte Therese beschwichtigend und führte sie ins Zimmer zurück, nahm ihren Gatten beiseite und das Resultat ihres kurzen Gesprächs war — Albinen mitzunehmen. Bei der größern Einnahme, zu welcher sie die Aussicht hatten, schien es ihnen ausführbar sich um Albinen auf diese Weise verdient machen zu können. Des Mädchens Entzücken, als ihr dies kund gethan wurde, überstieg alle Beschreibung; sie jubelte laut, fiel einmal Theresen, dann wieder ihren Gatten um den Hals und gelobte eine recht gute Tochter zu werden.

Rührend war Langenheims Abschied von seinem für ihn so treubesorgten Freund; noch rührender Albinens Trennung von Vater Paul und Mutter Dorothea. So sehr beide mit freudiger Theilnahme einsahen, daß jener ein weit glücklicheres Loos zu Theil werden würde, als sie je bei ihnen hoffen konnte, so sehr sie mit Dank erkennen mußten, eine Kostgängerin weniger zu haben: so war ihnen doch das liebe Pflegkind so theuer, daß der Abschied sie recht tief betrübte. Auch Albina war sehr bewegt und konnte nicht aufhören den guten Eltern für alle Wohlthaten zu danken. „Ihr habt mir das Leben gerettet" sagte sie, „ihr habt mich christlich erzogen, und was ich bin, ist Euer Werk!" so war es auch. Die Leute waren von keiner gemeinen Herkunft und so genoßen ihre Kinder, mit ihnen auch Albina, eine bessere Erziehung, als bei andern ihres Gleichen gewöhnlich der Fall ist. Letzteres hatte mit den größern Geschwistern vom Vater Paul in den langen Winterabenden und an Sonntägen fertig lesen, schreiben auch rechnen gelernt und war durch Lehre und Beispiel der wackern Pflegeltern in allem Guten bestärkt worden, wozu sie die natürliche Anlage schon hatte.

Langenheims Aufenthalt in der Residenzstadt D* war äußerst angenehm und vortheilhaft. Die gewissenhafte Pflichttreue, der redliche Charakter und das untadelhafte Betragen des Mannes, so wie die bescheidene Sitte, das ungeheuchelte Wohlwollen und die äußere Anmuth Theresens wurde anerkannt und sie deswegen geschätzt und vorgezogen. Nicht lange, so erhielt Langenheim einen höhern Posten und noch waren nicht ganz 4 Jahre verfloßen, als er mit einer ansehnlichen Besoldung in die Stelle eines abgehenden Finanzraths einrückte. Wohl macht man zuweilen die Erfahrung, daß verbesserte Glücks-Umstände, vermehrter Reichthum und erhöhter Rang einen nachtheiligen Einfluß auf den menschlichen Charakter äussern: doch ist dieß nur **da** der Fall, wo man die **Urquelle** alles Guten auf der Welt leichtsinnig vergeßen kann und wo ein falscher Wahn herrscht, der jenen vergänglichen Dingen einen Werth beilegt, welchen sie durchaus nicht haben und den sie erst durch die Anwendung erhalten. Bei Langenheims war es anders: sie blieben nicht nur die guten unverdorbenen Menschen, die sie waren, sondern sie strebten vielmehr unabläßig nach einer immer höheren Stufe der Verfeinerung und Vervollkommnung. Ohne sich zuzudrängen nahmen sie die Aeußerungen wahrer Achtung dankbar und aufrichtig erwiedernd an, waren gleich weit von lächerlichem Hochmuth und niedriger Kriecherei entfernt und benahmen sich so wohl gegen Vornehmere würdevoll, als gegen Geringere freundlich. In ihrem Hause fand jeder, der für das Schöne und Anständige Sinn hatte, vollkommne Befriedigung, jeder Besuchende herzliche Aufnahme, jeder Unglückliche Theilnahme und Trost und — was die Hauptsache war — ein **frommer** Sinn heiligte dies alles, theilte sich allem mit, was mit Langenheims in Berührung kam und zeigte sich auch in der, ohne ängstliche Scheu pünctlichen Ausübung äusserlicher gottesdienstlicher Handlungen. In solchen Umgebungen und unter einer solchen Leitung wurde Albinens Geist und Herz auf die vorzüglichste Weise ausgebildet. Langenheim ließ sie von den besten Lehrern in allen Wissenschaften und Künsten unterrichten, welche einem Mädchen nothwendig sind, die späterhin einen Gatten beglücken, in weiche Kinderherzen den Saamen alles Schönen und Guten streuen, und auch selbst in freundschaftlichen und gesellschaftlichen Verhältnissen eine erfreuliche und vortheilhafte Rolle spielen will. Therese ließ sie an allen häuslichen Beschäftigungen Antheil nehmen, und konnte ihr bald einen großen Theil der Führung ihres Hauswesens überlassen. Das Beispiel der anspruchslosen und doch so verdienstreichen Pflegemutter leuchtete ihr auf ihrem heitern Jugendweg voran und so wurde sie, ohne daß sie es wußte, eines der vorzüglichsten weiblichen Geschöpfe und glaubte: sie könnte nun gar nicht anders denken, handeln und seyn. Ihre Vorzüge und ihre dankbare innige Liebe zu ihren Wohlthätern ließ diese leichter das Glück verschmerzen, das ihnen die Vorsicht versagte, eigene Kinder zu besitzen.

Langenheim folgte in D* — wo eigentlich der Sammlungsort der schönen Künste und Wissenschaften so wie ihrer Priester und Jünger ist — selbst einer frühern Neigung und erhöhte durch häufigen Umgang mit Künstlern und Kunstfreunden sein natürliches Gefühl dafür, schärfte sein Urtheil, verfeinerte seinen Sinn, vermehrte seine Kenntniße und überließ sich oft solcher reiner Genüsse. Sein Haus, das jedem Gebildeten offen stand, bekam den Ruf, daß Virtuosen und Künstler vorzüglich darinnen willkommen wären, und so wurde es von Einheimischen und Fremden fleißig besucht. Nur 2 der holden 9 Schwestern: Melpomene und Thalia konnten sich keiner freundlichen Duldung bei Langenheims erfreuen. Alles, was auf das Theater Bezug hatte, war ihm zuwider und in dem sonst heitern und offenen Wesen des Mannes gieng eine sichtbare Veränderung vor, wenn irgend ein Gespräch oder ein anderer Zufall seine Blicke auf jene Art der öffentlichen Unterhaltung hinlenkte. Therese gewohnt immer den Wunsch ihres Alberts gemäß zu handeln, äusserte nie einen Wunsch nach dem Genuß jenes Vergnügens und so blieb das dortige berühmte Theater von Allen unbesucht.

―――――――

An einem Abend hielt ein Reisewagen vor Langenheims Wohnung, Baron Volkmar, der Freund des Assessor Freibergs stieg mit seiner Tochter Eugenia aus und kündigten sich als Gäste bei ihnen an. Er war ehedem bei Hof angestellt, und war derjenige welcher auf des Assessors Fürsprache, Langenheim eine Anstellung in D* verschafft hatte, aber noch ehe dieser an seinen neuen Aufenthalts-Ort kam, erhielt jener den Ruf als Präsident in eine entfernte Kreisstadt. Welche Verpflichtung fühlten die Gatten, dem achtungswürdigen Manne ihre innige Dankbarkeit durch das rücksichtsvollste und aufmerksamste Benehmen zu beweisen! ― Am andern Tag kam beim Mittagsessen die Unterhaltung auf das Theater und es sprach sich bei dem Präsidenten und seiner Tochter eine leidenschaftliche Vorliebe für dasselbe aus. Ersterer beklagte sehr, diesen

Abend durch eine andere Einladung abgehalten zu seyn ins Schauspiel zu gehen und Langenheim mußte den Pflichten eines gefälligen Wirthes seine Abneigung zum Opfer bringen und Eugenien durch seine Gattin und Albinen ins Theater begleiten lassen. Es wurde Müllners Schuld gegeben. Eine fremde Schauspielerin trat in der Rolle der Elwire auf und rieß durch die Kunst ihres Spiels das Publikum zur Bewunderung hin. Die Leiden eines wunden Gewissens stellte sie mit so furchtbarer Natürlichkeit dar, daß jedes Gemüth und vorzüglich Albinens im Innersten ergriffen wurde. Sie verbarg sich einigemal an Theresens Busen und flüsterte in heftiger Bewegung: „Ach Mutter! Mutter! ich möchte vergehen!" Der Anblick der Schauspielerin erregte ein Gefühl in ihr, für das sie keine Worte hatte. Verließ jene die Bühne so war Albina zerstreut und wünschte sie wieder, ja immer zu sehen; trat sie auf, so war dem Mädchen so wohl, so weh, daß sie mit sich zu kämpfen hatte, um nicht die Aufmerksamkeit Anderer auf sich zu ziehen.

Therese schrieb ihr Benehmen der Neuheit des Gegenstands zu und ermahnte im Nachhausgehen Albina leise: dem Vater nichts von dem Eindruck zu sagen, welchen der erste Genuß des Schauspiels auf sie gemacht hatte, es möchte ihm Verstimmung, und ihr seinen Tadel zuziehen.

Bei dem 2ten Debüt der Schauspielerin ward Langenheim von Volkmar aufgefordert, mit ihm das Theater zu besuchen. Er konnte nicht ausweichen ohne unartig zu seyn. Das Schauspielhaus war gedrückt voll; selbst in der Loge, wo sie sich befanden waren mehr Personen als eigentlich seyn sollte. Auf diese Weise blieb Langenheim ganz hinten an der Thüre stehen: jedoch als die Schauspielerin auftritt und einige Worte spricht, drängt er sich vor, wirft einen Blick auf die Bühne, ergreift die Hand des neben ihn stehenden Barons, die er krampfhaft drückt, sagt ihm ins Ohr: „mir wird schlimm!" und stürzt zur Loge hinaus.

Er traf zu Hause Niemanden. Die Frauenzimmer waren in einer Theevisite. Langenheim schließt sich in sein Zimmer ein und kämpft mit seinem aufgeregten Innern.

„Die Schauspielerin — ja sie war es — ich täusche mich nicht — sie ist Cornelia Bergen" — ruft er aus und schreitet heftig im Zimmer auf und ab.

Ein Diener, der seinen Herrn sprechen wollte, fand das Gemach verschloßen und säumte nicht, es sogleich Theresen bei ihrer Zurückkunft zu melden. Als sie ihre sanfte Stimme vor der Zimmerthüre ihres Gatten hören ließ, öffnete er dieselbe, aber ach! was erwartete sie hier. Bei dem trüben Schimmer einer lang hinunter gebrannten Kerze, schien sein blasses Antlitz eher einem Todten als einem Lebendigen anzugehören, seine Arme hingen schlaff herunter und sein scheuer Blick vermied den ihrigen. „Gott! was fehlt dir mein Albert?" rief die Erschrockene. Statt der Antwort stürzte er zu ihren Füßen und Therese fühlte den brennenden Fieberhauch seines Mundes auf ihrer Hand. „So sprich doch um Gotteswillen!" fuhr Therese fort und zitterte am ganzen Körper. „Ach! mein Weib wird mich hassen, sie wird mich verlassen — ich werde grenzenlos elend seyn!" jammerte Langenheim; sprang auf, rang die Hände, warf sich auf das Sopha und verhüllte sein Gesicht in die Kissen. Die bestürzte Gattin hielt ihn fest umschlungen und beschwor ihn mit den zärtlichsten Ausdrücken, sie von dem peinlichen Zustand der Ungewißheit zu befreien und seinen Kummer ihr zu entdecken. „Ich will dir ihn ja gerne tragen helfen, wäre es noch so schwer" setzte sie tief bewegt hinzu. Lange bat sie vergebens. Endlich richtete er sich langsam auf, fuhr mit der Hand über die heiße Stirn und sagte, indem er den Blick finster auf die Erde heftete: „Ich will — ich muß dir alles sagen Therese! sollte es mich auch deine

Liebe kosten. — Es wird zwar vorüber gehen, was heute mein Gemüth erschütterte — es ist auch möglich, daß es dir verborgen bliebe und — die sogenannte feine Welt würde das Ganze vielleicht für unbedeutend halten! — aber ich, nein ich kann es nicht! in das treue Aug meines geliebten Weibes könnte ich nimmer mit Ruhe blicken, an diesem stillen frommen Herzen würde das Meinige nimmer seinen Frieden finden, wenn ich dir verheelte, was mir heute begegnet ist." Dabei sank er mit dem Kopf auf Theresens Schulter und preßte ihre Hand an sein laut pochendes Herz. „Du warst im Theater?" frug die Gattin ahnungsvoll um ihm bei seiner Mittheilung entgegen zu kommen. „Ja," flüsterte Langenheim, „und — die fremde Schauspielerin." — Therese zitterte. — „Zittre nicht so theures Weib!" fuhr jener fort; „schwach war dein Albert, er ist es noch, aber niedrig konnte er nie handeln; höre, und dann richte mich. Cornelia Bergen war wohl einst der Gegenstand meiner heftigsten Liebe. Sie war von ausgezeichneter Schönheit und Liebenswürdigkeit, besaß einen gebildeten Geist, so wie Sinn und Liebe für die Kunst und Wissenschaften. Der Eindruck, den dies Alles auf mich machte, verstärkte sich durch den Vorzug, welchen sie mir vor allen ihren Verehrern gab und bald waren wir einig unter uns. Meinem Vater, der schon viele Jahre kränklich war, wurde mein Verhältniß zu Cornelien von einer geschäftigen alten Base hinterbracht und er zürnte so heftig darüber, daß ich viele trübe Stunden hatte: Denn ich liebte ihn herzlich, lag aber zu fest in Corneliens süßen Ketten, als daß es mir möglich gewesen wäre, mich hier loszureissen. Ein jäher Tod entriß mir den Vater in dieser Katastrophe und oft schlich sich der reuige Sohn zu seinem Grabe und weinte hier seinen Schmerz darüber aus, daß unversöhnt mit ihm das väterliche Herz gebrochen ist. Meine dadurch oft getrübte Stimmung mißfiel Cornelien, welche immer heiter und fröhlich war und bald bemerkte ich eine Veränderung in ihrem Betragen. Ich forschte nach und erfuhr, daß ein fremder Officier mich bei ihr verdrängt habe, mit diesem verschwand sie auf einmal. Ach Therese! was ich hier litte war unbeschreiblich! Jahre lang kämpfte ich mit meiner Liebe, mit meiner Reue, die mitleidige Zeit zog nach und nach einen Vorhang über die Ereigniße der Vergangenheit und mir wurde das Glück dich mein gutes Weib kennen zu lernen, durch die Verbindung mit dir wurde jede Forderung meines Herzens befriedigt und der Schatten meines Vaters versöhnt: denn oft entwarf er mir das Bild eines Mädchens, wie er es für mich gewünscht, und diesem warst du nicht nur ähnlich, du übertrafst dasselbe. Daß ich nun ganz in der glücklichen Gegenwart lebte, dieß Therese wird dir meine unverstellte, immer gleiche Zufriedenheit und Ruhe gezeigt haben; aber ich wollte nicht frevelnd durch unangenehme Erinnerungen an die Vergangenheit selbst meinen Frieden stören: daher vermied ich das Theater, und alles was darauf Bezug hatte. Heute nun trat ich mit bangem Vorgefühl in die Loge. Nicht lange, so hörte ich die bekannte Stimme, ein Blick und ich erkannte Cornelien — Alles was ich Trübes und Angenehmes in dem einstigen Verhältniß mit ihr erfahren hatte, stürmte in dem Moment auf mich ein und ich eilte fort, um in meinem häuslichen Asyl mich wieder zu finden. Hier entstand aber erst recht eigentlich der Aufruhr in meinem Innern. Die Schuld, an dir du Treue, durch Verheimlichung meiner frühern Verhältniße begangen, stand riesenhaft vor mir, mich folterte die Angst, wenn und wie du es erfahren würdest — ich verwünschte meine Schwäche, die mich verhinderte, jenes überraschende Ereigniß männlich zu behandeln und durch welche ich ihm eine Wichtigkeit gab, die es wohl nicht mehr hat — tausenderlei Plane durchkreutzten mein Gehirn, und ich konnte keinen festhalten. Nun erschienst du Engel! die ruhige Klarheit deines ganzen Wesens vergegenwärtigte mir dein Anblick. Auf einmal war auch ich mit mir im Reinen.

Ich fühlte und dachte nichts mehr als die Ueberzeugung, daß ich dir Nichts verschweigen dürfte und nun — ist es hier leichter," sagte er, indem er auf die Brust deutete.

Therese hatte während der Erzählung mühsam nach Fassung gerungen, denn der süße Wahn: daß sie **alleine** Alberts Herz besessen habe, war zerstört, ihr felsenfestes Vertrauen auf seine Treue die sie nach der ihrigen maß, war erschüttert und die Aussicht in ihre häusliche Zukunft schien ihr in diesem Augenblick getrübt. Jedoch, wer vermag den Grad der Stärke der Liebe eines edlen Weibes zu bestimmen! — Schwer ist der Streit eines Helden mit äußern Feinden, ungleich schwerer der, jener weiblichen Heldinen, mit den innern Gegnern! aber — ihr Panier ist die Liebe! mit diesem kämpfen und siegen — sie dulden, sie tragen, sie verläugnen sich selbst und ermüden nicht bei den fortwährenden Forderungen **der** Pflichten, welche sie aus Liebe übernommen haben. Auch Therese duldete keine andere Empfindung in ihrem Herzen. Sie war bald wieder mit sich ganz einig und strebte nur noch die letzte Regung einer vorübergehenden Wehmuth in sich nieder zu kämpfen, als Langenheim endigte.

Nach einer kurzen Pause sagte sie sanft: „ich will kein Gedächtniß für die Vergangenheit haben, für die Gegenwart will ich mir Kraft von Gott erbitten und die Zukunft wird mich wieder mit deiner Liebe belohnen." „Herrliches trefliches Weib" rief Langenheim, warf sich vor ihr auf die Kniee und bedeckte ihre Hand mit Küssen.

Therese bat ihn, ruhig zu werden und mit ihr gemeinschaftlich den Plan zu einer übereinstimmenden Handlungsweise für die nächsten Tage und Stunden zu überlegen, um in keiner Hinsicht den äussern Anstand zu verletzen, da seine schnelle Entfernung aus dem Theater, leicht Aufsehen erregt haben könnte.

„Ich werde alles thun, was du willst," sagte Jener, „handle du für mich, ich kann es nicht. Das Ganze hat ohnehin nicht nur mein Gemüth, sondern auch meinen Körper so sehr angegriffen, daß ich mich recht unwohl fühle." Besorgt bat ihn Therese, sich niederzulegen und bestand darauf, nach einem Arzt zu schicken. Indem sie über den Vorplatz eilte, um einem Dienstmädchen hiezu den Befehl zu ertheilen, hörte sie die Treppe herauf gehen. Sie blieb stehen und — siehe da, der Präsident stieg mit einem Frauenzimmer dieselbe herauf, in welcher er Theresen die gefeierte Schauspielerin und dieser, die Dame von Haus: Frau Finanzrath Langenheim vorstellte. Höchst schmerzlich überrascht, war Therese mit sich selbst zu viel beschäftigt, um die Bestürzung Corneliens bei Erwähnung dieses Namens wahrzunehmen und Volkmar scherzte darüber, da er sie für Schüchternheit auslegte und sie versicherte: Einer Priesterin Thaliens müßte dies Gefühl ganz fremd seyn, zumal in einem Hause, worin der Kunst so sehr gehuldigt würde. Therese fand während dieser Rede Zeit, sich zu sammeln und nachdem sie, den Gatten mit Unpäßlichkeit entschuldigend, die Gäste ins Speisezimmer geführt hatte, entfernte sie sich auf kurze Zeit, schrieb mit Bleifeder auf ein Stückchen Papier: „Ich sende Dir Albina zur Pflege, da unsere Gäste, worunter auch Cornelia ist, mich in Anspruch nehmen; beunruhige Dich nicht! ich werde mich zu beherrschen wissen und hoffe, auch Du wirst Niemanden dein Inneres verrathen. Am wenigsten Albinen." Mit diesem Zettelchen schickte Therese Albina gleich von der Küche, in welcher sie beschäftigt war, zum Vater, mit der Weisung, ihn nicht zu verlassen, bis sie von ihr abgelößt werden würde. Dann kehrte sie mit dem festen Entschluß: ihr aufgeregtes Inneres zu bemeistern, zu ihren Gästen zurück. „Ganz stille, armes Herz!" sagte sie leise und drückte fest die Hand darauf, „du darfst heute dein Recht nicht geltend machen." Der gefällig arrangirte runde Tisch lud freundlich zur Abendmahlzeit ein. Volkmar ein feiner Weltmann führte das Wort, Eugenia kramte dazwischen hie und da ein gelehrtes Wissen aus; Therese lächelte, erzählte, hörte aufmerksam zu: doch Alles mit der höchsten Anstrengung und — Cornelia, ganz gegen die Weise der Schauspieler war ernst, bescheiden und sprach nur, wenn sie aufgefordert wurde, dann aber mit einer Tiefe des Gefühls, mit einer Wärme, und mit einem Reichthum von Kenntnißen, daß Therese sie bewundern mußte. Corneliens ganzes Wesen erregte ihre Theilnahme und ihre angebohrene unaussprechliche Milde löste bald den Zwang, den sie Anfangs ihrem Benehmen anlegen mußte in natürliche Werthschätzung und Freundlichkeit auf. Ihre Geistes-Stärke ging so weit, daß sie, nachdem die Gäste sich entfernt hatten, ihres Gatten heftige Aeußerung über Corneliens Besuch mit vieler Mühe beschwichtigen und ihm von der gehaltreichen Unterhaltung während des Abendeßen manches mittheilen konnte. „Edles, edles Weib! wie hoch stehst du über mir!" rief Langenheim und preßte ihre Hand an seine Lippen. „Ich thue nichts" erwiederte Therese, „als was mich die Liebe zu dir, und die Gerechtigkeit gegen Andere lehrt; ja der Wohlstand erfordert, daß ich morgen Cornelien einen Gegenbesuch mache," fuhr sie fort; „mein Albert hat doch nichts dagegen?" „Wie könnte ich!" antwortete er, „ich unterwerfe mich ja allen deinen Anordnungen!"

Am folgenden Tag, als sich Therese wirklich anschickte um zu Cornelien zu gehen, sagte Albina, indem sie der Mutter den Mantel umgab und die Schleifen der Haube ein wenig ordnete: „ach, wenn ich dich zu der intereßanten Frau begleiten dürfte, liebe Mutter! welche Freude wäre mir dies! Gewiß, als ich gestern Abend, dem Vater zur

Unterhaltung eine Lectüre zur Hand nahm, laß ich wirklich gar nicht hübsch. Ich war so zerstreut, daß er es einigemal bemerkte und unwillig wurde, aber ich konnte mir nicht helfen, ich war immer im Geist im Speisezimmer und nur dein Gebot hielt mich ab bei Euch ein Bischen zuzusprechen, denn unvergeßlich ist mir der Eindruck welchen die Künstlerin auf mich gemacht hat." „Nun, wer weiß," erwiederte Therese, „sie verlängert vielleicht ihren Aufenthalt, dann könnte es sich wohl fügen, daß du mich einmal zu ihr begleiten würdest."

Therese wurde bei Cornelien angemeldet, vermißte aber bei dem Empfang ganz die gewandte Schauspielerin; sichtbar befangen wurde sie begrüßt. Jedoch nach einigen gewöhnlichen Erörterungen des Theaters und Corneliens Kunst, worin so viel Steifes und Gezwungenes lag, daß es Theresen drückend wurde, begann diese mit wahrer Engelsfreundlichkeit, indem sie Cornelien näher rückte und ihre Hand ergriff: „mein ganzes Gefühl sträubt sich gegen die Art und Weise unsers gegenseitigen Benehmens, ich bin es mir klar bewußt: **so** kann und darf es nicht bleiben; von einem wichtigen Ereigniß Ihres Lebens unterrichtet, habe ich ein Recht zu wünschen, daß zwei Herzen, die sich in **einem** Gegenstand begegneten, sich nicht fremd bleiben möchten, lassen Sie uns diesen ungestörten Augenblick benützen, sie gegeneinander zu eröffnen, lassen Sie uns von der gewöhnlichen Weise unsers Geschlechts abweichen, wo Eifersucht und Haß vielleicht jetzt trennend zwischen uns tretten würde. O ich kann Sie nicht hassen," rief sie lebhaft, „ich **muß** Sie lieben, mein Albert hat Sie geliebt und — ich täusche mich nicht — Sie verdienten diese Liebe!" Cornelia war tief erschüttert und brach in Thränen aus. „Himmlische Güte!" stammelte sie „— nein — nein Sie irren! ich war die Liebe eines so vorzüglichen Mannes nicht werth. In dem Feuer des Unglücks geläutert, darf ich mich wohl **jetzt**, mit einigem Selbstgefühl der Annäherung eines so edlen Wesens freuen — aber die Vergangenheit reicht mir stets nur des Vorwurfs Wermuthsbecher. Doch dieser Augenblick giebt meinem verweißten Herzen, was es Jahrelang vergebens suchte: Mitgefühl, Theilnahme, Freundschaft! o ich bin unaussprechlich glücklich!" setzte sie im höchsten Affect hinzu und warf sich in Theresens Arme.

Sie glaubte: dieser ihre innige Dankbarkeit durch ein unbedingtes Vertrauen am sprechendsten zu beweisen und in der Ueberzeugung theilte sie der edlen Freundin ihre ganze Lebensgeschichte mit:

Von Schauspielern gebohren, war sie schon als kleines Kind auf der Bühne einheimisch geworden. Ihr Vater gehörte zu den Gebildetern seines Standes und wandte auf die Erziehung seiner einzigen Tochter viel Fleis und Mühe. Ein geschickter ältlicher Schauspieler, der ihr sehr gewogen war, trug auch das Seinige dazu bei und so wurde in ihr nicht nur der Sinn für die Wissenschaft geweckt, sondern auch genährt und vortheilhaft würkte dies auf ihr ganzes Betragen. Ihr Aeusseres zog ihr überall einen Schwarm von Verehrern zu, deren Absichten aber größtentheils unlauter waren, jedoch so leichtsinnig Cornelia schien, so streng tugendhaft war sie wirklich. Ihre Eitelkeit gefiel sich in den Bewerbungen der Männer, allein ihre Würde wußte dieselben in den Schranken der Sittlichkeit zu erhalten. Langenheim näherte sich ihr auf eine Art, welche seinen reinen Sinn und seine Liebe für Kunst und Wissenschaft aussprach, dies machte ihr ihn sehr theuer. Die Stunden, die sie zusammen verlebten, verstrichen nicht blos unter Kosen und Tändeln: sie lasen miteinander die besten englischen, italienischen und französischen Werke, er suchte mit ihr den Geist ihrer Rollen auf und half sie ihr einstudiren, oder hörte ihrem Spiel auf dem Flügel und auf der Guitarre zu. Diese reinen Genüsse wurden indessen bald durch die

Unzufriedenheit des Vaters Langenheims gestört. Albert kam nun oft in trüber Stimmung zu Cornelien und als endlich vollends der Vater jäh und unversöhnt mit dem Sohne starb, war dieser einige Zeit ganz tiefsinnig. Ob sich wohl seine Liebe gegen Cornelien immer gleich blieb und ihr Einfluß auf seine Stimmung, wenigstens in ihrer Gegenwart sichtbar vortheilhaft war: so wurde es dieser doch in die Länge peinlich, immer trösten, immer beruhigen zu müssen und zum Unglück lernte sie in der Periode einen Officier kennen, der mit einem sehr vortheilhaften Aeussern die Gabe der Verführungskunst im hohen Grad besaß. Er verstand es, Langenheim zu verdrängen und in Cornelien eine glühende Liebe für ihn zu erwecken. Die Revolution in Frankreich wüthete, die deutschen Fürsten boten ihre Völker auf, auch Romberg (so hieß der Officier) bekam Ordre zum Marsch. Er überredete Cornelien ihm ins Hauptquartier zu folgen. Hier lebte von ihm ein Jugendfreund als Geistlicher. Dieser mußte den ungestümen Bitten desselben nachgeben und das Paar trauen.

„Kurz war der seeligste Traum meines Lebens!" sagte tiefseufzend Cornelia, „und fürchterlich war sein Erwachen. Was Liebe erfinden kann um zu beglücken, das war mein schöner Theil in den geschloßnen Ehebund und in der noch **nie** genossenen, aber in ihrer Neuheit mir unbeschreiblich süßen häußlichen Stille, entflohen mir die glücklichen Flitterwochen. Allein bald entdeckte ich finstre Wolken auf der Stirne meines Gatten. Er wich meinen ängstlichen Fragen aus und half sich mit leeren Ausflüchten. Sein Trübsinn nahm jedoch immer mehr zu und — an einem Abend, wo er mit einer seltsamen Bewegung von mir schied, da ihn Dienstgeschäfte riefen — sah ich ihn zum letztenmal! Vergeblich wartete ich zur gewöhnlichen Zeit auf seine Rückkehr. Die Nacht erschien, sie verstrich, ohne Ruhe und

Schlaf für mich und — Romberg kam nicht wieder." Ein Strom von Thränen unterbrach hier Cornelien, Therese umfaßte tiefgerührt die Trauernde und ihre innige Theilnahme besänftigte den aufgeregten Sturm in dem Gemüth derselben. Nach einer Pause fuhr sie fort: „Ich erfuhr nachher durch meine Wirthsleute, welches gute Menschen und mir in Liebe und Mitleid sehr zugethan schienen, daß Romberg meinetwegen ein Duell gehabt hätte und da dies unglücklich ausgefallen sey, genöthigt worden wäre: mich und den Dienst heimlich zu verlassen. Wer beschreibt meine hülflose Lage! Ohne alles Vermögen, mit jener Gesellschaft, von der ich mich durch Romberg verleitet, selbst getrennt hatte; aus aller Verbindung, hatte ich Niemanden auf der weiten Welt, dem ich näher angehörte und war also auch nicht im Stand irgend eine andere Lebensweise zu beginnen, als mich eben wieder auf eine andere Bühne zu begeben. Mein Hauswirth dem ich mich vertraute und der mich mit etwas Geld unterstützte, erbot sich, mit dem Direktor der Truppe, welche in dem Ort spielt, wo ich mich befand, meinetwegen zu sprechen: allein mir war es unmöglich hier aufzutreten; ich verkaufte einen Ring, das Einige was ich noch von Werth besaß und fuhr mit dem Postwagen nach C* wo ich bei dem dortigen berühmten Theater gerne aufgenommen wurde. Vor Mangel war ich nun wieder geschützt: aber in meinem Innern sah es furchtbar aus. Das Leiden einer Betrogenen, immer noch heftigen Liebe, erkannte ich für eine gerechte Strafe meiner an Langenheim verübten Untreue, der mir, nicht nur die öffentliche Meinung, sondern auch die Liebe seines Vaters geopfert hatte. Die Sorge um sein Schicksal, welches das Gefühl meines eigenen Glückes verdrängt hatte, trat wieder hervor und verfolgte mich immer, auch wollte mir das Schauspielerleben durchaus nicht mehr zusagen. Ich hatte — wie wohl nur in kurzen 4 Wochen — mit meinem Romberg gefühlt, was häusliches Glück ist und mit unaussprechlicher, doch vergeblicher Sehnsucht hing ich den süßen Träumen nach, die mir meine rege Phantasie davon entwarf. Die Zeit nahte heran, wo ich einem armen vom grausamen Vater verlassenen Kinde das Leben geben sollte, ich konnte nicht mehr auf der Bühne erscheinen und in die trübe Einsamkeit, in welcher ich nun lebte, folgten mir die Gespenstergleichen Bilder meines Unglücks.

Endlich vertrieben die Kriegsunruhen unsere Gesellschaft aus jener Gegend. Auf der Reise wurde ich in einem kleinen Oertchen von einer Tochter entbunden. Doch" — hier schien Cornelia mit einer geheimen Unruhe zu kämpfen — „doch auch das Kind starb. Für so viele bittere Erfahrungen suchte ich Trost in dem Gebieth der Wissenschaften und durch immerwährendes Studium gelang es mir, mich mit bereichertem Geist aber verarmten Herzen auf den Standpunct empor zu schwingen, auf welchem ich nun stehe, wo ich gewöhnlich rauschenden Beifall einerndte, doch sonst auch Nichts für meine bessere Sehnsucht gewinne. Meine Absicht ist auch, mir nur eine gewisse Summe zu erwerben, dann auf dem Lande mich anzukaufen und dort in der Stille mein vergriffenes Leben zu vertrauern. — Wohl" setzte sie noch hinzu, „habe ich jetzt viel, sehr viel meinem Verhältniß als Schauspielerin zu danken! ich lernte durch dasselbe ein Wesen kennen, das, wie ein tröstender Engel aus bessern Welten, wieder Ruhe und Stille in das ungestüme Meer meiner Empfindungen gebracht hat. Auch weiß ich, daß Langenheim glücklich ist, ertrage also leichter in Zukunft mein eigenes Unglück. Ach, wie konnte ich mir **die** seelige Folge denken, als ich mich gestern entschloß, Ihrem Gast zu folgen, welcher mich nach geendigtem Schauspiel aufsuchte und mir anbot mich in das Haus eines seiner Freunde zu bringen, worinnen Künstler so sehr willkommen wären; ich willigte ziemlich gleichgültig ein, denn erst, als ich vor Ihnen stand, hörte ich den mir unvergeßlichen Namen. Geübt in der Kunst mich, wenn es seyn muß, auf der Bühne anders zu geben als ich bin, war mir doch dies in jenem Augenblick eben so unmöglich als auch vorhin bei Ihrem Eintritt eine Verwirrung zu verbergen. Nur Ihre hinreißende Herzlichkeit und Güte —" „Wie glücklich wäre ich," fiel Therese hier schnell ein, „wenn ich mir durch mein Benehmen eine Freundin gewonnen hätte!" Cornelia hob das schöne dunkle Aug gen Himmel, faltete die Hände und sprach in Begeisterung: „Gott! mache mich dieses großen Glückes, der Freundschaft dieser Edlen würdig!" —

Mit kurzer Auswahl theilte Therese nach und nach ihrem Gatten aus Corneliens Lebensgeschichte mit, was ihr, ihm zu sagen nothwendig däuchte (auch Albinen erzählte sie manches davon, welches diese mit großem Intereße aufnahm). Vorzüglich blieb sie bei dem, von der Freundin geäusserten Wunsch: vom Theater wegzugehen und sich auf dem Lande anzukaufen — öfters stehen, und sprach denselben gleich einem Eigenen aus. Zufällig wurde eben ein kleines Landhaus in der Nähe der Stadt feilgeboten und Therese forderte von ihrem Gatten als einen Beweis seiner Liebe für sie: ihr das dazu erforderliche Capital als Vorschuß für Cornelien und seinen Beistand bei den Unterhandlungen des Kaufs zu bewilligen. Langenheim betrachtete sie lange stillschweigend. Er fürchtete durch irgend eine Aeußerung das zarte Gefühl ihres schönen Herzens zu verletzen, das er fähig war in diesem Augenblick ganz zu durchschauen, ganz zu verstehen. Endlich schloß er sie in seine Arme und sagte: „bestimme über mein Vermögen, über meine Handlungsweise! mein edles Weib wird nichts von mir fordern, das ich nicht leisten könnte und leisten dürfte." Mit inniger Rührung hörte und nahm

Cornelia Theresens großmüthiges Anerbiethen an, und es entzückte sie die Aussicht künftig in der Nähe dieser theuern Freundin ein glückliches und ruhiges Leben führen zu können. Sie verlangte und erhielt bald darauf ihre Entlassung vom Theater und fühlte sich durch Theresens achtungsvolle Freundschaft mehr geehrt, als durch alle, noch so vortheilhafte mündliche und schriftliche Urtheile über ihre Kunst, wovon die Zeitschriften erfüllt waren und die gesellschaftlichen Zirkel wiederhallten. O den Besitz eines edlen Menschenherzens wiegt keine Krone auf: sie sey von Gold oder von Lorbeeren!

Therese gieng nun wegen des Kaufs des Landguts öfters zu Cornelien, denn Langenheim hatte jede **mittelbare** Hülfe versprochen, aber kein Verlangen gezeigt, sich Cornelien persönlich zu nähern. Die Gattin schien ihn hier ganz ruhig nach eigener Willkühr handeln zu lassen, äusserte keine Besorgniß, daß sich die alten Freunde wieder sehen würden, wollte es aber auch nicht absichtlich veranlassen, sondern überließ Alles dem Gang der Zeit und des Schicksals, welchem auch Cornelia nicht vorgreifen zu wollen schien und Langenheims Haus seit dem ersten Besuch nicht betretten hatte. Therese hatte ihr von dem Eindruck, den ihr Wiederfinden auf Langenheim machte, nichts gesagt, aber sie aufrichtig seiner fortdauernden Freundschaft oft versichert und auf diese Weise ein rein herzliches doch leidenschaftsloses Gefühl in beider Gemüther erregt und unterhalten.

Bei einem jener Besuche, die Therese häufig bei Cornelien machte, erzählte Erstere dieser von ihrer geliebten Pflegetochter Albina. Sie war unerschöpflich in ihrem Lob und fand bei Cornelien eine wunderseltsame Theilnahme. Bei der regelmäßigen Schönheit Albinens erwähnte sie, als eines kleinen Verstoßes gegen dieselbe eines Mal's am Halse, weswegen sie genöthigt sey, ihren blendend weisen Nacken, immer in hohe Chemissetten zu verhüllen. „Wie ist dies Mal gestaltet?" frug Cornelia schnell? „Ganz wie ein natürliches Erdbeerchen" antwortete Therese. „Gott! mein Kind, mein Kind! meine wiedergefundene Tochter!" rief ganz ausser sich Cornelia, stürzte vor Theresen nieder, hob die Hände empor und flehte: „Engel! vollende dein himmlisches Werk! gieb mir mein Kind wieder! Ich will Tag und Nacht sinnen, wie ich deine Liebe dir vergelte! Ja fordre was du willst, ich will Alles thun, nur sey barmherzig und gieb mir meine Tochter wieder!" Therese hob sie tröstend auf und versicherte freudig: augenblicklich Albinen davon zu benachrichtigen und ihr dieselbe zuzuführen. Sie eilte auch sogleich nach Haus und als Albina ihr entgegen kam, umarmte sie dieselbe gerührt und sagte: „Du ahnest wohl nicht gutes Kind! welch ein wichtiger Augenblick dir naht, bereite dich auf eine große Freude vor!" „o Mütterchen! sprich doch," schmeichelte Albina! „ich bin voll Begierde." Sie waren jetzt ins Zimmer gekommen und hier entdeckte ihr die bewegte Pflegemutter, daß Albina sich von ihr trennen müsse, um an dem Herzen der eigenen Mutter zu ruhen. Welch eine Fluth süßer Empfindungen goßen diese Worte in des Mädchens Seele. Wie fühlte sie die Stärke der, in den Banden des Bluts begründeten Rechte der Natur! Von welch ganz anderer Art war, was sie jetzt empfand im Vergleich mit dem, was sie für ihre geliebten Pflegeltern fühlte! Mit der ihr eigenen Offenheit warf sie sich Theresen in die Arme und sagte: „so lang meine Lebenspulse schlagen und noch jenseits werde ich mit unaussprechlicher Liebe und Dankbarkeit dich verehren: aber vergieb der Sehnsucht die mich fest mit aller Gewalt zu meiner Mutter hinzieht. O Albina ist nicht mehr heimathlos! Wie viel süßes liegt in diesem Gedanken! und ich habe eine Mutter, die du werth hälst, die ich lieben und achten kann und die auch mich, so, wie ich durch deine treue Fürsorge bin, nicht von ihrem Herzen wegweisen wird. Komm, o komm, daß sie sich mit mir zu dem Dank vereinigt, den ich so tief fühle, für den ich aber keine Worte finden kann!" Therese streichelte die glühende Wange des entzückten Mädchens und sagte: „nur so lange gedulde dich liebes Kind! bis ich den guten Vater von allem unterrichtet habe, es wäre pflichtwidrig dies anstehen zu lassen, ich will mich recht kurz fassen und bin gleich wieder bei dir." Erstaunt hörte Langenheim Theresens Erzählung und freute sich mit ihr, vom Schicksal auserkohren worden zu seyn, das Kind einer Freundin so zu erziehen, um es ihr nun vorwurfsfrei in die Arme führen zu können.

Unterdessen fühlte Cornelia eine Ungedult, welche bei ihrem leidenschaftlichen Charakter, schmerzlich wurde, sie verwirrte ihre Ideen, daß sie nichts deutlich denken konnte als den Wunsch: wenn sie doch kämen! hundertmal gieng sie ans Fenster und rannte dann, wenn sie niemand erblicken konnte, laut weinend im Zimmer auf und ab. Endlich öffnete sich die Thüre und — Albina flog in ihre Arme. Für solche heilige Momente besitzt die Feder keine Fähigkeit sie würdig zu schildern und begnügt sich damit, erst wieder nach den ersten Ergüssen heftig ergriffener Gemüther ihre Thätigkeit fortzusetzen; unterdessen entwerfe sie mit einigen Zügen Albinens Bild: Sie stand vor ihrer Mutter in der vollen Jugendblüthe eines 16 jährigen Mädchens, ausgestattet mit jeder äusseren Schönheit und Anmuth. Das reiche blonde Haar umschlang in zierlichen Flechten das schön geformte Haupt, einige Locken umspielten die freie offene Stirn, die feine, fast unmerklich gebogene Nase gab ihrem Gesicht ein regelmäßiges Profil. Die Wangen schienen von sanfter Pfirsichblüthenfarbe nur angehaucht, des kleinen Mundes Korrallen-Lippen verschloßen zwei blendend weiße Reihen Zähne und das Kinn mit einem Grübchen versehen, vollendete die rein ovale Form des Gesichts welches durch ein paar seelenvolle blaue Augen Leben und Ausdruck erhielt. Ihr Wuchs war edel, ihr Gang leicht und schwebend, ihre Sprache tönte melodisch und alle ihre Bewegungen, alles was sie sagte und that trug das Gepräge von Anmuth, von richtiger Bildung erworbener Fertigkeiten und — von Seelenadel. Wahr und treu im engsten Sinn des Wortes, war sie schon von Kindheit an gewesen und der Reichthum von Liebe in dem Herzen ihrer treflichen Pflegmutter waltend, theilte sich auch dem ihrigen mit und nahm ganz Besitz davon. Es entzündete sich an ihrer Gluth das Feuer der Thätigkeit für Andere. Ja, die Kraft, die schon in ihr lag, sich für die Menschen, besonders für geliebte Wesen aufzuopfern, verstärkte sich durch das edle Beispiel Theresens. Sehr geschickt in allen weiblichen Arbeiten, nicht unbekannt mit den schönen Wissenschaften, verband sie mit all' diesen herrlichen Eigenschaften eine liebenswürdige Bescheidenheit, eine unverstellte fromme Demuth. Auch jetzt als Cornelia, lange in ihren Anblick versunken, endlich in gerechte oder leidenschaftliche Aeusserungen der Bewunderung ausbrach, suchte Albina, hoch erröthend und beinah ängstlich sie dadurch davon abzubringen, daß sie ihren Blick auf Therese als die Gründerin ihres Glücks lenkte. Cornelia verstand sie und ließ nun ihr volles Herz gegen diese in Dank und Wonne ausströmen. „Es ist einer der seeligsten Augenblicke meines Lebens" sagte Therese, „und ich danke der Vorsicht gerührt für den hohen Lohn einer Handlung, welche der Menschlichkeit angehörte; für den süßen Erfolg meines Strebens, die natürlichen Eigenschaften unserer Albina dazu auszubilden, daß sie jetzt die Freude und der Stolz einer würdigen Mutter werden kann und wird." „Aber Mütterchen, welcher feindseelige Dämon stellte sich einst trennend zwischen dich und dein armes Kind?" sagte Albina, indem sie sich mit thränenvollem Auge an Corneliens Busen schmiegte: diese erwiederte: „ja, ich fühle es, ich bin dir die Beantwortung dieser natürlichen Frage schuldig, so wie auch dir, meiner schwesterlichen Freundin Therese — setzt euch zu mir ihr Theuern! ich will euch Aufschluß geben so gut ich kann, nur ist mir selbst gar manches dunkel: In der Periode, in welcher ich meiner Entbindung entgegen sah, war wie ich schon erzählte durch die Kriegs-Unruhen, unsere Truppe und ich mit ihr genöthiget, einen andern Aufenthalts-Ort zu suchen. Ich kam auf der Reise in einem kleinen Ort in die Wochen. Eine dem Schein nach gutmüthige Person, die Frau des Leinenwebers, bei dem ich mich eingemiethet hatte, zeigte so viel Antheil an mir und meinem Kinde, daß ich nach 8 Tagen — (längere Zeit wurde mir von meinem Direktor nicht zur Erholung gegönnt, sondern ich wurde schleunig einberufen) — ihr den Vorschlag machte: meine Kleine nur so lang zu behalten, bis unsere Gesellschaft wieder einen festen Haltungspunct hätte; ich glaubte sie hier besser versorgt, als sie es bei mir, in meiner unstäten Lebensweise gewesen seyn würde, versprach: sie so bald als möglich holen zu lassen und sie dann reichlich zu belohnen. Auch schon bei meiner Abreise beschenkte ich sie und riß mich mit tiefem Schmerz von meinem geliebten Kinde los. Die damalige Zeit erschwerte und verzögerte eine sichere Unterkunft für uns. Wir entfernten uns immer mehr von jenem Dorf und ich konnte keine Nachricht geben noch hören. Beinah war ein Jahr verfloßen, als es mir endlich gelang einen Kanal auszumitteln, durch welchen ich etwas zu erfahren hofte, was meine sehnsüchtige Sorge befriedigen könnte: allein, was ich erfuhr war nur geeignet, mich ganz niederzubeugen. Jenes Dorf, hieß es, sey ausgeplündert und die Einwohner vertrieben worden. Die Ungewißheit über dein Schicksal meine Albina! die Vorwürfe die ich mir wegen meines Verfahrens machte, war ein neuer Stachel, der sich tief in mein ohnehin wundes Herz senkte und es immer von Neuem unheilbar verletzte. Der Anblick jedes lieblichen Mädchens rief mir das Bild vor die Seele, das sich meine Phantasie von dir ausgemalt hatte. Ueberall sah ich nur dich, forschte genau bei jeder scheinbaren Spur von dir nach, hoffte da und dort etwas von dir zu hören und hatte ich mich wieder getäuscht, dann beweinte ich dich so lange als tod, bis mir wieder ein neuer Hoffnungsschimmer glänzte. Noch ehegestern als ich mich der Stadt näherte, sagte ich zu mir selbst: „sollten diese Mauern dein verlohrnes Kleinod umschließen! und wirklich — ich habe es darinnen gefunden! ich besitze es und bin nun unbeschreiblich reich!" —

So lebhaft Corneliens Wunsch war, sich nicht mehr von Albinen zu trennen: so billigte sie doch Theresens Ansichten, welche glaubte, daß man, um großes Aufsehen zu verhüten, ein kleines Opfer nicht scheuen sollte. Sie schlug vor: bis das nun gekaufte Landhaus ganz in bewohnbarem Zustand sey, sollte Albina bei Langenheim bleiben, mit Theresen aber die Mutter bei ihren neuen Einrichtungen treulich unterstützen und erst dann ganz bei ihr wohnen. Auf diese Weise wäre die neugierige Welt immer in einer Art Ungewißheit über die Sache, und es bliebe ihr anheimgestellt, was, und wie sie davon denken mögte.

Therese war die beinah ängstliche Scheu vor der öffentlichen Meinung von ihrer ehemaligen Wohlthäterin, der sie ihre ganze Bildung zu verdanken hatte, so sehr eingeprägt worden, daß sie auch in der großen Welt, worinnen sie jetzt lebte, in diesem Punct äusserst streng dachte und besonnen handelte, um durch nichts einen übeln Schein zu verlassen, oder den äussern Anstand zu verletzen. So offen sie sich übrigens benahm, so verschwiegen und geheimnißvoll war sie bei Ereignissen, welche zu falschen Urtheilen Gelegenheit geben konnten. Cornelia ehrte ihre Grundsätze und erfüllte ihren Wunsch. Rasch gieng es nun über die Herstellung und Einrichtung des neuen Wohnsitzes Corneliens her. Ihr erworbenes Vermögen reichte zu, um die nöthigen Meubeln, Garten-

und Hausgeräthe, zwar einfach, aber geschmackvoll anzuschaffen und bald schimmerte das Haus in frischem Anstrich von weisgelber Farbe, mit grünen Fensterläden und neu gedeckter Bedachung durch die dunkeln Kastanienbäume die es umgaben und zog Vorübergehende zu näherer Beschauung an. Man gewahrte dann an der einen Nebenseite des Hauses einen Blumen- und Gemüß-Garten, in dessen Mitte ein Delphin seinen Wasserstrahl in ein kleines Bassin sprudelte; ringsherum waren Akkazien-Hecken gepflanzt. An einem Ende des Gartens duftete eine Laube von jelänger jelieber. Ihr gegenüber war ein kleines Treibhaus angebracht. Die Wand des Gebäudes an welche der Garten sich anschloß, war mit hohen, dichtbelaubten Weinreben bedeckt und an den Spalieren prangten reifende Früchte, die andere Seite des Hauses stand frei; ein Fußsteig schlängelte sich an ihr Berg an, durch ein kleines Gehölz zu einem Hügel, der auch mit Wein bepflanzt, in guten Jahren eine ziemlich reiche Erndte versprach. Noch gehörten Wiesen und Aecker zu diesem Gut, welches Alles bei Corneliens Uebernahme vortheilhaft verpachtet wurde; ausgenommen der Garten, den sich Albina zur Bestellung vorbehielt. Hier trat die Kinderzeit mit süßer Magie ganz vor ihre Seele und sie lebte mit ihren ersten Gespielen mit den Blumen wieder in alter Vertraulichkeit, pflegte sie mit großer Sorgfalt und hatte bald in ihrem Glashause Seltenheiten, welche ihr den Besuch vieler Fremden und Einheimischen verschafften, wo sie durch manchen vortheilhaften Verkauf Gewinn erhielt. Vorzügliche Pflege wiedmete sie der Laube, damit das **Jelänger Jelieber** in Ueppigkeit an ihr empor wuchs und auf ihren **Nelkenflor**, der bald jeden andern übertraf, so wie auf einige **Granatenbäume**, welche mit Blüthen, in die Farbe der Wahrheit getaucht alljährlich in Fülle prangten. Auch in ihrem Zimmer durften in der Blumenwase jene 3 Gattungen ihrer Pfleglinge nicht fehlen; denn Albina ließ sich so gerne durch sie an den Augenblick erinnern, in dem sie Langenheims kennen gelernt hatte und der so entscheidend für ihr Leben war. Doch wir wollen nun auch in das Innere des Landhauses, wo unsere Albina ferner leben soll tretten und es näher beschauen.

Es war eine liebliche, geräumige und bequeme Wohnung, wo überall die höchste Reinlichkeit herrschte, wo die gefällig geformten und sauber gehaltenen Meubeln, die fehlende Kostbarkeit ihres Werthes vergessen machten, und wo man überall die Spuren der feinen Bildung und nützlichen Thätigkeit der Bewohner wahrnahm. So war z. B. im Erdgeschoß ein freundliches Zimmer, durch welches man in den Garten gehen konnte. Hier hielten sich Mutter und Tochter größtentheils in der bessern Jahreszeit auf. Es war einfach meublirt und Tisch und Stühle hatten die Farbe der Bäume und Gesträuche, welche durch die Fenster nickend, liebliche Kühle in dem Gemach schufen. Doch die sinnig geordneten Töpfe mit aufgeblühten Blumen, die Albinens Sorgfalt der brennenden Sonnenhitze entzog, verbreiteten in dem Zimmer herrliche Wohlgerüche und gaben dem Ganzen das Ansehen eines Tempels der Göttin Flora. Im obern Stockwerk war ausser den gewöhnlichen Gemächern ein geräumiger Saal. Ein schöner Flügel, eine Guittarre, ein Bücherschrank, hinter dessen Glasfenster man die Namen der besten Werke, alle in ein gleiches Gewand von englischem Leder gehüllt, lesen konnte, und ausgesuchte treffliche Kupferstiche unter Rahm und Glas waren darinnen zu finden. Auch im Gastzimmer war für die Unterhaltung des gern Beherbergten durch ein kleines Repositorium mit einigen interessanten Büchern gesorgt; schwellende Kissen mit glänzendem Weis bezogen, luden zur behaglichen Ruhe ein; ja auch hier, war Reinlichkeit und Anstand zu finden, wie in jedem Theil des Hauses. Den Hofraum umgaben Oeconomie-Gebäude, nemlich die Wohnung des Pächters, seine Stallungen, Scheuren u. s. w. es fehlte nichts was zur Bequemlichkeit und zum Vortheil der Besitzer gehörte.

Cornelia fühlte sich unbeschreiblich glücklich im Besitz dieses Eigenthums und durch die, von ihrer ehemaligen nun so ganz verschiedenen Lebensweise. Ordnung, Einfachheit und Ruhe, und dennoch hohe Genüsse waren mit ihr verbunden; und an der Seite ihrer Albina erhielt alles noch mehr Werth für sie.

Nur Theresen, der Schöpferin ihres Glücks, gestand sie zuweilen, wenn sie feurig ihre Lage prieß: „daß noch **ein** Wunsch in ihrer Seele lebe, nemlich der: von Rombergs Schicksal etwas zu erfahren;" und bei solchen Aeußerungen fielen oft auf Theresens Hand, die sie an ihr pochendes Herz drückte, große Thränen.

Albina war auch hier in ihrer neuen Sphäre wieder unermüdet thätig. Sie wußte, daß die Mutter Langenheims Schuldnerin war und so gerne sie sich den edlen Menschen verpflichtet fühlte: so glaubte sie doch höchst undankbar zu handeln, wenn sie nicht das, was in **ihrer** Macht stand anwenden wollte, um von der Güte der theuern Freunde nicht zu lange Gebrauch zu machen, was in ihren Augen Misbrauch schien.

Die Mutter hatte ihr gleich Anfangs das Haus-Regiment übergeben, da sie durch ihre ehemaligen Verhältniße verhindert sich wenig häusliche Kenntniße erwerben konnte und dieselben sich erst nach und nach zu eigen zu machen im Stillen sich vornahm. Albinens feines Gefühl wußte es aber **so** zu wenden: als sey es für die Mutter eine Last, die sie ihr freudig abnehmen wolle; sie unternahm nichts ohne Beistimmung Corneliens, verstand es aber immer so vorzutragen, daß Jene gegen ihre klugen Einrichtungen nichts einwenden konnte. Alle zielten dafür ab, zu ersparen, zu gewinnen, ohne zu geitzen, oder es den

Dienenden und Hülfsbedürftigen zu entziehen.

Auch schämte sie sich nicht, ihre Fertigkeiten in weiblichen Arbeiten jetzt für sie einträglich zu machen. Sie bemühte sich immer die neuesten Mode-Arbeiten, von deren Erscheinen sie durch Theresen sogleich in Kenntniß gesetzt wurde, schnell nachzufertigen und dies trug ihr viel Geld ein. Cornelia, welche Verstand genug besaß, sich überall bald zurecht zu finden, lernte Albinen ihre Vortheile ab und beide beeiferten sich nun um die Wette, recht viel auf solche Weise zu verdienen.

Therese freute sich, so oft sie ihre Freundinnen besuchte, mit Dank gegen Gott ihres gelungenen schönen Werks und wurde jedesmal von jenen mit der dankbarsten Verehrung und Liebe begrüßt. Durch ihr offenes, kluges und liebevolles Betragen brachte sie es dahin, daß die Scheidewand fiel, welche bisher noch immer trennend zwischen ihrem Gatten und Cornelien stand. Sie näherten sich einander herzlich und ruhig, das gegenseitige volle Vertrauen beugte jedem gefährlichen, leidenschaftlichen Gefühl vor und jedes fand sich befriedigt im ungestörten Besitz einer Neigung, welche Vorzüge und Pflicht einflößten und erlaubten.

Der Ruf von dem freundlichen Landhaus und seinen achtungswerthen Besitzerinnen verbreitete sich sehr bald und sie wurden fleißig heimgesucht. Bald wünschte man Albinens Treibhaus zu sehen, bald ein seltenes Gewächs zu kaufen, bald wurde eine künstliche Arbeit bestellt. Wer nun kam, gieng immer äusserst befriedigt hinweg und erzählte hie und da von der lieblichen Wohnung, von der gebildeten Mutter, von der liebenswürdigen Albina. Auch die Aufmerksamkeit der vorüberfahrenden Fremden (es führte die Poststrasse an dem Garten vorbei) zog das Ganze oft auf sich.

An einem schönen Sommer-Abend saß Cornelia und

Albina im Garten-Zimmerchen an einer Stickrahm. Ein Ofenschirm war seiner Vollendung nahe, auf welchem die Kunst einen Korb voll Blumen hingezaubert hatte, von denen jede der Natur abgeborgt schien. „Glaubst du nicht Mütterchen, daß hier noch eine Lücke ist, welche dort jene Moosrose gut ausfüllen würde?" frug Albina, die Stickerei bald näher, bald von der Ferne betrachtend, und das blonde Köpfchen dabei hin und her wiegend. „Sie kann sich zwischen der Nachtviole und der kleinen Rosette gut ausnehmen," erwiederte Cornelia, „doch pflücke keine von dem Blumentopf," setzte sie hinzu, als Albina im Begriff war dies zu thun; „im Garten, nahe an der Laube sah ich vorhin eine Blüthe, die noch halb in der Knospe mir malerischer dünkt." Albina eilte durch die offene Thüre in den Garten und pflückte die Blume. Im Rückweg, als sie an dem schwarzen Gatterthor vorbei gieng, durch welches man von der Fuhrstraße herein kam, erblickte sie an demselben einen Fremden mit zwei allerliebsten Mädchen von 6 und 8 Jahren, alle in Trauer gekleidet, welche den Garten zu betrachten schienen. Albina öffnete sogleich das Thor und erfreute Jene durch das mit ihrer liebenswürdigen Freundlichkeit geäußerte Anerbieten: einzutretten, welches auch sogleich dankbar benützt wurde. „O wie schön ist es hier!" riefen die Kinder und klopften in die Hände. Sehr, sehr schön stimmte der Vater bei, und ihm — einem großen Botaniker fiel sogleich das Treibhaus in die Augen. Albina führte sie hin und zeigte einige seltene Gewächse, wobei sie sehr geläufig die Namen, so wie die Eigenschaft jeder derselben zu nennen wußte.

Baron Kronthal (so hieß der Fremde) sah und erfuhr hier selbst Manches, was ihm noch unbekannt war und schien so unendlich erfreut darüber, daß Albina trotz seiner Lobsprüche, womit er sie überhäufte, diesmal doch mehr ihrer Gutmüthigkeit, als ihrer Bescheidenheit Gehör gab und alle ihre Schätze ihm vorstellte. Dann führte sie die Fremden zur Mutter und nachdem man sie begrüßt hatte, zogen die Kinder, die schon ganz vertraulich mit Albinen plauderten, dieselbe jubelnd zu einem zahmen Canarienvögelchen, das bald in den nahstehenden offenen Käfig hinein hüpfte, bald wieder heraus flatterte und sich auf den Blumenkronen wiegte; sie waren unbeschreiblich glücklich als Albina etwas Futter in ihr Händchen streute und der zahme Pipi dasselbe wegpickte. Der Baron unterhielt sich unterdessen sehr befriedigend für ihn mit Cornelien. Die kunstvolle Arbeit wurde auch nach Verdienst bewundert und ein auf der Stickrahm aufgeschlagen liegendes Buch (es war: die Bilder des Lebens von Ehrenberg) in welchem Albina Cornelien kurz vorher vorgelesen hatte, bestärkte Kronthal in seiner, von Mutter und Tochter gefaßten vortheilhaften Meinung, denn während Erstere Albinen den Auftrag ertheilte, eine kleine Erfrischung zu holen, konnte er den Reiz nicht widerstehen in das Buch hinein zu schauen und fand von einer niedlichen Frauenhand niedergeschriebene geist- und gefühlvolle Bemerkungen über mehrere intereßante Stellen in dem erwähnten Buch. Die Mädchen baten schmeichelnd, daß sie Albinen begleiten dürften. In der Zeit machte Kronthal Cornelien mit der Absicht seiner Reise bekannt: Er hatte nemlich das Unglück vor einigen Wochen die Gattin, die treue Mutter seiner Kinder durch den Tod zu verlieren und unfähig auf dem einsam gelegenen Gut, das er bewohnte, letztern die gehörige Erziehung geben zu können: wollte er sich in der Residenz nach einer Anstalt erkundigen, welcher er seine Töchter anvertrauen könnte; allein setzte er hinzu: „Was ich **hier** sah und hörte wird mein Urtheil, meine Forderungen steigern. Warum; o warum machen Sie Ihr schönes Leben nicht gemeinnütziger? warum sorgt Ihre liebenswürdige Tochter für leblose Pfleglinge, indem Ihre Wohnung eine wohlthätige Pflanzschule für junge Gemüther werden könnte, worin der Natur die hülfreiche Hand geboten und köstliche Früchte gezogen werden würden." — Cornelia schien nachdenkend. — Der Baron fuhr fort. „Könnten Sie sich entschließen, einen bekümmerten Vater die große Sorge für seine geliebten Kinder abzunehmen — ich würde mit Freuden jede Ihrer Forderungen befriedigen und mein Dankgefühl würde unauslöschlich seyn." Indem trat Albina mit den Kleinen in das Zimmer. Sie hatten ihr Alles abgenommen, um nur von ihrer Hand geführt zu werden und trugen — die Eine ein zierliches Körbchen mit Apricosen und Frühbirnen, die Andere einen Teller mit mürbem Brod. „Aurelia! Sidi!" rief der Vater ihnen zu, „wie gefällts euch hier?" „ach so wohl, so wohl" erwiederten beide, „daß wir immer hier bleiben möchten!" — „überall ist so freundlich, so lieb, ich fühle mich ganz heimisch hier," sagte Sidi. Aurelia die Aeltere klagte: „So wirds nicht in der Anstalt seyn, wo Du uns hinbringen willst guter Vater" — sie schlang ihren Arm um seinen Nacken und fuhr fort — „dort werde ich viel und lange weinen, wenn Du von uns weggehst, hier aber glaube ich, könnt' es mit ein paar Thränchen vorübergehen; mir ist so wohl, so wohl, als wenn noch die Mutter bei mir wäre" hier lief sie vom Vater weg zu Albinen; barg ihr Gesichtchen an den Busen derselben, und weinte sanft.

„Albina" — sagte Cornelia — „dieser Freund hier schenkte uns ein Vertrauen, diese holden Kinder eine Liebe, welches beides unsere dankbare Anerkennung fordert: ich denke aber, wir können jene uns ehrenden und beglückenden Aeusserungen in die Zukunft dadurch rechtfertigen, wenn wir mit gewissenhafter Treue die Erziehung und Ausbildung dieser theuern Wesen übernehmen und besorgen."

Entzückt küßte Kronthal Cornelien die Hand; die Kinder horchten hoch auf und als ihnen Albina freundlich bestättigte, „ja wir bleiben beisammen!" war ihre Freude ohne Grenzen.

———————

Die Gegenwart der Kleinen änderte wenig in der Lebensweise Corneliens und Albinens, denn der Vater hatte es nicht nur gebilligt sondern ausdrücklich gewünscht: daß, in Rücksicht der physischen Bedürfnisse und Ausbildung seiner Kinder die höchste Einfachheit beobachtet werden möchte.

Es wurde also wie bisher mit der Sonne aufgestanden, ein Glas frisches Quell-Wasser und etwas später Milch getrunken, dann erhielten die Kinder abwechselnd von Mutter und Tochter Unterricht in wissenschaftlichen Gegenständen, aber auch bei häuslichen Geschäften durften sie, wo sie konnten kleine Dienste leisten. Nach Tisch wurde wie auch Abends ein Stündchen der Blumenpflege gewiedmet, nachher mußten die Mädchen eine weibliche Handarbeit vornehmen und der übrige Theil des Abends gehörte ihren Erholungen, wobei Albina ihre Spiele leitete und überhaupt immerwährend durch Beispiel und Unterhaltung, ohne daß sie es oft selbst wußte, lehrreich für sie wurde, das Mittagessen und die Abendsuppe blieben so einfach wie bisher und bald nachdem die letzte eingenommen war, ruheten auf dem Lager von Roßhaarküssen die durch beständige Thätigkeit ermüdeten Glieder der holdseligen Mädchen sanft aus. Diese ganz einfache und doch herrlich gedeihende Erziehung wirkte so vortheilhaft auf Aurelia und Sidonie, daß nicht nur ihr Geist und ihr Herz eine treffliche Richtung und einen Reichthum von Kenntnißen und zarten edlen Gefühlen erhielt, sondern, daß auch ihr Aeußeres die Spuren der festesten Gesundheit und der Reinheit ihrer Seele trug.

Jeder Blick ruhte mit Wohlgefallen auf ihnen und die Folge war: daß mehrere Eltern ihre Lieblinge Albinen und ihrer Mutter zuführten und sich auf diese Art ein Institut bildete, das, zwar nicht seiner Ausdehnung nach (denn die Zahl der Zöglinge durfte nur bis auf 12 steigen) aber in Hinsicht seiner aufgestellten und befolgten Grundsätze, zu den Vorzüglichsten gehörte. Die befriedigten Eltern entwarfen selbst für Cornelien die vortheilhaftesten Bedingnisse, unter welchen ihre Kinder angenommen werden sollten und so hatte sich auf einmal der Lebensplan von Jener und von Albinen ohne ihren Willen geändert. Sie suchten vorher beinah ängstlich durch den Erwerb ihrer Handarbeit, ihre Verpflichtung gegen Langenheims zu erfüllen und ihre Existenz zu erleichtern, sie wollten dabei nur ihr Gärtchen anbauen und in der Stille leben, jedoch ganz anders gestaltete sich auf einmal ihre Lage. Ein großer segensreicher Wirkungskreis war auf einmal vor ihren Blicken geöffnet. Hier sollten sie pflanzen und pflegen, säen und erndten. Die Sorge für das eigene Fortkommen wurde von der weit edlern Sorge für die geistigen und physischen Bedürfnisse Anderer verdrängt und mit dem Gewinn, den sie reichlich durch die Freigebigkeit der Eltern und Verwandten in klingender Münze erhielten, verband sich der noch weit höhere Lohn, der in dem Gelingen ihres gewissenhaften Strebens: fromme, durch sich selbst glückliche Menschen zu erziehen, bestand.

―――――――――

So lebhaft es nach und nach in dem freundlichen Landhaus wurde, so stille war es um Theresen, seit sich Albina von ihr getrennt hatte; sie fühlte sich verwaißt: denn die süße Gewohnheit, alle Arbeiten mit dem Beistand des

42

lieben Mädchens vorzunehmen, alle Vergnügungen mit ihr zu genießen, sich an ihren Vorzügen im Stillen zu weiden, dies Alles — hatte aufgehört. — Daher kam es ihr sehr erwünscht, als Langenheim mit einem Brief in der Hand in ihr Zimmer trat, und ihr eröffnete: daß Präsident Volkmar, wegen Kränklichkeit um seine Dienstentlassung nachgesucht habe, daß er künftig in der Residenz mit seiner Familie zu leben gedenkt und den lebhaften Wunsch hege: in Langenheims Wohnung ein Quartier zu beziehen. „Kann ich wohl anders liebes Weib! als ihm den 2ten Stock unsers Hauses zusagen? setzte Langenheim am Schluß hinzu, ihm haben wir ja so viel zu danken! und es sind gute edle Menschen!" Therese stimmte ihm bei und traf gleich an den folgenden Tagen alle hiezu nöthigen Vorkehrungen im Haus. Nach Verfluß eines Monats erschien nicht nur Volkmar, mit Gattin und Tochter, sondern auch Guido sein Sohn und Theodor ein Freund desselben kamen mit ihnen nach D**. Die beiden letztern waren eben von der hohen Schule zurückgekehrt und sollten sich in der Residenz um eine Anstellung bewerben. Nun war auf einmal wieder Leben in Langenheims Haus. Es wurden die öffentlichen Vergnügungen mehr genoßen und viele Gesellschaften so wohl gegeben, als auch besucht.

Volkmar wurde, als vertrauter Freund gleich während den ersten Tagen in die Verhältniße Corneliens und Albinens eingeweiht, welche sich bald nach seinem letzten kurzen Aufenthalt zu D** entwickelt hatten und er und seine Familie zeigte eine große Sehnsucht bei Jenen eingeführt zu werden.

An einem schönen Nachmittag überraschte die ganze Gesellschaft die würdigen Vorsteherinnen des kleinen Instituts, als sie eben bei einer Lesestunde in dem Saal unter ihren Zöglingen saßen und sich nebst den andern mit Handarbeit beschäftigten, indeß Aurelia, welche die Reihe traf mit Richtigkeit und Ausdruck in Lossius Gumal und Lina vorlaß. Albina flog von ihrem Sitz auf, als sie Theresen erblickte und wollte in ihre Arme eilen: jedoch sie trat wieder einige Schritte hocherröthend zurück: denn eine schöne männliche Gestalt ging auf sie zu und verbeugte sich mit edlem Anstand. Therese nannte Guido, Volkmars Sohn. Unterdessen waren sie alle in den Saal getretten und die Bewillkommnungsscene erregte sehr gemischte Empfindungen in den Gemüthern der Anwesenden; besonders bei Cornelien. So bald sie konnte flüsterte sie Theresen ins Ohr: „wer ist der junge Mann?" indem sie auf Theodor zeigte. „Theodor Hainau," antwortete Jene und sah erstaunt die Freundin an, welche ihr wieder in einem leidenschaftlichen Zustand zu seyn schien. Es war keine Zeit zu Erörterungen zu finden und nachdem Garten und Haus mit Allem was dazu gehörte, eingesehen und eine kleine Erfrischung gereicht und genossen war, endete sich der Antrittsbesuch. Man schied zwar sehr befriedigt von Allem, was man gesehen und gehört hatte, indessen freuten sich mehrere der Theilnehmer derselben im Stillen, allein oder in geringerer Anzahl bei den interessanten Freundinnen zuweilen zuzusprechen, wovon man sich einen größeren Genuß versprach.

Langenheims waren mit ihren lieben Miethsbewohnern höchst zufrieden. Der Baron war ein Mann von seltenen trefflichen Eigenschaften. In seiner Gattin, welche das Bild einer unermüdet thätigen treuen Hausmutter vorstellte, erhielt Therese eine liebende, ihrer Liebe werthe Freundin. Aber in Eugenien fand sie Albinen — nicht. Sie besaß mehr einen männlichen als weiblichen Charakter, war mehr gelehrt, als gebildet, anmaßend im höchsten Grad und stolz auf ihr Wissen. — So unzufrieden die Eltern mit ihrer

Tochter waren, so sehr beglückte sie der Besitz ihres Guido's. Mit einem Schatz gesammelter Kenntniße, mit einem reinen, unverdorbenen Herzen, den Sitz eines unaussprechlich tiefen Gefühls, mit einem festen Sinn und feinen Sitten — so kehrte er von der Universität in die Arme der Eltern, dabei war er schön wie Apoll und kühnen Muthes wie Mars. Ihm flogen alle weiblichen Herzen in der Residenz entgegen: doch das Seinige schlug seit dem ersten Anblick nur für — Albinen. Theodor Hainau wurde überall als Freund Guido's und Verwandter des Hauses vorgestellt, stand aber neben Ersterm im Schatten. Er hatte nichts ausgezeichnetes, als einen höchst schwermüthigen Zug im Gesicht. Auch war er immer ernst und stille, dabei aber nicht ohne Kenntniße und unbeschreiblich sanften weichen Gemüthes. Seine größte Neigung war die Musik; er spielte den Flügel und bließ die Flöte trefflich. Auch ihm schien Albina das vollkommenste weibliche Wesen, das er je gesehen, und er konnte nichts denken als sie. Sie war der Inhalt seiner klagenden Töne am Clavier, denen seine Leidenschaft Worte gab, sie erschien ihm im Traume und oft gieng er vor die Stadt, um nur von ferne die Wohnung zu sehen, wo sie liebend und emsig waltete.

In dem Landhaus hatte jener Besuch auch verschiedenartige Folgen zurückgelassen. Albinens ruhiger Gleichmuth war gestört. Sie mochte es sich noch so sehr selbst abläugnen wollen, die beiden Jünglinge beschäftigten ihre Phantasie mehr als alle männliche Erscheinungen, welche ihr schon auf ihrem Lebensweg begegnet waren. Guido'n mußte sie den Vorzug geben: jedoch wunderseltsam zog sie Theodor an; sie konnte sich durchaus keine Rechenschaft von dem Gefühl geben, das er in ihr erregt hatte. Niemand konnte indessen etwas davon ahnen, was in ihrem Herzen vorgieng; nur in stiller Nacht, oder wenn sie alleine den Garten durchwandelte, hing sie ähnlichen

Betrachtungen nach, dann stand sie freilich oft lange gedankenvoll vor ihren duftenden Pfleglingen, ohne sich um sie zu bekümmern, bis ein leiser Lufthauch ihre Zweiglein und Blüthenkronen gegen sie führte, gleich als wollten sie dieselbe an ihr Daseyn erinnern. War Albina aber im Kreise der Kinder oder sonst bei einem Geschäfte, so wieß sie strenge Alles in die Tiefe des Herzens zurück, was sie stören konnte und gegen die Mutter — ja die Mutter — war nicht Therese! So sehr sie Jene ehrte und liebte, so schreckte sie ihre Leidenschaftlichkeit zurück und sie fühlte es oft mit Schmerz, daß sie sich ihr weniger zu vertrauen vermögte als Theresen. Auch war Corneliens Betragen seit jenem Besuch so ungleich, daß Albina Mühe hatte, seinen Einfluß auf die Kinder zu verhindern. Oft, ja größtentheils war jene ernst, trübe, heftig. Zuweilen aber blitzte ein Strahl, wie von einer schnell auflodernden freudigen Empfindung des Herzens aus ihrem Auge und Albina sah sehnsüchtig einem Besuch Theresens entgegen, deren Seelenfrieden, wie sie hoffte, auch in ihrer beider Herzen ihn wieder herstellen würde. Nur wünschte sie, daß sie alleine kommen möchte. Dieß geschah nicht; die Baronin begleitete sie und jene wußte es zu veranstalten, daß Albina der letztern den Weinberg zeigen und also sich lange mit ihr entfernt halten mußte. Diese Zeit benützte Therese, um sich von Cornelien Aufschluß über ihre letzthin an sie gerichtete Frage: „wer Theodor sey?" geben zu lassen. „O meine Freundin!" rief diese, und warf sich weinend in Theresens Arme: „Alles was ich mühsam in Schlummer gewiegt hatte, das hat Theodors Anblick wieder mächtig erweckt. Ich fand eine Aehnlichkeit in seinem Gesicht, welche mir das Bild meines Gatten ganz vergegenwärtigte. Vorzüglich in den letzten Tagen unserer Vereinigung, wo Schwermuth, die vorherrschend in Theodors Zügen liegt, auch meines Rombergs Miene aussprach. Doch — jener heißt Hainau?" „Ja," erwiederte Therese, „so heißt er, und ist ein Verwandter

Volkmars, Theodors Vater war, seiner Aussage nach nicht Officier sondern der Besitzer eines Guts und ist seiner Gattin, welche nach der Geburt des Sohnes starb, bald nachgefolgt.

Volkmars nahmen sich seiner an, und in dieser Familie fühlte sich Theodor so glücklich, daß er sich um seine übrigen Familien-Verhältnisse nichts bekümmerte und ihm dieselben ganz unbekannt blieben. Auch meinen Albert und mich interessirte sein Name und meines Gatten erste Frage war: „ob er mit dem Direktor zu E* welcher auch Hainau hieß, verwandt sey?" jedoch Theodor konnte uns keine Aufklärung darüber geben. Gewiß hat die feurige Einbildungskraft meiner Freundin sie irre geführt und bei öfterem Wiedersehen wenn es ihr gelingen wird, der Phantasie die Zügel anzulegen, wird jene Aehnlichkeit weniger auffallend erscheinen." Cornelia versprach ihre Unruhe zu beherrschen: allein so oft sie mit Theodor zusammen kam, hatte es immer nachtheilige Folgen auf ihre Stimmung und Theodor begleitete Theresen **oft** in das Landhaus; denn ihm war nur wohl in Albinens Nähe: Ihr zu lieb studierte er emsig die Blumenpflege, bereicherte ihren Garten, ihr Treibhaus mit neuen Schätzen, half ihr dann bei allen ihren Beschäftigungen mit demselben und diese Stunden, wo Albina in schwesterlicher Vertraulichkeit mit ihm lebte, waren für ihn die seeligsten. Wenn er noch so tief im Herzen betrübt zu ihr kam, so theilte sie ihm bald ihre sanfte Heiterkeit mit und sein Trübsinn verwandelte sich in die munterste Laune. Albina bemerkte seinen Hang zur Schwermuth und das innigste Mitleid erfüllte ihre schöne Seele. Mit herzlicher Freude wurde sie ihres Einflußes auf seine Stimmung gewahr und es schien ihr Pflicht, ihn immer zu seiner Aufheiterung zu benützen.

Einst wurde Volkmars zu Ehren in der Stadt eine Gesellschaft gegeben, auch Cornelia und Albina waren dazu gebeten. Allein da beide, der Zöglinge wegen, nicht zugleich sich vom Haus entfernen konnten, so schlug letztere die Einladung aus.

Theodors Blick suchte in den gesellschaftlichen Cirkeln immer zuerst Albina. Heute fand er sie nicht, und erfuhr von Theresen die Ursache ihres Nichterscheinens. Nun brannte unter ihm der Boden, nun war nur sein Körper gegenwärtig, er selbst war in dem freundlichen Garten, im Kreise der Kinder, an Albinens Seite. Ein Bedienter kam und rief ihn ab. Welch ein glücklicher Zufall! Im Gasthof zur Rose war ein Universitäts-Freund von ihm abgestiegen und verlangte ihn zu sprechen. In dem Augenblick war Theodors Entschluß gefaßt. Er entschuldigte sich bei der Hausfrau, suchte schnell den Bekannten auf und nach einer kurzen Unterredung, eilte er von ihm weg, zur Stadt hinaus und dem Landhaus zu. Albina trat eben aus der, im Erdgeschoß befindlichen Küche, mit einem Teller Suppe auf den Vorplatz, wo ein armer Greis saß, den die Kinder mitleidig umringten und sich von ihm sein Elend vorerzählen ließen. Theodor blieb in der Entfernung stehen und weidete sich an dem himmlischen Anblick; wie die Kinder, tröstenden Engeln gleich, sich beeiferten, den Armen zu bedienen, jedes ihm eine kleine Hülfe zu leisten sich bemühte, Albina selbst mit milder Theilnahme seine Klagen willig anhörte und ihm Speise und Trank, Geld und freundliche Worte spendete. Theodor blieb noch immer verborgen, um die rührende Scene nicht störend zu unterbrechen. Erst als der Greiß mit heißen Segenswünschen von seiner Wohlthäterin geschieden war, von den Kindern unterstützt und in ihrem Geleite den Berg hinter dem Landhaus mühsam hinauf stieg, trat er hervor und begrüßte Albinen, die, jenen nachschauend unter der Thür stehen geblieben war. Sie schien betroffen und auch ihm entsank beinahe der Muth bei ihrer ganz eigen betonten Frage: „Theodor! was führt Sie **alleine** zu mir?" Er blickte ihr bittend ins Auge und antwortete: „der Schmerz, sie bei Regierungsrath W* nicht getroffen zu haben und die schon lang gehegte Sehnsucht: mein von so manchem Kummer belastetes Herz gegen Sie durch vertrauliche Mittheilung zu erleichtern. Darf ich bleiben, oder schicken Sie mich trostlos fort?" Albina vermogte dies nicht; doch erwiederte sie ernst: „Sie bleiben mein Freund! aber Sie erwarten meine Mutter, nur **dadurch** wird sich das Unschickliche, das in diesem Schritte lag, vermindern."

Die Kinder kamen zurück und tummelten sich im Garten. Albina und Theodor nahmen Platz in der Laube und Erstere glaubte, jene von ihrem Freund gewünschten Mittheilungen verhüten zu müssen, da es ihr gefährlich dünkte, seine Vertraute zu werden; sie suchte mit möglichster Unbefangenheit die Unterhaltung auf gewöhnliche Gegenstände zu lenken. Allein Theodor ging wenig darauf ein, war einsilbig und traurig. Endlich sagte er mit einem tiefgeholten Athem-Zug: „Die wohlthätige gütige Albina, welche einem alten Bettler ein williges Gehör für seine Klagen leiht, will durchaus ihrem armen Freund den Trost versagen, den er in der Schilderung seiner betrübenden Schicksale finden würde." Albina ließ das Strickzeug in den Schoos sinken und in ihrem feuchten Auge laß Theodor die Bewilligung seiner Bitte, dankbar drückte er ihre Hand an seine Lippen und fuhr fort: „Erklären Sie mir, theure Albina! den unwiderstehlichen Drang meines Herzens Ihnen, und nur Ihnen allein Ereigniße anzuvertrauen, welche ausserdem tief in meinem Innern begraben liegen. Auch der edlen Familie, die sich des Verlaßnen annahm, sogar meinem Guido ist manches in meiner Lebensgeschichte unbekannt geblieben. Ja über den wichtigsten Gegenstand in derselben, der so schwer mir auf der Seele liegt, daß ich ihn nicht mehr alleine zu tragen vermag, sind sie im Irrthum. Sie glauben nemlich: mein Vater ist tod — aber — er ist nur tod für mich! er lebt Albina! er lebt! doch Gott weiß es, wo jetzt sein Aufenthalt ist!" Auf Albina machten diese Worte einen eigenen tiefen Eindruck und in gespannter Erwartung bat sie nun Theodor selbst, seine traurigen Erfahrungen ihr mitzutheilen. „Das Unglück hat mich von Kind auf verfolgt," begann er, „schon mein Eintritt in die Welt hatte die schreckliche Folge, daß er meiner Mutter das Leben kostete; einer Mutter, welche nach der Aussage Anderer, unbeschreiblich sanft und gut, der rauhen Behandlung meines Vaters unterlag. Auch ich wurde von ihm mißhandelt und lebte eine harte Jugend. Endlich erlauschte ich einen günstigen Zeitpunct und entfloh. Die kleine Baarschaft, die ich bei mir trug, war bald aufgezehrt; aber als Kind hatte ich auf unserm Gut, das mitten im Wald lag, von den Knaben im Dorf kleine Hirtenflöten aus Lindenholz zu machen gelernt; welche ich, so ziemlich geschickt zu blasen verstand. Mit dieser Kunst, die Instrumente zu verfertigen und durch meinen Vortrag zu empfehlen, erwarb ich mir Freunde und durch sie Brod und Obdach. So kam ich in die Stadt, wo Volkmars lebten. Guido, den ich auf der Strasse begegnete und welcher Gefallen an mir fand, führte mich zu seinen Eltern, und diese rührte mein Unglück. Guido's Bitten bestärkten sie in ihrem großmüthigen Entschluß, mich bei sich zu behalten und ich genoß von diesem Augenblicken an bei ihnen die Rechte eines eigenen Kindes. Mit dem Sohn theilte ich jeden Unterricht und nach geendigten Schulstudien bezogen wir zusammen die Universität. Eine unüberwindliche Scham hatte mich bisher abgehalten, die Wahrheit: daß ich vor meines Vaters Mißhandlungen entflohen sey, zu bekennen; ich hatte vorgegeben: er wäre gestorben, und ich, nach seinem Tod ganz arm und verlassen, hätte mein Glück in der weiten Welt suchen wollen. Oft aber bereute ich diese Unwahrheit:

denn in meinem Herzen lebte, trotz der Behandlung, die ich von meinem Vater erfahren hatte, Liebe zu ihm und Sehnsucht etwas von ihm zu hören und doch verschloß mir immer eine gewisse Schüchternheit den Mund, wenn ich meine erste Aeußerung wiederrufen wollte. Als ich zu H* studirte und fähiger war, einen festen Entschluß männlich auszuführen, schrieb ich an meinen Vater alles, was mir ein reuiges kindliches Herz eingab, allein der Brief kam unerbrochen in einem Couvert zurück, worin Jener mit kurzen Worten erklärte: daß jede meiner Bemühungen ihn mit mir zu versöhnen vergeblich seyn würde, indem er seinen Aufenthalt verändern und einen, vor der Welt ganz verborgenen wählen würde. — Dies ist es nun theure Freundin, was unaussprechlich quälend jede Erdenfreude mir vergiftet, was bisher als lastendes Geheimniß mein Leben trübte und mich zu keiner Ruhe kommen läßt" — bei diesen Worten löste sich Theodors Schmerz in Thränen auf und Albina weinte mit ihm.

„Armer, armer Theodor!" sagte sie sanft, „wie bedauernswürdig sind Sie! doch, wäre es nicht besser gewesen, wenn Sie schon längst Ihren edlen Pflegeltern sich anvertraut und ihre Vermittelung erbetten hätten?" Theodor machte eine verneinende Bewegung. „Mein Vater ist unerbittlich" versetzte er, „ich habe auf Alles verzichtet, nur nicht darauf, daß ich in Ihrem edlen Herzen Albina eine Freistätte für meinen verborgenen Kummer finden würde!"

Unfähig sich anders zu geben als sie war, und voll des innigsten Mitgefühls, erwiederte sie mit einem herzlichen Druck der Hand: „Könnte ich Ihnen doch mehr geben als Theilnahme! könnte ich helfen!" Theodors lang unterdrückte Leidenschaft brach hier mit Heftigkeit aus. Er stürzte zu Albinens Füßen und betheuerte ihr: „daß es nur in ihrer Macht stehe, ihm sein Unglück ganz vergessen zu machen, und daß er sie unendlich liebe!" Welche Seeligkeit gab Theodor Albinens Gegenliebe, die der Glückliche unverkennbar in ihrem Auge laß, als er seinen Blick zu ihr erhob! jedoch, indem er von ihren Lippen die theure Versicherung wegküssen wollte, hörte Albina die Haus-Klingel schellen. „Laß uns der Mutter entgegen gehen!" sagte sie, „ihr dürfen und wollen wir uns nicht verbergen."

Corneliens Scharfblick entgieng die Bewegung nicht, in welcher sie die jungen Leute antraf und als sie beide schweigend und forschend betrachtete, schlang Albina die Arme um ihren Nacken, Theodor ergrif ihre Hand und ohne viele Worte war sie in ihr süßes Verständniß eingeweiht. Allein die schöne Morgenröthe des Glücks an dem Himmel des liebenden Paars verdunkelte bald die trübe Wolke auf der Stirne der Mutter. Sie schien nach besonnener Gelassenheit zu ringen. Endlich zog sie beide an ihr Herz und bat sie ernst und dringend: sich durch kein übereiltes Versprechen unglücklich zu machen. „Ich will den Pfad Eurer Liebe nicht mit Dornen bestreuen," sagte sie, „aber ich kann meiner Ueberzeugung nach, Eure Neigung für jetzt nicht begünstigen, o Ihr müßt Euch noch näher kennen lernen, wenn Ihr sagen wollt: wir sind für einander gebohren, und um jeder unangenehmen Folge der Oeffentlichkeit Eures Verhältnißes vorzubeugen, verlange ich von Euch, daß Ihr dasselbe vor den Augen der Welt verberget. Nach Jahresfrist könnt Ihr eher auf meine Einwilligung hoffen."

Die Liebenden gehorchten, begnügten sich mit den zwar spärlich zugemeßenen aber dann desto kostbareren Augenblicken schuldloser Genüße und Albina machte nur Mütterchen Therese zu ihrer Vertrauten.

———————

Guido hatte seine glühende Liebe zu Albinen tief in seine

Brust verschloßen; sobald er gewahr wurde, daß Theodor in ihrem Besitz seine höchste Glückseeligkeit setzte. Kein Blick, keine Miene verrieth den Zustand seines Innern. Aber Albinens Zauber feßelte ihn dennoch an den Ort, wo sich ihm öfters die Gelegenheit darbot, sie in ihrer ganzen Liebenswürdigkeit zu beobachten. Er schlürfte mit Wohlbehagen das Gift, welches sie ihm ohne Wissen und Willen in ihrer holden Freundlichkeit darreichte und jede Stunde, die er mit ihr in den bunten Reihen der Gesellschaft oder am traulichen Theetisch bei Langenheims, wie auch bei seinen Eltern zusammen lebte, umfaßte eine Fülle der schmerzlichsten und seeligsten Empfindungen für ihn.

An jenem Abend, als der glückliche Theodor wonnetrunken nach Haue kam und die Freunde in ihr gemeinschaftliches Zimmer traten, legte jener in das Heiligthum der Freundschaft, in Guido's Herz, das Geheimniß seines stillen Glücks, seiner Liebe. Auch hier blieb jener edle Jüngling Herr über seine Gefühle; aber am andern Morgen, trug er den Eltern, den (wie er sagte) schon lang gehegten Wunsch vor: eine Reise ins Ausland machen zu dürfen, um sich noch mehr Kenntniße und Erfahrungen zu sammeln. Er erhielt ihre Einwilligung und in einem kurzen Abschied, rieß er sich mit männlich verhaltenem aber unendlichem Schmerz von Albinen los.

———————

Die eingeführte Gewohnheit, nach welcher jeder Künstler in Langenheims Haus willkommen war, wurde immerwährend beobachtet und war schon oft für sie die Quelle manches reinen hohen Genußes geworden. An einem Abend führte sie einen geschickten Maler, Namens Hugo zur Theezeit in den kleinen Kreis, welcher nebst den Hauswirthen und Volkmars auch Cornelien gerade damals umfaßte. — Hugo erzählte viel Interessantes von seinen Reisen und zeigte manche trefflichen Producte seiner Kunst, besonders in Landschafts-Gemälden.

Bald war es eine freundliche Ansicht, bald eine, die schauerliche Größe der Natur beurkundete Gegend, bald ein stilles Dörfchen in üppiger Flur an einem klaren See, bald eine einsame Kapelle unter alten Eichen was Hugo im Flug aufgenommen und dann mit Muse meisterhaft ausgeführt hatte.

„Diesem Blatt hier," sagte der Maler, indem er auf ein noch umgeschlagenes Gemälde in seiner Mappe hindeutete, „muß ich zuerst die Erzählung eines Ereignißes voranschicken, welches eigentlich der Darstellung noch mehr Werth giebt; ich kam vor einigen Wochen auf meiner Fußwanderung durch das Gebirg, schon als die Sonne im Sinken war, an das Ende eines schwarzen Tannen-Waldes. Die feurige Kugel blitzte mit dunkelm Roth durch die Stämme der lichter stehenden Bäume und auf einmal strahlte mir seitwärts ihr goldner Wiederschein aus hochgewölbten Fenstern einer alten verfallenen Burg entgegen, die jetzt erst sichtbar von einem hohen Felsen stolz hernieder schaute. Dieser Felsen war auf der vordern Seite nackt und kahl, neben aber schlängelte sich ein Fußsteig mit bequemen Stufen herunter bis zu einer Quelle welche sanft murmelnd das Auge auf einem etwas freiern Platz hinleitete, der mit grünen Moos bedeckt und mit einigen Birken verschönert, gar freundlich gegen das düstre Dunkel der übrigen Umgebung abstach. Auf einer, unter den Bäumen angebrachten Rasenbank saß ein ältlicher magerer Mann mit finstern halb erloschnem Auge und mit den Spuren ehemaliger Schönheit in dem bleichen Gesicht. Er stützte sich auf einen Officiers-Degen und betrachtete aufmerksam eine getrocknete Rose, die er in der einen Hand hielt. Ein tiegerartig gefleckter Jagdhund lag zu seinen Füssen und schien seinen Herrn zu beobachten.

Es hatte für mich das Ganze so viel Anziehendes, daß ich in einer kleinen Entfernung mich auf einen Baumsturz setzte und es mit einigen Strichen skizirte. Eben hatte ich vollendet, als der Mann in die Höhe fuhr, dann den Degen entblößte und eine Bewegung machte sich damit zu töden. Der Hund sprang auf und bellte und ich rief mit lauter Stimme: „Halt" Jener sah sich um und als er mich erblickte entfloh er ins Gehölz; ich konnte nichts mehr von ihm gewahr werden und gieng in das nicht ganz weit von dieser Stelle gelegene Dorf um hier ein Nachtquartier zu nehmen. Bei meinem Wirth erkundigte ich mich nach den nähern Umständen der beschriebenen seltsamen Erscheinung und erfuhr: daß schon seit längerer Zeit das Felsenschloß von dem Unbekannten bewohnt werde, welcher jede menschliche Begegnung vermeidend, sich nur gespensterartig jeden Abend um eine gewisse Stunde in dem Hain sehen ließe, wo ich ihn traf. Wöchentlich einmal käme ein stummer Knappe in fast abentheuerlicher Kleidung in das Dorf, der durch Zeichen die nothwendigsten Bedürfnisse für seinen Herrn und sich verlange; jedoch alles redlich bezahle. Am andern Morgen erschien wirklich der sonderbare Diener. Einen Hut mit Federn, den er tief ins Auge drückte, einen kurzen Mantel, welchen er um sich herum schlug, und darinnen sein Gesicht zu verbergen suchte, schwarze kurze Beinkleider, nach alter Ritterart aufgeschlizt, Strümpfe von gleicher Farbe, nebst hohen geschnürten Schuhen mit Franzen und Maschen geziert — so trat er in die Wirthsstube, zog sich aber sogleich zurück, als er mich, einen Fremden erblickte; doch erfuhr ich nachher von der Wirthin, daß sein Herr am Leben sey, was mir wirklich am Herzen lag und weswegen ich entschloßen war, trotz meinem Wunsch, schnell weiter zu reisen, demselben Abend mich wieder in den Wald zu begeben, um mich zu überzeugen, ob jener Unglückliche, den Vorsatz, von dem ich ihn abgehalten hatte, vielleicht doch ausgeführt habe, nun war es aber nicht nöthig und ich verfolgte meinen weitern Reiseplan."

Jetzt zeigte Hugo das Gemälde. Cornelia, welche der Erzählung sehr aufmerksam zugehört hatte, warf einen Blick auf dasselbe und sank ohnmächtig auf das Sopha zurück. Alles war in der größten Bestürzung. Man brachte sie ins Nebenzimmer und durch Theresens Bemühungen kam sie bald wieder ins Leben zurück.

Sie blickte scheu um sich und als sie die Freundin neben sich sitzen sah, fuhr sie heftig empor, schlang beide Arme fest um sie und rief: „Er ist es, mein Romberg ists! wo ist die Burg? wo find ich ihn?" Therese bot ihre ganze Beredsamkeit auf, um sie zu beruhigen. Das wirksamste Mittel hiezu war der Entschluß Langenheims: nachdem Hugo auf sein Verlangen die Lage des Felsenschloßes und den Weg dahin genau bezeichnet hatte, selbst hinzureisen um für Cornelien und Albinen etwas Entscheidendes zu bewirken: und wirklich trat er gleich am folgenden Morgen seine Reise dahin an. Erst am 2ten Tag erreichte er das Felsenschloß, wo ihm der Einlaß schlechterdings versagt wurde. Er ritt nun in das Dorf und erwartete hier die Abendstunde in welcher der Menschenfeind an der Quelle erschien; begab sich hier auf einen Posten, wo ihn dieser nicht eher sehen konnte, bis er vor ihm stand. Beide erkannten sich sogleich und Romberg drang mit gezogenem Degen wüthend auf seinen ehemaligen Nebenbuhler ein. Der Ueberraschte hatte jedoch so viel Fassung jenem die Waffe aus der Hand zu winden; aber Romberg blind vor Zorn verwundete sich durch eine ungeschickte heftige Bewegung selbst so tief damit, daß er zu Boden stürzte. Langenheim eilte in das Schloß, trug mit Hülfe des stummen Knappens den, durch den starken Blutverlust ohnmächtig Gewordenen in seine Wohnung und sprengte nach dem Dorf, um den dortigen Chirurg zu holen. Mit brüderlicher

Sorgfalt pflegte Langenheim den Verwundeten, der während der ersten Tage zu schwach für jeden Widerstand, oder auch für die Erwiederung großmüthiger Gesinnung war. Als er wieder zur Besinnung kam, beobachtete er ernst und schweigend Langenheims Handlungsweise und das wohlthätige der herzlichen Bemühungen desselben. Um ihn, schien nach und nach die Eisrinde, die sich um sein Herz gezogen hatte zu sprengen. An einem Abend saß Jener an seinem Bette. Eine Lampe erhellte matt das große düstre Zimmer. Nach einem kurzen Schlummer verlangte Romberg Thee. Als Langenheim ihm denselben reichte, das Kissen zurecht machte und theilnehmend nach seinem Befinden fragte, ergriff jener seine Hand, drückte sie und sagte mit noch schwacher Stimme: „Sie sind ein edler Mann! — tief stehe ich unter Ihnen — lassen Sie mir Zeit zur Erholung — und Sie sollen meine herzliche Reue sehen." Langenheim, glücklich den Sieg über ein hartes Menschenherz gewonnen zu haben, verwies ihn zur Ruhe, um durch heftige Gemüthsbewegungen seine Genesung nicht zu erschweren. Nach 8 Tagen erhielt Romberg von dem Wundarzt die Erlaubniß zu einer Unterhaltung mit Langenheim, und mit herzlichem Vertrauen wurde ein Freundschaftsbündniß geschloßen, das, durch die Einwirkung ein und derselben Personen auf ihre beiderseitigen Schicksale desto mehr Interesse und Festigkeit erhielt. Langenheim erfuhr zu seinem Erstaunen, daß Hainau der wahre Name seines unglücklichen Freundes und der Direktor zu E* sein Vater sey, daß der nemliche bösartige Kammerdiener, welcher ihn ins Unglück zu stürzen suchte, auch den Sohn durch Verläumdungen um die Liebe seines Vaters ja diesen so weit gebracht habe, daß er ihn förmlich aus dem Haus und aus dem Herzen verbannte. „Unter dem Namen Romberg" fuhr Hainau fort, „suchte ich Militair-Dienste. Von Natur leidenschaftlich, ohne Grundsätze, ohne Leitung lebte ich eigentlich zügellos. Ich hatte viele Abentheuer, Streite,

Liebesgeschichten u. s. w. und auf meine Monats-Gage warteten schon immer die Schuldner, allein sie reichte nicht hin diese zu bezahlen."

„Als ich eben von einer Anzahl Gläubiger gequält wurde, erhielt ich einen Brief von jenem Bösewicht, in welchem er mir den Tod meines Vaters mit vielen heuchlerischen Klagen meldete und die Anweisung auf ein dortiges Handelshaus beilegte, welches mir eine kleine Summe auszahlen sollte, die er, nach seiner Versicherung meinem Vater für mich abgebettelt hätte. Nur meine damals bedrängte Lage zwang mich dies schimpfliche Erbgut anzunehmen, aber den Brief zerknitterte ich mit Zähnknirschen in den Händen und warf ihn dann fluchend ins Feuer. Mit dem Geld bezahlte ich meine Schulden und den kleinen Rest verjubelte ich mit lachender Wuth in den ersten Tagen. Bald darauf wurde meine Garnison in den Ort verlegt, wo Cornelia als Schauspielerin mit lautem Beifall auftrat. Sie zu sehen, und die heftigste Leidenschaft für sie zu fühlen, war das Werk eines Abends; ich suchte ihre Bekanntschaft und es gelang mir bald, mich auf Ihre Kosten armer Freund! in ihre Gunst zu setzen. Aber Cornelia verstand es, meinen flatterhaften Sinn ganz zu fesseln. Durch sie wurde ich erst mit der Gestalt und dem Wesen der wahren Liebe bekannt. Anfangs beschäfftigte ihre ausgezeichnete Schönheit nur meine Sinnlichkeit, allein ihre Tugendliebe und ihr innerer Werth erregten nach und nach meine achtungsvolle Bewunderung, welche sich bald in die zärtlichste Liebe verwandelte. Ich hatte nun keinen heissern Wunsch, als ihren Besitz und dieses Verlangen wirkte sogar auf meine Lebensweise. Bekannt mit meiner und Corneliens vermögungsloser Lage wurde ich auf einmal sparsam und haushälterisch und entwarf mit ihr die zweckmäßigsten Plane zu unserm einstigen Fortkommen. Cornelia wollte Unterricht in fremden Sprachen ertheilen, ich im Zeichnen und Mathematik, worinn ich so ziemlich bewandert war und den sonst so bedürfnißreichen Hainau schuf die Liebe zum genügsamsten und doch glücklichsten Sterblichen um.

Der Feldzug gegen Frankreich begann; ich mußte marschieren und beschwor bei unserer Trennung meine weinende Geliebte mir zu folgen, sobald ich ihr ein Standquartier würde melden können. Sie versprach es und hielt Wort. Ein dortiger Geistlicher, in welchem ich einen Jugendfreund fand, gab meinen dringenden Bitten nach und traute mich mit meiner Cornelia. Der Reichthum ihrer Vorzüge lieh unserm häuslichen, wenn gleich stillen Leben so viel Reitz, daß durchaus keine Sehnsucht nach andern Freuden in meiner Brust entstand und ich sann nur immer darauf, auch ihr durch Erweisungen meiner Liebe dies Verhältniß so angenehm als möglich zu machen. Aber ach! dies Glück war von kurzer Dauer! Meine Verheirathung wurde bekannt, so wie der ehemalige Stand meiner Gattin und meine Cameraden beeiferten sich, mir jenen Schritt als ein Vergehen gegen die Ehre in immer wiederholten höhnischen Aeusserungen vorzuspiegeln.

Stolz war stets eine meiner heftigsten Leidenschaften; er erlitte unendliche Beleidigungen und endlich gewann er die Herrschaft über die Liebe. Ein unglückliches Duell ließ mich die schrecklichsten Folgen befürchten, ich rieß mich mit blutendem Herzen von meinem Weibe los, und ergrif die Flucht.“

Die Erinnerung an diese Epoche seines Lebens, erschütterte Hainau von Neuem so sehr, daß Langenheim ihn bat, seine Erzählung ein andermal fortzusetzen. Dagegen ließ er ihn mit möglichster Schonung von weitem ahnen, daß er im Stande sey, ihm von Cornelien einige Nachrichten zu geben. Ein Strahl von Freude glänzte in Hainau's Auge; und indem er Jenen versicherte: er fühle sich stark genug alles zu hören; verlangte er dringend weitere

Aufschlüße. Der Freund mußte nachgeben und Hainau erfuhr nun Corneliens Schicksale, Albinens Daseyn und die Gewißheit: durch treue Gatten- und Kindesliebe noch glücklich zu werden. Dies war zu viel für sein Herz, für seinen geschwächten Körper. Er war unbeschreiblich angegriffen und mußte zu Bette gebracht werden. Als er am andern Morgen, gestärkt durch einen sanften Schlummer erwachte, beschwor er seinen Arzt, Langenheim und seinen treuen Joseph (der nun beredt und unermüdet in seiner Pflicht sich zeigte) alles zu seiner schleunigen Genesung beizutragen, um recht bald in die Arme der Seinigen eilen zu können. Er selbst befolgte pünctlich alle Vorschriften und die Wonne des Wiedersehens nahm im Vorgefühl so sehr sein ganzes Wesen in Anspruch, daß Langenheim es nicht über sich vermogte ihn an die Ergänzung seiner Lebensgeschichte zu erinnern, so sehr ihn die Ungewißheit beunruhigte: ob darinnen vielleicht Theodor Hainau, da er des Freundes Nahme führte, auch eine wichtige Rolle noch spielen würde. In einer der gewöhnlichen Unterhaltungen zwischen ihm und Hainau über die fernen Lieben, brach Letzterer in die Aeusserung aus: „Eine Gattin, eine Tochter werde ich bald an mein Herz drücken, wer aber, wer giebt mir meinen verlornen Sohn Theodor?" Langenheim, dadurch aufmerksam gemacht, sprach nun den Wunsch: noch etwas von Hainaus Geschichte zu hören gegen ihn aus und erhielt von diesem folgende Fortsetzung der Erzählung:

Als er sich nemlich von Cornelien getrennt hatte, stürzte er sich wieder in den Strudel der Zerstreuungen und da es ihm an Geld mangelte, buhlte er um die Gunst der Göttin Fortuna im Spiel. Er war an jedem grünen Tisch zu finden, wußte aber seinen Vortheil sehr gut zu benützen, spielte vorsichtig und gewann manche hübsche Summe. Doch die Leere in seinem Herzen konnte keine Lustbarkeit, keine gesellige Freude, kein Sinnen-Genuß ausfüllen, er fühlte sich verlassen und suchte ein Wesen, das ihm Cornelien ersetzen sollte. Auch war er überzeugt, daß seine ausschweifend durchlebte Jugend, ihm ein frühes und kränkliches Alter herbeiführen würde und sehnte sich: mit dem im Spiel erworbenen Gewinn, sich wieder ein stilles häusliches Glück zu erkaufen.

Auf einem glänzenden Maskenball zog ein Frauenzimmer das als Catinka (im Mädchen von Marienburg) erschien, seine ganze Aufmerksamkeit auf sich. Es war dies die Rolle, in welcher er Cornelien das Erstemal auf der Bühne sah. Jene Erscheinung brachte deshalb sein Inneres in heftige Bewegung und in einer wehmüthigen Stimmung, welcher er nicht Meister werden konnte, nahte er sich jener Maske, lernte in ihr ein liebenswürdiges bescheidenes Mädchen kennen und verfolgte den günstigen Eindruck, den auch er in seinem sanft melankolischen Benehmen auf sie gemacht hatte, mit dem gewöhnlichen Ungestüm. Sie war die Nichte eines Lehrers an dem Liceum der Stadt. Hainau suchte in Bekanntschaft mit ihm zu tretten, und fand in ihm einen Mann, welcher sich mehr für seine Griechen und Römer, als für seine nächsten Umgebungen interessierte. Ohne viele Umstände gab er nach einigen Wochen seine Einwilligung zu Hainaus Werbung um Herminien. Sie wurde seine Gattin und bezog mit ihm ein Landgut, das er von seinem erspielten Vermögen gekauft hatte. Allein bald zeigte sich der Misgriff der Ehegatten in ihrer Wahl. Sie paßten durchaus nicht für einander. Herminie war bis zur Erniedrigung demüthig und furchtsam, zitterte bei jeder Forderung Hainau's und handelte dennoch in immerwährender ängstlicher Besorgniß vor seinem Unwillen verkehrt. Dies machte sie Hainau wiederlich. Er verkannte dadurch ihre übrigen guten Eigenschaften, misbrauchte ihre Sanftmuth und der Schmerz über ein unfreundliches rauhes Betragen, verkürzte Herminiens zartes Leben. Nachdem sie Hainau einen Sohn gebohren, starb sie bald darauf an einer unheilbaren Schwäche. „Mein Theodor hatte das sanfte, zur Schwermuth sich hinneigende Temperament der Mutter geerbt," fuhr Hainau seufzend fort „und ich mochte den weichen, so ganz unmännlichen Knaben durchaus nicht leiden. Bis in sein 12tes Jahr war er unter der Aufsicht mehrerer Hauslehrer; jedoch ich forderte von diesen; sie sollten die Gemüthsart meines Sohnes umändern, und da sie dies nicht vermogten, schickte ich sie nach kurzer Zeit unzufrieden wieder fort. Theodor war der unglückliche Gegenstand meines Unwillens. Er mußte meine trübe Stimmung, welche immer finsterer wurde, auf alle Weise fühlen und nach einer besondern, heftigen Scene, wo ich den armen Jungen sehr hart behandelte, floh er vor dem unnatürlichen Vater und ließ mich in einem furchtbaren Zustand zurück. Die Erinnerung an alle Leiden der eigenen unglücklichen Jugend, an die traurigen Erfahrungen der spätern Zeit, alle Vergehungen, deren ich mich schuldig gemacht hatte, vor allem aber Corneliens Bild und die unendliche Sehnsucht nach ihr, machte mir mein Leben qualvoll; ich fieng an die Menschen zu hassen und diese feindliche Gesinnung brachte mich endlich so weit, daß ich mein Gut verkaufte, meine Dienerschaft entließ, bis auf den einzigen Treuen, der mich nicht verlassen wollte und mir in diese schauerliche abgelegene Burg folgte, wo ich meine Wohnung aufschlug. Joseph mußte mir geloben mit Niemand ausser mir ein Wort zu sprechen und mein Herz verhärtete sich nach und nach so sehr, daß ich fähig war, einen Brief meines Sohnes unerbrochen zurück zu schicken.

Nur das Andenken an Cornelien war vermögend mich aus der gänzlichen Erstarrung meiner Gefühle zu wecken. Laß dir die Stelle zeigen mein Freund," sagte Hainau, „wo ich die einzigen hellen Augenblicke in der dunkeln Nacht meines Daseyns, in der heiligen Erinnerung an Cornelien gelebt habe."

Arm in Arm wandelten die Freunde zu dem Hain; in deßen tiefsten Hintergrund eine Laube, welche Hainau aus einigen Birken gezogen hatte, sie aufnahm. In ihr war ein kleiner Altar von Rasen aufgebaut und auf der Oberfläche desselben aus Vergißmeinnichtpflänzchen ein O gebildet.

„In diesem Tempel," fuhr Hainau fort, „brachte ich täglich die Stunde zu, worinnen ich mich in einem thörigt falschen Wahn von Cornelien trennte. Ich nahm ihr damals die Rose welche sie am Busentuch hatte mit hinweg und hob sie getrocknet wie ein Heiligthum auf. Kürzlich hatte ich sie wieder bei mir, als ich wieder zur gewöhnlichen Zeit hieher wankte; ich saß dort am Saum des Waldes auf jener Rosenbank und betrachtete lange in tiefes Nachdenken versunken die dürre Blume. Auf einmal schien es mir, als rief eine leise, süße Stimme meinen Namen — Sie ist Tod! in diesem Augenblick ist sie von der Erde geschieden und mitleidig ruft sie mich! dieß waren meine Gedanken und mein Entschluß sogleich gefaßt: ihr zu folgen. Doch daran verhinderte mich ein Fremder und nachher kehrte mein gewöhnliches Stumpfsein wieder zurück. Ach ich war sehr sehr unglücklich! und das bittre Gefühl der Reue, wird mich **nie ganz** glücklich werden lassen! denn: habe ich nicht als Vater unverantwortlich gehandelt? — auch der Augenblick, wo ich im letzten Anfall wilden Menschenhaßes bald meinen Retter gemordet hätte, auch dieser wird noch oft ein strenges Gericht über mich halten." — so klagte Hainau und warf sich Langenheim an die Brust. „Laß die Erinnerung an die Vergangenheit in deinen dunklen Mauern zurück" sagte Langenheim „und gehe mit getrostem Muth der Zukunft entgegen. Laß uns aber auch jetzt aus diesem Dunklen Labyrinth dort zu der freundlichern Rosenbank hinwandeln, hier ist es zu düster" setzte er hinzu und führte Hainau dahin. Von hieraus hatte das Aug eine etwas freiere Aussicht, besonders auf einen Teich welcher Zufluß von jener Quelle erhielt, auf seiner klaren Fläche spiegelte sich der blaue Himmel und die Strahlen der Sonne versilberten die kleinen Wellen, über ihn hinweg sah man durch eine perspectivisch gepflanzter Reihen hoher Pappeln das öfters schon erwähnte freundliche Dörfchen.

„Vertraue mir!" sagte hier tröstend Langenheim zu Hainau, der noch immer den Kopf in die hohle Hand gesenkt, trübe neben ihm saß. „Vertraue mir Freund! so wie ich dich eben jetzt aus der Nacht deiner Tannen hieher ans heitere Tageslicht führte, wo dem Blick, der dort nur auf den nächsten Umgebungen beschränkt ruht sich heitere Gegenstände zeigen, so hoffe ich dir in der Nacht den Kummer, der noch als Vater deine Seele belastet Trost, und leicht geben zu können. Es müßte mich alles täuschen, wenn ich dir nicht einige Auskunft über deinen Theodor ertheilen könnte." Hainau blickte ihn zweifelnd an. Langenheim beschrieb nun Theodors Aeußeres so lebhaft und treu, als kein Pinsel es vermögte. „Ja er ist es" rief Hainau entzückt, sank auf seine Kniee und sprach ein lautes inniges Dankgebet aus. Dann fiel er stürmisch Langenheim um den Hals und „du mein süßer Wohlthäter hienieden der du mir alles zuführen willst was mir theuer ist sprich! wo lebt mein Sohn?" „In unsrer Mitte, geliebt von uns allen und auch deiner Vaterliebe werth," erwiederte Langenheim; er mußte nun von Theodor erzählen, was er wußte dann aber versicherte Hainau: „nun kann ich nicht mehr länger hier verweilen. Morgen, Langenheim morgen reisen wir." Dieser erbat sich noch einen Tag Aufschub, um einen Brief als Vorläufer absenden zu können, ob er gleich schon mehrere abgeschickt und Theresen darin alles mitgetheilt hatte: was sie beruhigen und worin sie Cornelien und

Albinen vorsichtig benachrichtigen sollte.

Unruhig über Corneliens ungewöhnlich langes Aussenbleiben, und mit einem seltsam bangen Vorgefühl kämpfend, schaute Albina an jenem Abend, wo die folgereiche Scene in Langenheims Haus vorgefallen war sinnend zum Fenster hinaus und lauschte auf jeden vermeintlichen fernen Fußtritt. Ihre Zöglinge umgaben den runden Tisch in der Mitte des Zimmers, auf welchem schon die freundliche Kerze brannte und lispelten leise mit einander: denn Albinens befangenes Wesen, das für sie eine auffallende Erscheinung war, hatte ihre kindliche Munterkeit gestört und die Abendsuppe wurde ungenoßen wieder weggetragen. Die **nun** 12 jährige Aurelia schlich zu Albinen, umfaßte sie innig und der volle Mond der silbern am Himmel stand spiegelte sich in ihren Thränen. „Gutes theures Kind!" sagte Albina gerührt und drückte sie an die Brust. — „Du verstehst meine Sorge und ich danke dir für deine Theilnahme, sie ist wohlthuend für mein Herz. Doch beunruhige dich nicht auch. Der große Geist, der diesen schön leuchtenden Weltkörper schuf und in seiner Bahn erhält, sieht eben so mildsorgend auf das funkelnde Johanniswürmchen dort unten im Grase, und der Menschen Schicksale, lenkt er nach ewig weisen und huldreichen Gesetzen. Ich sagte mir dies vorhin recht nachdrücklich vor und bin nun gefaßt, das, was die nächsten Stunden, meiner geheimen Ahnung noch Wichtiges mir bringen werden ruhig anzunehmen." Bald darauf hörten sie in der Stille der Nacht von ferne einen Wagen rollen. „Das wird die Mutter seyn!" sagte Aurelia fröhlich. „Ist sie es," erwiederte Albina mit pochendem Herzen leise, „so beauftrage ich dich als die Verständigste, deine Schwestern gut zu unterhalten, damit meine

Abwesenheit nicht nachtheilig für sie wird, denn ich muß mit der Mutter alleine sprechen." — Sie eilte hinunter — und aus dem Wagen stieg — Cornelia und Therese — Leztere hatte sich entschlossen, da sie alles von der Leidenschaftlichkeit ihrer Freundin befürchtete, sie zu begleiten und die Nacht auf dem Landhaus zuzubringen. Aengstlich spähend blickte Albina beide an. Die Mutter äusserte mit schlecht verheelter Unruhe, sie möchte die Kinder so schnell als möglich zu Bett bringen und dann im Gaststübchen sie aufsuchen. Es geschah und als Albina wieder kam, fand sie Cornelien, mit rückwärts gebogenem, ins Sacktuch verhüllten Gesicht, auf dem Sessel sitzend; sie eilte auf Theresen zu, die neben Jener stand und bat im flehenden Ton, um Aufschluß über alle diese Erscheinungen. Therese, die Seelenstärke der geliebten Tochter kennend, entdeckte ihr Alles; und Albina; in deren Herzen diese Mittheilungen verschiedenartige Empfindungen erregt hatten, beeiferte sich mit Theresen für die Hoffnungsreichsten derselben auch Corneliens Gemüth empfänglich zu machen und schon hatte die Mitternachtsstunde geschlagen, als Mutter und Tochter erst von der trefflichen Freundin schieden und zwar mit den Aeusserungen der innigsten Dankbarkeit für die abermalige Beschäftigung einer treuen Freundschaft und Fürsorge, welche in Theresens schöner Seele immerdar segnend für ihre Lieben waltete.

Haben wir im Leben irgend eine wichtige Erfahrung gemacht, so ist es höchst wohlthätig, in der Einsamkeit dieselbe noch einmal durchzugehen um sie vollkommen zu würdigen, und unser Benehmen gehörig regeln zu können, — aber es entsteht dann auch sogleich der Wunsch dem mit uns am nächsten verwandten Herzen, Kunde davon geben und uns seines Mitgefühls freuen zu können. Albina, als sie sich auf ihrem Lager allein mit ihren Empfindungen befand war jetzt erst vermögend, reiflich über die Ereignisse des Abends und über das, was die Pflicht aufs Neue von ihr fordern würde, nachzudenken. Als sie damit im Reinen war, entstand die Frage: „Ob wohl Theodor von dem Vorfall wisse?" und das sehnsüchtige Verlangen regte sich lebhaft, doch recht bald mit ihm darüber sprechen zu können. Du mein Geliebter! wirst also einen Vater durch deine Albina wieder erhalten! sprach sie leise und innig: doch in diesem Augenblick verschmolzen die Bilder seines und ihres Vaters in ihrer Phantasie so wunderbar in einander, daß sie unzufrieden mit ihren verworrenen Ideen, sich bemühte, einzuschlummern um am Morgen sich ihrer gewöhnlichen Geistesklarheit erfreuen zu können.

Sie war auch am folgenden Tag wieder vollkommen im Stande, alles, was ihr schöner Beruf heischte, genau zu besorgen, und der noch heftig angegriffenen Mutter kindlich beizustehen — doch gewährte es ihr hohen Trost, als Therese äusserte: noch einige Tage bei ihnen zu bleiben, da ihres Gatten Reise und Abwesenheit ihr die längere Entfernung vom Hause gestatte. Die erste günstige Minute wo Albina allein die mütterliche Freundin sprechen konnte benützte sie um zu erfahren, ob auch Theodor von den neuesten Begebenheiten unterrichtet sey? „Er ist nicht hier," erwiederte Jene; „Volkmar gab ihm einen Auftrag, der ihn schnell abzureisen und 10–12 Tage wegzubleiben nöthiget. Durch mich sendet er Albinen seine zärtlichsten Grüße."

———

Nach einigen Tagen brachte Corneliens Dienstmädchen aus der Stadt einen Brief an Theresen mit — „von meinem Albert!" rief diese und eilte damit in den Garten. Albine auf alles gefaßt, entschloß sich ihr nachzugehen. Therese gieng aus der Laube mit dem Ausruf entgegen: „Dein Vater ist gefunden — doch vielleicht — nur um ihn wieder zu verliehren!" Sie theilte ihr nun den Brief mit, den Jener an dem Krankenbette des noch in Gefahr schwebenden Verwundeten geschrieben hatte. Albina war tief bewegt — aber ganz mit Theresen einverstanden: der Mutter diese Nachricht vorzuenthalten, vermogte sie es, ihre Gefühle zu verbergen. Bald verwandelte ein zweites Schreiben Langenheims diese peinliche Unruhe in glückliche Gewißheit und mit möglichster Vorsicht machte Therese Cornelien mit dem Erfolg der Reise ihres Gattens so wie nach und nach mit allen sie begleitenden Umständen bekannt. In Freude und Schmerz gleich ausschweifend, war Cornelia kaum fähig die Erste zu ertragen und sie scholt die Zeit, welche sie viel zu langsam zum Ziel ihrer Wünsche, zum Wiedersehen ihres Rombergs führte. (Langenheim hatte nemlich den wahren Namen seines Freundes und seine Vermuthungen wegen Theodor weislich noch verschwiegen.)

———————————

Therese wurde durch häusliche Angelegenheiten genöthiget in die Stadt zurückzukehren. Albina verdoppelte nun ihre Sorgfalt für die, dem Geist und Körper nach leidende Mutter; ihre dadurch vermehrten Geschäfte ließen ihr nicht Zeit, ihren eigenen Empfindungen Gehör zu geben, welche sie oft mit einer süßen Unruhe erfüllten. An dem Abend, an welchem Theodor, der von seiner Reise zurückgekehrt war, auf den Flügeln der Liebe zu seiner Albina eilte und beide des lang entbehrten Genußes eines traulichen Beisammenseyns in der Laube sich erfreuten, kam Therese auch, doch etwas später in das Landhaus. Sie brachte Cornelien den Brief, worinn ihr Gatte seine und Hainaus Ankunft und zugleich letztere als Theodors Vater ankündigte. Nachdem sie die heftig aufgeregte Freundin etwas beruhigt verlassen konnte, suchte sie die Liebenden auf und als sie vorbereitend von Vater Hainau manches erzählt hatte was beide aufmerksam und empfänglich für die Nachricht machte, die sie ihnen bringen mußte, nannte sie die Namen: Bruder — Schwester! — Theodor fuhr erschrocken auf, Albina wurde blaß und zitterte, endlich lößte ein wohlthätiger Thränenstrom, die Betäubung, in welche sie diese Entdeckung versezt hatte, auf. Therese drückte sie an ihr Herz und sagte: „Laß uns Gott danken, theures Kind! der zu **rechter** Zeit einen erleuchtenden Strahl in die drohende Nacht deiner Zukunft sandte, welcher uns alles im wahren Licht erblicken läßt und uns von dem Abgrund hinwegreißt an dem wir ohne Wissen standen. Theodor!" fuhr sie fort, indem sie sich zu den noch immer in dumpfen Sinnen finster brütenden Jüngling wandte: „Theodor! müssen Sie denn die Geliebte ohne allen Ersatz hingeben? erhalten Sie nicht dafür einen versöhnten Vater, eine treue Schwester?" „Ja, eine treue, treue Schwester will ich dir seyn!" fiel Albina ein und umfaßte ihn liebend tröstend, „wir haben uns ja nur verlohren, um uns in anderer Gestalt wieder zu finden." „Lasst mir Zeit, mich zu sammeln," bat Theodor, und wandte sich sanft aus Albinens Armen; „ich muß mit mir **alleine** seyn, und hoffe, wenn wie uns wieder sehen, Euch alle zufrieden zu stellen." Er drückte einen Kuß auf Albinens Stirn, reichte Theresen die Hand und eilte fort. „Wir wollen nun Anstalten zum Empfang der theuern Gäste treffen" sagte leztere zu Albinen, „dies wird eine wohlthätige Zerstreuung für meine geliebte Tochter seyn." Folgsam, aber schweigend mit niedergesenktem Blick gieng sie an Theresens Seite in die Wohnung.

Cornelia schloß sie in ihre Arme und sagte: „Ist Dir der letzte Vorfall nicht Bürge für die Untrüglichkeit meiner

Ahnungen? — Als der Sohn meines Hainau, als dein Bruder, wird Theodor den nächsten Platz nach dir in meinem Herzen einnehmen. Bis jezt konnte ich ihn aber nie ohne geheimen Schauer betrachten. Ach Albina! welche beseeligende Aussicht zeigt sich unserm Auge! öffne doch dein Herz auch meinen Empfindungen geliebtes Kind! ich flehe zu dir, theile **meine** Freude!" „Theure Mutter!" erwiederte Albina bewegt, „ist sie denn nicht auch **meine** Freude? Einen hohen Genuß, den der väterlichen Liebe, bringen mir die nächsten Stunden und ich fühle gewiß seinen Werth. Aber sey nachsichtig beste Mutter. Zu neu ist mir mein gegenwärtiges Verhältniß gegen Theodor, das Herz muß sich erst daran gewöhnen lernen."

Es kam der der große Augenblick des Wiedersehens und das freundliche Landhaus umschloß eine unaussprechlich glückliche Familie! Nur das gealterte kränkliche Ansehen Hainaus goß einen Tropfen Wermuth in den Freudenbecher. Es giebt Scenen im menschlichen Leben, wo die Gegenwart, selbst der vertrautesten Freunde, störend werden kann. Diese richtige Ansicht hatten auch Langenheims und da der Tag der Ankunft genau bestimmt war, begab sich Theodor — welcher das zur Seelenruhe erforderliche Gleichgewicht der Empfindungen sich wieder errungen hatte, an demselben **alleine** zur geliebten Schwester und Mutter und der glückliche Hainau fand alles vereint, wonach in den letzten Tagen sein Herz die heisseste Sehnsucht empfunden hatte. Er gab sich ganz den süßen Regungen der zärtlichsten Gatten und Vaterliebe hin und fühlte sich oft, durch die Genüsse, die ihm wurden zu dem Glauben geneigt: er sey schon der Erde entrückt.

Auch Cornelia war unendlich glücklich in der Erwiederung einer lange hoffnungslos gehegten, doch treu bewahrten Liebe und bemühte sich, ihren Gatten immerwährend davon zu überzeugen.

Der herangereifte Jüngling befriedigte nun ganz die Forderung des Vaters und auf der lieblichen Tochter ruhte oft lange mit stillem innigen Wohlgefallen sein Blick. Joseph der seltene treue Diener gehörte auch mit in den häuslichen Verein und wurde durch die allgemeine dankbare Anerkennung seiner Verdienste um seinen Herrn, für dieselben belohnt. Seine abentheuerliche Ritter-Kleidung wurde als eine Reliquie der vorigen Zeit aufbewahrt. Sie hatte sich seiner Aussage nach in der alten Ritterburg vorgefunden und schien ihm damals geeignet, das geheimnisvolle Benehmen, wozu ihn Hainau verpflichtet hatte, noch mehr zu erhöhen. Der sonst stumme Diener war jezt sehr redselig geworden. Er erzählte viel und gerne von der Vergangenheit. Unter andern gab er gleich in den ersten Tagen, bei einer zufälligen Gelegenheit, folgende wichtige Geschichte zum besten:

Er war Soldat, und immer menschlich gesinnt kam er als Feind in ein Dorf. Hier sah er vom weiten eine Frau, im Begriff ein neugebohrnes schreiendes Kind im vorbeiströmenden Fluß zu werfen. Joseph rief ihr ein donnerndes: „Halt" zu. Sie blieb stehen und erwartete ihn. „Was willst du thun Barbarin?" fuhr sie jener an. „Ey was," erwiederte die Frau, „das Kind ist nicht mein, eine Fremde hat es mir zurückgelassen und in den harten Kriegszeiten habe ich genug zu thun für mich und meinen Mann zu sorgen; das Kind ist mir eine Last." Joseph stellte ihr das Gräßliche ihres Vorsatzes so eindringend vor, daß sie in sich gieng, die Augen mit der Schürze trocknete, das Kind küßte und sagte: „Nun wohl, ich will die Kleine morgen in der Früh vor ein Gartenhaus in der Gegend setzen: da wohnen reiche Leute die können sich ihrer annehmen." Joseph quartierte sich darauf absichtlich bei jenen Leuten ein, aber statt sich von ihnen frei halten zu lassen, bezahlte er alles, was sie ihm gaben, doppelt und die Kleine trug er selbst den ganzen Abend über auf seinen Armen herum und liebkoßte sie. „Sie hat es gewußt, daß ich ihr Lebensretter war," sezte er treuherzig hinzu, „denn wenn sie im vollen Schreien war, und ich nahm sie zu mir, so war sie stille und blickte mich lieb und freundlich an. Es war ein wunderschönes Kind. In der Nacht mußte ich weiter marschiren und ich weiß nicht, was aus ihr geworden ist, hab aber oft an sie gedacht. —" Theodor und Albina waren es, die er vorzüglich mit seinen Geschichten und also auch mit dieser unterhielt. Als er geendigt hatte sagte Leztere: „Treue Seele! die du gerettet hast vom Wassertod — steht vor dir — ich bin es, und will dir mein Lebenlang dies zu vergelten suchen." Sie erzählte ihm ihre Jugend-Geschichte und Joseph war ausser sich vor Freude daß er zum Werkzeug erkohren war einem so edlen Wesen das Leben erhalten zu haben. Als den übrigen Gliedern der Familie diese Begebenheit mitgeteilt wurde, beeiferte man sich um die Wette, dem wackern Joseph die herzlichste Dankbarkeit für seine schöne Handlung, welcher man das Daseyn der allgemein geliebten und verehrten Albina zu verdanken hatte, zu beweisen. Vorzüglich hatte er sich dadurch Cornelien unendlich verpflichtet. Sie betrachtete ihn als ihren Wohlthäter und bot alles auf, ihm dies mit der That zu lohnen.

Albinens zarter liebender Sinn hatte einen Plan entworfen, nach welchem, der letzten Ereigniße wegen, ein würdiges Familienfest gefeiert werden sollte. Es war ihrer schönen Seele Bedürfniß, sich öffentlich darüber aussprechen zu dürfen; und Theodor wurde von ihr zur freundlichen Mitwirkung aufgefordert.

Mehrere Tage bemerkte Cornelia bei Albinen eine geheime

Thätigkeit, so wie auch bei den Zöglingen. Diese standen oft auf einem Fleckchen beisammen, flüsterten und lachten versteckt. „Mütterchen, forsche nicht nach!" schmeichelte Albina, als Jene sie darüber fragte: „nur heute noch, und du wirst Aufschluß erhalten." Am folgenden Abend erschienen, von Albinen eingeladen und überraschend für die Eltern, als liebe Gäste, Langenheims und Volkmar.

Im festlich mit Eichengewinden decorirten Saal war der Theetisch bereitet. Eine der ältern Pflegetöchter, eine muntre hübsche Brünette bediente die Anwesenden anmuthig und gewandt. Die andern Zöglinge giengen ab und zu und Albina wußte es leicht zu veranstalten, daß die Mutter die Freunde mit den Produkten des Fleißes und der Geschicklichkeit der Kinder unterhalten mußte und also ihre und Theodors Entfernung weniger bemerkt wurde. Endlich (es war schon dunkel und an der reinen azurnen Himmelsdecke funkelten zahllose Sterne) traten die 2 jüngsten Kinder der Anstalt, als Genien gekleidet in das Zimmer. Das weise Gewand war mit Blumengewinden hinaufgeschürzt und Blumenkränze zierten die blonden Köpfchen. Jede trug eine kleine Fackel in der Hand und mit freimüthigem Anstand näherten sie sich der Gesellschaft und sprachen abwechselnd:

Möchte es Geliebte Euch gefallen
Uns zu folgen in die heil'gen Hallen
Wo die Kindesliebe Eurer harrt.

———————

Möchte dort ihr Walten Euch erfreuen
Wo sie treulich in dem Kreis der Treuen
Jegliche Empfindung offenbart.

Freudig erstaunt folgten die Eingeladenen den lieblichen Führerinnen. Im Gartenzimmer, das von einer Lampe matt erhellt und reich ausgeschmückt mit duftenden Blumen in Töpfen und Vasen war, standen vor der geöffneten Flügelthüre, welche in den Garten führte, die berechneten Sitze für die Eintrettenden. Der mit vielen farbigen Flämmchen erleuchtete Gang leitete die Blicke zu einem im Hintergrund befindlichen Tempel, dessen Dach auf grün belaubten Säulen ruhte und welcher die Strahlen, einer hinter ihm transparent angebrachten Sonne wiedergab. Ein Altar stand in der Mitte derselben; an ihm ward Albinens edle holde Gestalt im himmelblauen griechischen Gewand sichtbar, welche die Flamme die auf dem Altar brannte, sorgfältig unterhielt. Die Kinder alle wie die beyden Ersten gekleidet, umringten in 2 Halb-Zirkeln den Tempel. In der entfernten Laube ertönte (auf das gegebene Zeichen, daß die Gefeierten zugegen wären) eine vollstimmige Musik. Sie begann mit einem feierlichen Choral, in welchen die feinen Kinder-Stimmen einfielen und Albina in betender Stellung an dem Altar niedersank.

Sie sangen:

Dem großen Geist, der wunderbar und weise
Der Sterblichen Geschick hienieden lenkt
Sey Lob und Preiß für diese schöne Stunde
Die uns hier himmlische Genüsse schenkt!

Er leite ferner huldvoll unsre Wege
Zu der Vollendung schönem Ziele hin:
Und reich' uns stets im innigen Vereine
Der Lieb und Freundschaft dauernden Gewinn!

———

Theodor kam nun als Minnesänger hervor. Um den Hals an einem breiten Band befestigt hieng die Guitarre. Die Kinder eilten ihm entgegen und führten ihn, gleich wie im Triumpf der Versammlung zu. Vor der Flügelthüre stehend begann er:

Euch Ihr hochverehrten, heiß Geliebten
Tönt des Minnesängers frohes Lied
Dem auf seinen Wanderungen lieblich
Hier der Freude schönste Blume blüht.

———

Was Irrthum einst trennte schaut er hier vereinigt
Und in der Vergeßenheit ewiges Grab
Sieht er die vergangenen Leiden sich senken
Im Augenblick, welcher uns Wonne nur gab!

———

Hochbegeistert laßt mich aber preißen
Dich o Freundschaft! mit dem edlen Sinn!
Du bist von dem Glück das uns beseeligt
Mächtige und holde Schöpferin
Und die Grosmuth, die mit milden Händen
Die Verlaßnen führte und sie reich
Segnete, beglückte und erfreute
Grüße ich verehrend hier in Euch!

———

Ihr habt schon den Lohn jener liebenden Thaten

75

Im süßen Bewußtseyn; doch nehmt jezt den Kranz
Mit freundlicher Güte aus kindlichen Händen,
Den Unschuld Euch reichet im himmlischen Glanz!

―――――――

Mit einer Verbeugung trat Theodor zurück und 4
Mädchen reichten den Langenheimischen und
Volkmarischen Ehegatten Kränze aus Lorbeeren und
Vergißmeinnicht gewunden. Nachdem wurde man Theodor
im Tempel gewahr, wo er und Albina sich über der heiligen
Flamme auf dem Altar die Hand reichten und der Chor der
Kinder sang mit Musik begleitet:

Heil dem neu geschloßnen Bunde
Reiner Bruder- treuer Schwesterliebe!
Dauernd gründe diese Stunde
Jene heil'gen Triebe.
Ihre Herzen, die sich schnell gefunden
Sind für eine Ewigkeit verbunden.

―――――――

Nach Endigung dieses Gesangs giengen die Geschwister
Hand in Hand, von den Genien begleitet, der Versammlung
zu und Albina lies sich vor dem Vater, Theodor vor der
Mutter, auf ein Knie nieder; Aurelia trat hervor und sang
mit weicher Stimme:

Segnet theure Eltern die Geliebten,
Die für Euch in frommer Lieb' erglüh'n!
Euer immer werth zu bleiben
Ist ihr unermüdetes Bemühn
Es soll Eure Tage schön verklären
Und des trauten Kreißes Glück vermehren!

―――――――

Mit tiefer Rührung legten die Eltern die Hand auf die Häupter der geliebten Kinder, zogen sie dann an ihre Brust und kein Auge blieb trocken bei dieser herrlichen Scene welche besonders für Cornelien und Hainau sehr angreifend zu werden schien: doch Moly die schon erwähnte heitre Brünette unterbrach dieselbe, indem sie mit noch einem Kranz am Arm, auf den in einer Ecke des Zimmers stehenden Joseph hineilte, welcher beinah laut weinte, ihn mit freundlicher Gewalt in ihre Reihen zog und zu singen begann:

Nimm diesen Kranz aus meiner Hand
Sieh'! er gebühret der Treue!
Sey auch verschieden ihr äußeres Gewand,
In welchem Sie uns erfreue.
Du hast in der alten Rittertracht
Auch teutschen Rittern dich gleich gemacht —
Sey hoch geprießen aufs Neue! —

Hiemit sezte ihm das fröhliche Mädchen den Kranz auf. Jung und Alt, Groß und Klein drängte sich zu ihn und drückte des Wackern Hand. Hainau fand keinen Anstand, den bewährten Diener an seine Brust zu nehmen, der die Hand des gütigen Herrn mit Küssen bedeckte und lange vor strömenden Thränen, nicht sprechen konnte. Endlich kam in den treuherzigsten Ausdrücken ein gutgemeinter Wunsch hervor. — Man gieng dann zur näheren Beschauung, Gruppenweise in die erleuchteten Parthien des Gartens und freute sich wiederholt Albinen und Theodors schöpferischer Liebe.

Nach und nach schlichen sich die Aeltesten unter den lieblichen Genien, dann Theodor und zulezt Albina und Joseph hinweg. Und nicht lange — so wurden die Eltern und Freunde gebetten, in den Saal zurückzukehren, wo hell erleuchtet ihnen die gedeckte Tafel einladend entgegen winkte. Albinens Hausmütterliches Talent, die Gelehrigkeit und Emsigkeit ihrer Schülerinnen, sprach sich in der Anordnung des, wenn auch nicht kostbaren, doch wohlschmeckenden und geschmackvoll eingerichteten Abendeßen aus. In das Nebenzimmer war eine Harmonie-Musik blasender Instrumente gewiesen, deren sanfte Zauber die beseeligenden Empfindungen in den Gemüthern der Anwesenden noch mehr erhöhte und — erst beim ernsten Schlag der Mitternachts-Stunde trennten sich die Stadtbewohner mit den Gefühlen aufrichtiger Achtung und Dankbarkeit gegen Albinen und Theodor von dem Wohnsitz reiner Freude.

———————

So sehr Hainau wünschte mit dem lang entbehrten Sohn häufiger beisammen seyn zu können: hielt doch Letzteren seine Pflicht in der Stadt. Er war als Actuar angestellt, hatte seine Wohnung im Langenheimischen Haus und brachte nur die Sonntäge, an andern Tagen zuweilen ein paar Abendstunden im Kreiß seiner Familie zu.

Wie schon erwähnt wurde — war er ein leidenschaftlicher Freund der Musik und besaß auch von und in derselben ausserordentliche Kenntniße und Fertigkeit. Seine Neigung gieng so weit, daß er nicht nur jedem Conzert; **jedem** musicalischen Privat-Verein beiwohnte, und auch täglich, wenn die schöne militärische Musik des in D* garnisonirenden Regiments bei seinem Büreau vorüberzog, um die Wache zur Ablößung zu begleiten — von seinem Sitz auf und ans Fenster sprang um sie zu hören: sondern daß sogar **jeder** an den Messen herumziehende Strassensänger seine Aufmerksamkeit auf sich zog.

Einst spielte wieder ein Knabe vor seiner Wohnung eine kleine Orgel und lockte Theodor an das Fenster. Ein zartes Mädchen von 14–15 Jahren sang mit einer umgemein lieblichen Stimme dazu. Diese war für ihr Alter von einem bedeutenden Umfang, metallreich und hatte so viel Weiches, daß Theodors Augen sich unwillkührlich mit Thränen füllten. Er rief die Kinder in das Haus, erfuhr, daß sie unter Wegs zufällig zusammengekommen wären und Antonie, so hieß das Mädchen, aus dem westlichen Theil Italiens gebürtig, ohne Verwandte in der weiten Welt durch ihre Stimme den ärmlichsten Unterhalt zu erwerben suchte. Ihr bescheidenes Wesen, ihre ausdrucksvollen Gesichtszüge und ihre hülflose Lage, verbunden mit ihren musikalischen Talenten machte sie Theodor ungemein interessant. Er beschenkte sie und ihren Begleiter reichlich und ließ sich ihre Herberge sagen.

Den größten Theil der Nacht beschäftigte ihn der Gedanke: wie unglücklich dies Mädchen sey, in welchen Gefahren sie schwebe und ob es nicht möglich wäre, sie denselben zu entziehen. Er beschloß, sie näher kennen zu lernen und — wäre sie es würdig! sich ihrer anzunehmen: Theils führte ihn das Gefühl der Schiklichkeit, theils das Vertrauen auf Theresens Einsicht und wohlwollende Gesinnung am andern Tag zu derselben und er gieng mit ihr in dieser Angelegenheit zu Rath. Sie zeigte sich bereitwillig seinen Wunsch zu erfüllen und ließ Antonien zu sich rufen. Diese war der Französischen Sprache kundig, welche auch Therese vollkommen verstand und so war es der Lezten möglich nach einer langen Unterredung das Mädchen auf verschiedene Weise als Menschenkennerin zu prüfen; doch ach, die freundliche Behandlung Theresens, die schöne Wohnung die sichtbaren Spuren der Wohlhabenheit ihrer Besitzer, dies alles erregte bei Antonien, welche hier den Abstand zwischen ihrer ärmlichen Lage und der, der glücklichen Stadtbewohner sehr schmerzlich fühlte, eine Sehnsucht und Wehmuth, die sich bei ihrem Abschied von Theresen in hervorbrechenden Thränen äusserte. Diese senkte einen Funken der Hoffnung in ihre betrübte Seele und versprach ihr auch, sie während ihres Auffenthalts öfter zu sich kommen zu lassen. Als sie Theodor das Resultat ihrer Beobachtungen mitgetheilt hatte, kamen beide darinnen überein: Antonien in die Anstalt seiner Mutter zu bringen zu suchen.

Er gieng noch an dem nemlichen Abend hinaus, gewann zuerst die mitleidige Albina für seinen Wunsch und beide trugen ihn Cornelien vor.

„Bist du denn sicher mein Sohn," sagte diese ernst, „daß der Schritt, zu welchem du mich bestimmen willst keine nachtheiligen Folgen für unser häusliches Glück haben wird?"

„Beste Mutter!" erwiederte dieser, „ist denn die mögliche Rettung eines Menschen nicht eines, wenn auch gewagten Versuches, werth? Was wäre aus Albinen, was aus mir geworden, hätten unsere Wohlthäter an unserer Würdigkeit zweifelnd, ängstlichen Besorgnissen Gehör gegeben, welche ihnen vielleicht auch wiederrathen haben würden, sich unsrer anzunehmen! —" Albina tief durchdrungen von der Wahrheit dieser Worte, ließ mit Bitten nicht eher nach, bis Cornelia ihre Einwilligung zur Aufnahme Antoniens in ihrem Hause gab. Mit dem freudigsten Dankgefühl kehrte Theodor in die Stadt zurück, theilte Theresen den Erfolg seiner Bemühung für Antoniens Zukunft mit und bat: sie am folgenden Tag zu einer bestimmten Stunde rufen zu lassen, wo er wußte, daß er gewiß zu Hause sey; denn er wollte Zeuge von dem Entzücken des Mädchens seyn, wenn sie die frohe Kunde hören würde. „Antonie!" sprach sie Theodor freundlich an, als sie bei ihnen am andern Morgen erschien. „Antonie! könntest du dich mir wohl vertrauen?

ich möchte dein Glück gründen und dich deiner unwürdigen Lebensweise entziehen!" — Das Mädchen schaute ihn mit großen Augen an: „Kannst du dich entschließen," fuhr Jener fort, „hier zu bleiben und die Bemühungen dich auszubilden mit Gehorsam und Fleiß zu belohnen: so will ich dich zu einer geliebten Mutter und Schwester führen, welche geneigt sind dich aufzunehmen. —" Noch immer schien Antonie ihr Glück nicht begreifen zu können. Nun sezte ihr Therese Theodors Plan deutlicher auseinander, und — ein freudiges „Ach!" war alles was sie hervor bringen konnte. Aber sie zitterte, daß sie sich an einem nahestehenden Tisch fest halten mußte und eine glühende Röthe wechselte mit Todtenblässe in ihrem Gesicht ab. „Fasse dich doch mein Kind!" sagte Therese — und — „prüfe dich," fiel Theodor ein, welcher anfieng an ihrem Willen in seinen Plan einzugehen, zu zweifeln, „prüfe dich, ich will dich durchaus nicht zwingen, meinen Vorschlag anzunehmen."

„Ach Gott! ich bin zu glücklich! ich vermag es kaum zu fassen," sagte das Mädchen und schlug die schönen dunkeln Augen gen Himmel. „Die arme verlassene Antonie soll einen Zufluchtsort finden, eine Mutter, eine Schwester, einen Bruder! — o es ist zu viel es ist zu viel!" Sie ergriff bei diesen Worten Theodors beide Hände und preßte sie an ihr Herz. Noch an demselben Abend führte sie Therese mit Theodor in ihre neuen lieblichen Umgebungen.

Sie wurde von der Mutter gütig, von Albinen mit schwesterlicher Freundlichkeit empfangen und Antonie fühlte sich über allen Ausdruck glücklich.

Sie zeigte sich bald als eine höchst gelehrige, fleißige und gehorsame Schülerin, wurde Albinens emsigste Gefährdin, treueste Freundin und dieser unbeschreiblich werth und theuer; auch die Mutter fand nicht Ursache, ihren Entschluß zu bereuen; sie wurde bald im ganzen Hause allgemein geliebt. Albina machte sich sehr verdient um sie, sie lehrte ihr alles, was ihr nöthig war und wozu sie Lust hatte und streute in das empfängliche weiche Mädchen-Herz den Saamen aller schönen Gefühle.

Theodor, entzückt, über sein gelungenes gutes Werk, kam nicht einmal, wo er nicht neue Vorzüge an Antonien entdeckte und Albinen innig für ihre schwesterlichen Bemühungen um Jene dankte. In der Musik gab er ihr Unterricht und seine Schülerin machte riesenmäsige Fortschritte warum? — die Liebe trat als Lehrerin auf. Theodor ihr Wohlthäter war ihr Abgott ihres Herzens. Mit geheimer aber glühender Leidenschaft war sie ihm ergeben, ohne daß sie es anfangs selbst wußte. Sehnsüchtig sah sie jedem Abend entgegen, wo nun Theodor öfter auf dem Landhaus erschien, als sonst. Die Unterrichtsstunden mußten zum Vorwand dienen, denn er wollte es nicht gestehen, was doch wirklich war, daß ihm das Mädchen, welches er vom leiblichen, ja vielleicht auch vom ewigen Verderben errettet hatte, ihm immer theurer wurde. Sah Antonie (welche sich nun die Zeit, in welcher er gewöhnlich kam, immer am Fenster etwas zu schaffen machte) ihn die Strasse herauf eilen: so suchte sie zuerst ein paar einsame Augenblicke zu erhaschen um sich zu sammeln, und dennoch begrüßte sie ihn immer mit niedergeschlagenen Blicken und pochendem Herzen. Albina durfte sich auf Antoniens dringende Bitten, nie während der Unterrichtsstunde entfernen: „denn," sagte sie zu dieser, in kindlicher Unschuld und Vertraulichkeit: „ich kann dir nicht sagen, wie bange mir an Theodors Seite ist und dennoch freue ich mich so sehr auf jede Lehrstunde." Albina lächelte, ihr war der Grund jener süßen Unruhe wohl erklärbar. Die Mutter schien auch auf einige Vermuthungen zu gerathen, sah aber sehr finster dabei aus.

Noch war kein Jahr nach der glücklichen Wiedervereinigung verfloßen: als Hainau bedenklich krank wurde. Die geschickteste ärztliche Hülfe, die ängstlichste Pflege treuer Liebe konnte seine Genesung nicht bewirken. Die Natur unterlag den Folgen früherer harter Erfahrungen und leichtsinniger Handlungsweise. Er entschlummerte zu jenem Leben in den Armen Albinens, welche ihm sanft die Augen zudrückte. Cornelie blieb sich auch hier gleich, ihr leidenschaftlicher Schmerz brach in so heftige Aeusserungen aus: daß man sie vom Krankenbett entfernen mußte! auch Theodor war nicht vermögend den Vater sterben zu sehen. Mit verhülltem Gesicht schritt er im Zimmer auf und ab und Antonie kniete in einer Ecke desselben und sandte fromme Gebete für des Sterbenden Heil zum Himmel. Er hatte vollendet! — Albina küßte die kalte väterliche Hand und trug nun treue Sorge für die Lebenden, da sie in allen Fällen so viele Besonnenheit und Einsicht zeigte, mußte sie auch Langenheim bei dem Geschäft der Beerdigung unterstützen. Antonien übergab sie den trauernden Bruder und diese ließ ihr liebendes Herz ganz gewähren, sie war unerschöpflich in den Bemühungen Theodor zu trösten und aufzuheitern. — Auch dem Todten weihte sie ihre fromme kindliche Ehrfurcht. Am Abend zuvor, ehe er in die kühle Gruft gesenkt wurde, verfertigte sie aus sinnig gewählten Blumen ein langes Gewinde, womit sie inwendig den Sarg bekränzte, daß es schien als läge die Leiche auf Blumen gebettet. So geschmückt, und einfach, aber würdig bekleidet, wurde dieselbe einige Stunden im Garten-Zimmer ausgestellt, indeßen die trauernde Familie nebst den Freunden aus der Stadt oben versammelt waren und auf mannigfache Weise ihren Schmerz äusserten. Auf einmal vermißte man Theodor. Erschrocken eilte Antonie weg, ihn aufzusuchen. Sie fand ihn bei der Hülle des geliebten Vaters. Bei ihrem Eintritt las er wieder in ihrer Miene die besorgte Liebe, und rief, indem er beide Arme ausbreitete: „Treue

Seele!" — Sie sank an das Herz des Heisgeliebten, mit ihm dann am Sarge nieder und fest schloß sich an des erblichenen Vaters Seite das Bündnis ihrer Herzen. Albina, den Vorgang ahnend, entfernte sich schweigend, um die Abwesenheit der Liebenden weniger auffallend zu machen, traf sie noch in obiger Stellung an der theuern Leiche und jenen war es wohlthätig an dem treuen schwesterlichen Herzen den süßen Schmerz ausweinen zu dürfen.

Als nach der Beerdigung wieder mehr Ruhe und die gewohnte Lebensweise nach und nach eintrat, wurde Cornelia in dem Benehmen Theodors und Antoniens ihre gegenseitige Neigung gewahr, welches sie tief betrübte. Sie liebte beide herzlich und sah keine Möglichkeit zur Erreichung ihrer Wünsche. Theodors Amt war nicht einträglich und die Familie nicht reich. Der Ertrag ihres Instituts reichte gerade zu ihrem anständigen Unterhalt zu. Sie konnte also nicht anders, sie mußte mit gänzlicher Mißbilligung ihre offnen Mittheilungen erwiedern. Jedoch es blieb nicht alleine dabei: zu Theodors heftiger Leidenschaft für Antonien, gesellte sich ein Trotz gegen die Mutter, (die er ausserdem kindlich verehrte) den weder Albinens sanfte Bitten, noch Antoniens Thränen mildern konnten; er reitzte dadurch Corneliens Unwillen immer mehr und es gab manche unangenehme Auftritte, welche ehedem in dem friedlichen Landhaus nie vorgefallen waren. Albinens Herz litte unendlich mit den Bekümmerten. Sie suchte es aber vorzüglich Antonien, als der am schwersten Verlezten zu verbergen, allein in dieser Schwester Seele hallte jeder, noch so leise Miston wieder; sie fühlte es schmerzlich, wenn sie im Stillen Vergleiche zwischen Sonst und Jezt anstellte, daß **sie** die Ursache der traurigen Veränderung sey und dies war ihr unerträglich. Unter heissen Kämpfen reifte nach und nach in ihrem Innern ein Entschluß, der ihr ganzes Glück zerstören, doch das, ihrer Geliebten wieder herstellen sollte!

Bei einem der jezt seltenen Abendbesuche Theodors, führte ihn Antonie, was sie sonst nie that, in die Laube, zu einer ungestörten und wichtigen Unterhaltung, (wie sie sagte). In ihrem ganzen Wesen lag so viel Feierliches, daß, Theodor unwillkührlich davon ergriffen, lange ernst und schweigend an ihrer Seite saß. Sie schien schmerzliche Empfindungen in ihrem Innern zu verarbeiten und sich mühsam Fassung zu erringen. Endlich sagte sie mit unaussprechlicher Zärtlichkeit: „mein Theodor! in dem mir ewig theuern Augenblick, wo du mir das Glück verkündet, daß ich in deine Familie aufgenommen werden sollte, war deine erste Frage an mich: ob ich dir vertrauen könne? — Laß mich nun dieselbe Frage an dich richten: würdest du, auch in zweifelhaften Fällen, immer mir vertrauen, nie den Glauben an mich verlieren?" Theodor sah sie befremdend an. „**Nie**!" erwiederte er dann und umschlang feurig die Geliebte. „Jedoch ich glaube, daß Antonie immer **so** handeln wird, daß ich sie begreifen kann." „Das wirst du können," versetzte sie, „wenn du stets meine unaussprechliche Liebe zu dir ermißest, welche nur dein Glück zum Ziel ihrer Bestrebungen hat. O welch ein Trost liegt in dem Einverständnis unsrer Seelen!" fuhr sie fort, schlang ihren Arm um Theodors Nacken und blickte ihn liebend ins Auge, „Sollten uns auch die Menschen trennen, was hierinnen (sie deutete auf das Herz) für dich lebt, dauert ewig und mir bleibt der Trost deines freundlichen, durch keinen Zweifel entweihten Angedenkens" —"

„Wer will, wer kann uns trennen?" rief Theodor, sprang wild in die Höhe und wollte — Böses ahnend, fort stürmen. Antonie hielt ihn zurück und betheuerte: all' das Gesagte hätte seinen Grund nicht in der Handlungsweise Anderer, sondern in ihrer eigenen leidenden Phantasie. Durch manche liebende Rede, besänftigte sie Theodors aufgeregtes Gemüth und ehe sie sich trennten, bat Antonie den

Geliebten: „um ein Zeichen der Erinnerung an diese schöne Stunde" Sie zog bei diesen Worten ein Scher'chen aus dem Arbeitskörbchen das neben ihr stand und schnitt Theodor eine Locke ab, wickelte sie sorgfältig in ein Papier, drückte sie an ihre Lippen und verbarg sie ins Busentuch. Theodor sah ihr lächelnd zu. „Gieb mir auch von deinem glänzenden Rabenhaar" sprach er und griff nach der Scheere. Als er welches abgeschnitten hatte, ordnete sie es zierlich in Ringeln und indem sie ein Papier zuschneiden wollte, um es einzuwickeln, verwundete sie sich so tief in die kleine Hand, daß große Blutstropfen auf das Papier fielen. Theodor jammerte und sog das Blut aus der Wunde. Antonie schien erschüttert; nach einer Pause sprach sie bewegt: „o sey ruhig mein Lieber! der Schmerz ist unbedeutend und warst ja du die Ursache davon! dieser Gedanke würde mich auch bei einer tiefern Herzenswunde zum ruhigen Ertragen derselben stärken; doch behalte dies Papier, diese Spuren von meinem Blut sollen dich immer lebhaft an die von mir so tief empfundene Wahrheit erinnern, daß ich Ruhe, Blut und Leben willig deinem Glück opfern würde." Ein langer Kuß dankte Antonien für die Aeußerung der treusten zärtlichsten Liebe und diese fühlte von Neuem das unaussprechliche Weh der nächsten Stunden.

Blaß erhob sie sich aus Theodors Armen, die Pulse schlugen fieberisch, die Augen brannten und es überfiel sie ein so heftiges Zittern, daß Theodor in der größten Herzensangst nach Hülfe eilen wollte. Antonie verhinderte es „laß gut seyn!" sagte sie leise, „es wird bald wieder vorübergehen."

Albina kam, um den Liebenden so schonend als möglich die Unzufriedenheit der Mutter über ihr langes Zusammenseyn mitzutheilen. Theodor durch alles Vorhergehende gereizt, tobte fürchterlich, Antonie weinte; endlich flehte sie: „um meinetwillen Theodor sey gelassen!

vergieb der Mutter und — laß uns scheiden!" sezte sie mit besonderm Nachdruck hinzu; „Scheiden!" rief Theodor und drückte sie stürmisch an die Brust; „wer kann uns scheiden, wer? —" „für **jezt** meint Antonie," sagte Albina beschwichtigend, „lieber Bruder! — erfülle Antoniens Bitte, durch ihre Nichtgewährung bereitest du deiner Geliebten eine neue Unannehmlichkeit; verlaß uns für heute, ein baldiges Wiedersehen soll dich schadlos halten."

„Ja, das Wiedersehen!" flüsterte Antonie; und nach einer Umarmung, in welcher es schien, als vermögte sich keines von dem Andern loszureissen, gehorchte endlich Theodor Albinens ängstlich wiederholter Bitte und — gieng.

Antonie lag ohnmächtig in Albinens Armen. Diese suchte im Arbeitskörbchen der Lezten nach dem stärkenden Mittel welches jene immer bei sich trug um sich vor ähnlichen Unfällen, denen sie öfters ausgesetzt war zu sichern und nach einigen Minuten gelang es ihr, sie wieder ins Leben zu bringen. Antonie wankte, von Albinen unterstützt sogleich in ihr Schlafzimmer, da sie der Ruhe höchst bedürftig war. Finster hörte die Mutter die Nachricht von ihrem Uebelbefinden und verwundete Albinens liebendes Herz durch manche harte Rede, welche die leidende Freundin traf. Indeß ließ sich nicht das Geschäft der Pflege Antoniens nehmen: allein Letztere schien immer zu schlummern.

Nur einmal preßte sie Albinens Hand an ihre Lippen und sagte innig: „Dank, heissen Dank für Alles!" —

Sie schlief noch mit 4 Töchtern der Anstalt in einem Zimmer; unter diesen war auch Aurelie. Nach ein paar Stunden unruhigen Schlummers erwachte Antonie; als sie sich aufrichtete, bemerkte sie, daß die Kinder während der Zeit ins Bett gegangen waren und schon schliefen. „Was soll ich thun?" sprach sie nun halb laut für sich — „ich fühle mich zwar noch schwach, jedoch viel ist mit dem gestrigen

Abend überstanden, soll ich es noch einmal durchkämpfen? — nein o nein! fort, sogleich fort!" Sie sprang mit diesen Worten aus dem Bett, kleidete sich an, warf sich auf ihre Knie und schien heiß zu beten. Dann nahm sie aus ihrer Comode einige Wäsche, eine Chatoulle worin ihr kleiner Reichthum war unter dem Arm, hüllte sich in Mantel und Schleier und — wollte zur Thüre hinaus. „Antonie was beginnst du!" rief Aurelia mit dem Ausdruck des Entsetzens. Sie war noch wach, als Erstere ihr Selbstgespräch hielt, hatte sie bisher beobachtet und mußte nun ihrer Angst Worte geben. Gleich einer Bildsäule erstarrte Antonie. Endlich trat sie an Aureliens Bette und sagte: „wenn dir meine Seeligkeit lieb ist, so laß mich fort und schweige." „Ach warum willst du uns denn verlassen?" jammerte diese. „O meine Aurelia," erwiederte Antonie bewegt und umfaßte innig die Weinende, „du warst mir unter deinen Schwestern immer die Theuerste, nimm als einen Beweis davon das Vertrauen, mit dem ich mich dir in den lezten Augenblicken unsers Beisammenseyns nähere. Ich **muß** euch verlassen; unser aller Ruhe fordert diesen Schritt. Wohin ich gehe, weis ich selbst noch nicht, also ist auch jede Nachforschung von eurer Seite vergeblich. Dir geliebtes Mädchen übergebe ich die Sorge für meinen Theodor, für meine Albina. Verdopple die Aeusserungen deiner Liebe gegen sie, das wird sie über meinen Verlust trösten; sage ihnen, daß, wenn ich hier geblieben wäre, ich endlich gewaltsamen Tod gewählt haben, nun aber entfernt, vielleicht meinen Seelenfrieden wieder finden würde, sage ihnen aber auch, daß meine treue Liebe zu ihnen nur mit meinem Leben enden wird; und auch deiner du theures Kind werde ich immer gedenken." Aurelia verhüllte ins Küssen ihr Gesicht und schluchzte laut, indem sie Antoniens Hand fest in der ihrigen hielt. „Laß mich, laß mich," sagte diese „und weine nicht so sehr! du machst mich weich und ich habe viel Stärke nöthig! Beruhige dich, Gott wird stets mit dir, mit allen meinen

Geliebten seyn! auch mich wird er nicht verlassen, leb wohl, leb wohl!" sie küßte sie noch einmal mit dem heftigsten Ausdruck der Liebe und des Schmerzens und eilte fort.

Aurelia war betäubt; — sie wußte nicht, was sie thun sollte. Als sie noch mit sich selbst zu Rathe gieng, trat Albina leise in das Zimmer. Der gestrige Abend in der Laube, Antoniens höchst gespanntes Wesen, machte sie unruhig: schlaflos verstrich ihr die Nacht bis dahin und nun schien es ihr als höre sie eine Bewegung im Hauß; endlich sogar an der Thür. Ihr erster Gedanke war — Antonie; und — siehe da — sie fand sich in ihrer schrecklichen Vermuthung nicht getäuscht — sie war entflohen. Alles was Aurelia ihr, immer von Thränen unterbrochen mittheilte, war nur vermögend ihren tiefen Schmerz zu vermehren; sie sah daraus das Vergebliche jedes angestellten Versuchs, Antonien wieder zu finden. Sie kannte die Festigkeit und Besonnenheit derselben und vermuthete mit Recht, daß sie ihre Flucht sehr überlegt unternommen haben würde. So war es. Albina machte zwar gleich Anstalten und sandte die Pächtersleute nach Antonien aus, jedoch sie kamen am Morgen ohne sie gefunden zu haben, zurück. Als Cornelia die Sache erfuhr, befand sie sich in der Lage, in welche leidenschaftliche Gemüther gerathen, die durch ihre Heftigkeit etwas herbeiführen, was dann ausser ihrer Macht steht zu ändern, so lebhaft sie es auch wünschen. Sie peinigte sich Tag und Nacht mit Vorwürfen, die gerecht waren, jedoch ihre Stimmung immer mehr verdarben; sie wurde beinahe tiefsinnig und Albina mit so manchem eignen stillen Kummer in der Brust, hatte die schwere Aufgabe, den schlimmen Einfluß der lezten Ereignisse auf ihre anvertrauen Zöglinge zu verhindern, die Mutter von dem Erziehungsgeschäft ihr und Andern unbemerkbar ganz zu entfernen, ihre kindlichen Pflichten gegen dieselbe zu erfüllen und den trostlosen Bruder vor gänzlicher Verzweiflung zu bewahren! — Welche Seelengröße, welche Selbstverläugnung war hiezu erforderlich! — oft sank sie auch weinend an Theresens Brust und sagte: o Mütterchen, bete zu Gott für dein Kind um Stärke! Sie suchte dieselbe häufig selbst im eigenen andächtigen Gebet und stand davon aufs Neue ermuthiget stets auf. Therese war wie immer, auch in diesem traurigen Zeitpunct der Trost ihrer Freunde und erleichterte Albinen manche schwere Last, versüßte manchen trüben Tag; auch theilte sie sich mit dieser in die Sorge um den schmerzlich leidenden Theodor. Der Unglückliche fiel ganz in seine alte Schwermuth zurück, hielt sich entfernt von allen gesellschaftlichen Freuden und fand die einzige Linderung seines Kummers in dem Umgang mit Albinen und Theresen; ihre sanfte Theilnahme, ihr inniges Mitgefühl löste seinen stummen düstern Gram in Klagen und Thränen auf, welche das gepreßte Herz erleichterten. Cornelia vermied er; ihr eigener Schmerz gestattete es ihm nicht, ihr Vorwürfe zu machen und doch vermochte er es nicht, sich gegen die Urheberin seiner Leiden, freundlich zu benehmen.

Langenheim hatte einen würdigen vielvermögenden Gönner, der einen Gesandtschaftsposten am *** Hof bekleidete. Er erfuhr, daß deßen Secretair von ihm verabschiedet worden sey und schlug Theodor zu dieser Stelle vor. Zur gegenseitigen Zufriedenheit fiel der Erfolg dieser Empfehlung aus und öftere Reisen, zerstreuendere Geschäfte wirkten vortheilhaft auf Theodors Stimmung. Auch überhob ihn diese Anstellung der unangenehmen Nothwendigkeit bei einem Ereignis gegenwärtig zu seyn, das sich in Volkmars Familie zutrug und Veranlaßung zu Festen und Gesellschaften gab, welche durchaus zu seiner Stimmung nicht paßten, ihn auch öfters mit Cornelien zusammen geführt hätten.

Jene Begebenheit war die Vermählung Eugeniens mit einem berühmten auswärtigen Gelehrten. Diesen lernte sie bei seinem Auffenthalt in D* kennen. Uebereinstimmend in ihren Neigungen fanden sie Geschmack an einander. Der sich rechtlich äussernde Charakter des Mannes, so wie seine vortheilhafte finanzielle Lage bestimmten die Eltern zur Einwilligung und Eugenie folgte ihm als Gattin auf eine entfernte hohe Schule, wo er als Profeßor angestellt war. —

Nachdem die geräuschvollen Wochen vor und nach der Hochzeit vorüber waren, trat desto größere Stille bei Volkmars ein. Sie waren nun ganz Kinderlos und fühlten sich oft sehr einsam. Es gereichte ihnen daher zu einer wahren Aufheiterung, wenn Albina, welche die Achtung und Liebe des würdigen Paars in einem sehr hohen Grad besaß, sie besuchte. Aurelia, die gewissenhaft Antoniens lezte Wünsche zu erfüllen und dieselbe durch Thätigkeit und treue Anhänglichkeit Albinen zu ersetzen strebte, hatte für ihr Alter ungemein viel Ernst und Verstand; ihr konnte Albina ruhig mehrere Stunden die Führung des ganzen Hauswesens überlassen und daher war es ihr auch möglich dem Verlangen Volkmars von Zeit zu Zeit ein Genüge zu leisten. Sie erfüllte freudig diese süße Pflicht: denn sie verehrte jene kindlich, auch lag noch eine geheime Ursache zum Grund, weswegen sie gerne bei ihnen weilte.

Ach seit sie wußte, daß es die nah verwandschaftlichen Bande waren, welche sie einst zu Theodor hingezogen hatten, besaß Guido die ganze stille Liebe ihres Herzens und sie pflegte treu die Gefühle für ihn, welche gleich anfangs seine Vorzüge in ihr erregt hatten und die nur durch die Neigung zu Theodor verdrängt worden waren. Sie traten nun wieder mit süßer Allgewalt hervor und beherrschten Albinens reine Phantasie. Daher war ihr Alles, was näher oder entfernt auf ihn Bezug hatte theuer und von unendlicher Wichtigkeit; daher vertraute sie der verschwiegenen Nacht so manches leise „Ach"! so manche geheime Thräne: denn Guido hatte seine Reise verlängert und endlich blieben die Nachrichten von ihm aus welches die Seinigen in die tiefste Betrübnis versetzte.

Bei einem wiederholten Besuch welchen Albina Volkmars machen wollte traf sie die Eltern in großer Bewegung: der Vater schritt nachdenkend mit, auf dem Rücken übereinander geschlagenen Händen im Zimmer auf und ab. Die Mutter saß auf dem Sopha einen Brief von mehreren Bögen in der einen, das Sacktuch in der andern Hand haltend, womit sie sich die Augen trocknete. „Ach, unsre Albina!" rief sie, als diese ins Zimmer trat. „Komm liebes Kind! theile unsern Schmerz und unsrer Freude! Guido — (Albina erschrack) unser geliebter lang entbehrter Guido wird in den nächsten Wochen bey uns seyn; doch, lies diesen Brief," fuhr sie fort, „ach! wie unglücklich war der Arme und — ist es noch!" Albina nahm das Schreiben und trat damit an das Fenster, um zu verbergen, was in ihrem Innern vorgieng. Aber sie zitterte, daß sie kaum die Blätter zu halten vermogte, und mehr als einmal verdunkelten Thränen ihren Blick, die sie unbemerkt zu trocknen sich bemühte.

Guido's Brief lautete also:

Endlich haben sich die Umstände auf solche Weise gestaltet, daß ich nicht mehr ein finstres Schweigen gegen meine theuern Eltern zu beobachten gezwungen, sondern in die Nothwendigkeit versetzt bin, mich Ihnen mit einer kindlichen Bitte zu nähern, die Sie einem unglücklichen Sohn nicht verweigern werden. Ich höre im Geist den sanften Vorwurf: „warum theiltest du uns nicht früher deine Schicksale mit?" Ach ich kannte ja Ihre Liebe zu mir theure Eltern! und es war mir unmöglich Sie durch die

Schilderung meiner Leiden so sehr zu betrüben. Ich war zu unglücklich! doch jezt ist es vorüber und ich vermag es sogar zuweilen wieder frohere Tage mir zu träumen. Ja in ihrer Nähe werde ich Ruhe und Frieden finden. Daher bitte ich, vergönnen Sie mir die Rückkehr ins Vater-Haus. Mich dünkt, ich sehe meinen geliebten Vater, meine zärtliche Mutter die Arme ausbreiten nach dem vielleicht Todtgeglaubten; ich vernehme den Gruß der Liebe und danke Gott für diese tröstende Aussicht in die Zukunft.

Indeßen, da ich unter ganz veränderten Umständen bei ihnen eintreten werde und die mündliche Erzählung meiner Erfahrungen höchst angreiffend für Sie und mich seyn würde: so erlaube ich mir dieselbe in diesem Schreiben voraus zu schicken, und in der Ueberzeugung, daß es ihnen angenehm seyn wird, wenn ich damit die Fortsetzung meiner Reisebeschreibung liefere (da durch ein, in mein Schicksal genau verflochtenes Ereignis, dessen ich später erwähnen werde, ein Brief von mir nicht in ihre Hände kommen konnte, welchen ich in einer wichtigen Periode meiner Abwesenheit an sie schrieb): will ich den abgerissenen Faden derselben wieder anknüpfen.[*] Meinen lezten Brief erhielten Sie von Valenciennes, von wo ich über Lille nach Callais gieng, um mich hier nach England einzuschiffen. Wir hatten günstigen Wind und landeten, nach einer 8 stündigen Fahrt glücklich in den Haven zu Dover an. Eine ganz eigene unangenehme Empfindung ergrif mich, als ich den Brittischen Boden betrat. Es war mir unmöglich über sie Herr zu werden und schon überlegte ich bei mir selbst: ob ich nicht lieber umkehren und durch Holland in mein Vaterland zurück reisen sollte. Jedoch der Wunsch, das berühmte London und die rege Betriebsamkeit der Engländer, so recht im Innern des Landes kennen zu lernen, trug leider den Sieg über jene richtig bange Ahnung davon, und ich sezte meine Reise weiter fort.

Sobald ich das Land erreicht hatte, empfand ich das Wohlthätige der in England treflichen Einrichtungen und Anstalten für Reisende. Wege, Posten und Gasthäuser befriedigen jede, auch noch so strenge Forderung; und die milde Seeluft, die fruchtbaren frischen Triften, mit ihrem unbeschreiblichen schönen Grün, herrliche Getraidfelder, dies alles vermehrte die Annehmlichkeiten meiner Reise durch die Landschaft Kent welche ich zuerst passirte. Auch weiterhin fand ich das englische Klima mild und angenehm, die Gegenden gesegnet und fruchtbar; einige Wenige ausgenommen; nur in den Fabrickstädten so wie in London selbst, macht der Steinkohlen-Dampf der unendlich vielen Rauchstätten, die Luft schwer und trüb. Wir näherten uns der Themse. Ich nahm meinen Weg ganz an ihrem südlichen Ufer, besah die Stadt **Wolwich**, wo man die, zur englischen Seemacht nothwendigen Schmieden, Magaziene und Fabricken findet und erreichte bald das berühmte und wohlthätige Institut für invalide Soldaten zu **Greenwich**. Ich verweilte mit vielem Intresse darinnen: denn nirgends sah ich eine ähnliche zweckmäsige und für die Bedürfniße sowohl als für die Zufriedenheit der abgelebten Helden so gut berechnete Anstalt. Nicht unerkannt, nicht unbelohnt darf in England der Krieger zu Wasser und zu Land seine Kräfte und seine gesunden Glieder dem Vaterlande opfern; er weiß, daß am Ende seiner Laufbahn ihm Ruhe, Pflege, ja selbst noch Vergnügen winkt. In **Greenwich** für die Seeleute, so wie in

Chelsea (wohin mich später mein Weg führte) für die Landsoldaten, wird auf das treflichste für die ausgedienten Krieger gesorgt.

In **Greenwich** bestieg ich ein Bot, fuhr auf dem mit Fahrzeugen aller Art bedeckten mächtigen Themse Strom **London** zu und befand mich als ich das Bot verließ, in dem arbeitsamsten Theil der Stadt, in der **City**. Von dem in derselben herrschenden Geräusch läßt sich keine Beschreibung liefern. Hier ist der Handwerker, und Händler in ununterbrochenem Fleiß beschäftigt, sein ärmliches Leben fortzufristen, indem Theurung aller Bedürfniße und große Abgaben seine Existenz erschweren.

In den breitern Straßen der City trift man in einer Menge Läden, die, auf das vortheilhafteste ausgestellten Producte jenes Fleißes und hier ist so wohl der Anblick der vielen hundert Equipagen und Fiackers im Fahrweg, als auch das Wogen und Drängen der Fußgänger auf den, an den Häusern hinlaufenden Trotoirs höchst unterhaltend. Das Leztere würde noch ärger seyn und zu vielen Unannehmlichkeiten Veranlaßung geben, wäre nicht die Regel festgesetzt: zur rechten Hand den Entgegenkommenden auszuweichen. Den Damen läßt man die Seite nach den Häusern zu.

Unbekannt mit dieser Gewohnheit, führte ein von mir begangener Fehler gegen dieselbe, ein Ereignis herbei, welches — unbedeutend scheinend — von äusserst wichtigen Folgen für mich war.

Ich begegnete nemlich einem Frauenzimmer in Trauer gekleidet. Ich, dem Stromme zur rechten Hand folgend, sie, von ihrem Recht Gebrauch machen wollend, kamen wir einander so nahe, daß ich ein niedliches Arbeits-Körbchen welches sie nachläßig hielt ihr aus der Hand stieß. Ich erschrack; doch da wir uns gerade an einem reich geschmückten Galanterie-Laden befanden: so bot ich der Dame meinen Arm, führte sie hinein und suchte einen kostbaren Ersatz, ihres durch meine Schuld etwas beschädigten Eigenthums heraus. Ihr Benehmen bei dem ganzen Vorgang war äusserst anständig und der schwarze Anzug erhöhte ihre blendende Schönheit. Ein Bedienter kam und meldete ihr, daß am Ende der Strasse ihr Wagen hielt, aus dem sie, wie sie sagte gestiegen war, um verschiedene Läden näher betrachten zu können. Ich führte sie hin, erbat mir ihren Namen, ihren Auffenthalt, und die Erlaubnis, ihr aufwarten zu dürfen.

So sehr ich mich schon von der Vortreflichkeit der englischen Gasthöfe überzeugt hatte, zog ich dennoch vor, in einem Privathaus zu logiren, welches mir durch meine guten Adreßen, die ich bei mir hatte, nicht schwer wurde. Ich war einem reichen Banquier empfohlen und hatte alle Ursache, mit meinem Loose zufrieden zu seyn. Die Gastfreundschaft ist in London, wo nur Wenige sich eines großen Raums in ihrer Wohnung zu erfreuen haben und wegen der eingeführten häuslichen Lebensweise, welche pedantisch beobachtet wird, nicht allgemein zu Hause. Ich aber erfuhr eine von den erfreuenden Ausnahmen dieser Bemerkung, wurde freundlich aufgenommen und man bestrebte sich, mir meinen Aufenthalt so angenehm als möglich zu machen. Im Hause herrschte die größte Reinlichkeit und Ordnung. In meinem Zimmer waren die Wände mit Kupferstichen, die Fenster mit schönen Vorhängen geziert. Ein mit Marmor künstlich eingelegter Kamin befand sich darinnen, in dessen Vertiefung der stählerne Rost, die Zange und Schaufel hellpolirt entgegen blinkten und in einer **großen** Bettstelle, welche in England üblich sind, mit grün seidenen Gardinen umhängt, fand ich zu Nachts auf den schwellenden Matratzen, auf den blendend weis bezogenen Küssen sanfte Ruhe. Am Morgen (welcher in London erst um 9 Uhr die Schläfer weckt, da man dagegen die Nacht zum Tag macht und die meisten Vergnügungen bis zu seiner Annäherung dauern) versammelt man sich anständig gekleidet am Theetisch mit der Familie in dem zum Frühstück bestimmten Zimmer. Ein trefflich zubereiteter Thee, Brod, weis und wollig wie Pflaum, frische Butter, hartgekochte Eyer, Honig und noch mancherlei Delikatessen verschaffen hier einen angenehmen Sinnengenuß.

Jedoch mir wurde dabei das höhere Vergnügen einer interessanten Unterhaltung mit dem jüngern Bruder meines Hauswirths zu Theil, welcher sich mit einer, sonst den Engländern nicht eigenen Gewohnheit, bald mit vieler Wärme an mich anschloß. Ich erhielt an ihm einen treuen Freund im wahren Sinn des Worts; auch trug er Sorge, mich mit allen Merkwürdigkeiten Londons bekannt zu machen. Mit ihm besuchte ich die großen und geringern Theaters, Conzerte, Gemählde-Ausstellungen, die Parks, das brittische Museum, den Tower u. s. w. welches Alles uns zu mündlichen Unterhaltungen Stoff geben wird.

William zeichnete sich vor Vielen seiner Nation durch **ächten** Kunstsinn und warmes tiefes Gefühl aus womit er Brittische Festigkeit und Besonnenheit verband. Mein Temperament schien dem Seinigen zu ähneln und mir seine Freundschaft, sein Vertrauen gewonnen zu haben. Wir waren unzertrennlich, und als ich den Wunsch äusserte: „Auch die prächtigen Landsitze der Reichen nach einander durchstreifen und in der Badezeit die vornehmsten Bäder besuchen zu können" war William sogleich bereit, mich zu begleiten; denn seine Anwesenheit im Haus des Bruders war nicht sehr nothwendig, und er lebte ohnehin mehr der Natur und Kunst, als dem Kaufmännischen Beruf. Schon nahte sich der Monath Julius; von welchem an kein vornehmer Londoner in der Stadt anzutreffen ist; Alles eilt aufs Land, wo man bis gegen Weihnachten verweilt, und dann geht es in die berühmten Bade-Orte, von denen man erst im Frühling wieder zurückkehrt. Auch wir hatten den Tag zu unsrer Abreise schon bestimmt, als mich eine bedeutende Unpäßlichkeit überfiel.

In England zieht man in der Regel mehr die Apotheker als die eigentlichen Aerzte zu Rath. Jene sind ziemlich geschickt und diese sind all' zu kostbar. Jeder Besuch von ihnen wird mit einer Guinée bezahlt. Jedoch mein Hauswirth hätte es für schimpflich gehalten das Wohlfeilere vorzuziehen er ließ einen der berühmtesten Aerzte ruffen und dieser behandelte mich mit vieler Sorgfalt und Geschicklichkeit.

William war mein treuer Pfleger und ich war fast nie allein, doch schrieb mir die Krankheit eine einförmigere Lebensweise vor und gab mir Zeit manchen durch Zerstreuung aller Art verdrängten Phantasieen wieder nachzuhängen. Ach wie oft verweilten da meine Gedanken und Wünsche in der Heimath! — In einer stillen Abendstunde schwebte aber auf einmal auch das Bild jener Dame vor meiner

Seele, welche mir in den ersten Stunden meines hiesigen Aufenthalts erschienen und deren Andenken in dem Strudel zahlloser neuer und merkwürdiger Erscheinungen untergegangen war. Ich nahm mir vor, gleich nach erfolgter Genesung sie aufzusuchen. Am andern Morgen erstaunte ich, als mein Arzt einer kranken Lady Sydney erwähnte; Ich horchte auf, sie war die Nemliche welche mir in der City begegnete. Der Tod ihres Vaters hatte sie, nach der Erzählung des Arztes so sehr betrübt, daß ihr Körper darunter litte! Doctor Richard wußte recht viel Vortheilhaftes von ihr zu rühmen so, daß ich in seinen Wunsch: „die trefliche Lady möge doch bald wieder gesund werden!" im Stillen einstimmte. Bei seinem nächsten Besuch strebte der Doctor absichtlich mit mir allein zu seyn, und eröffnete mir mit geheimnisvoller Miene, daß er Lady Sidney von mir erzählt, daß sie durch seine Schilderung den Fremden in mir erkannt habe, der vor kurzen in der City einen kleinen Fehler der Unachtsamkeit gegen sie so artig verbeßert hätte, daß sie vielen Antheil an meiner Krankheit nähme und herzlich meine Beßerung wünsche. Dieser Mittheilung folgte nun eine Auseinandersetzung des Reichthums der Lady, so wie ihrer andern Vorzüge. Ich war nicht recht einig mit mir, ob ich über Richards Aeußerungen mich freuen sollte oder nicht. Es stritt mit meinen Forderungen an das weibliche Zartgefühl, daß Lady Sidney eines Unbekannten, so lebhaft wie es schien, gegen einen Dritten erwähnte und doch war mir ihre Theilnahme nicht gleichgültig. Dies verbarg ich aber dem Doctor und nach einer flüchtigen, ja kalten Erwiederung leitete ich das Gespräch auf andere Gegenstände. Indeßen konnte ich dadurch nicht verhindern, daß Richard bei jeder Gelegenheit der Lady gedachte, und so erfuhr ich denn auch nach einigen Wochen, daß sie wieder hergestellt, auf ihr Landgut gezogen sey, welches in der reitzenden Gegend von Richmonds Park an der Themse liegt, und daß sie von da aus bald eine Badereise antretten würde.

Auch ich befand mich wieder wohl und erinnerte meinen Freund an sein mir gegebenes Versprechen, das um so mehr Reitz für mich hatte, als William mir gleich anfangs zusagte: mich nicht nur mit den Landhäusern der Großen des Reichs sondern auch mit allen, denselben nahe gelegenen Fabricken und anderen bedeutenden Orten bekannt zu machen.

Noch in der schönsten Jahreszeit traten wir unsere Reise an und mein Brief würde die Stärke eines Buchs erhalten, wollte ich alle Kunstschätze, alle Naturschönheiten, so wie die Industrie der Engländer, in den von mir bereisten Gegenden ausführlich schildern. Ich begnüge mich, das Merkwürdigste herauszuheben. Z. B. **Oxford** die bekannte Universität, wo so viele große Geister Englands gebildet wurden; ferner das Städtchen **Woodstock**, berühmt durch seine Stahlfabricken, so wie durch seine Umgebungen: Nahe daran liegt das prächtige Schloß **Blenheim**, womit Königin **Anna** dem Herzog Marlboraugh, dem sie sehr gewogen war, seine erkämpften Siege belohnte. Auf einer Wiese des dazu gehörigen Parks stand ein Landhaus, in welchem die Königin Elisabeth ihre Jugend in beinah gefänglicher Eingezogenheit verlebte, aber auch die Bildung erhielt, durch welche sie fähig wurde nachher zu regieren. Doch konnte sie leider! der Rückblick auf diese traurige Periode, in welcher auch ihr die Ansprüche auf den Thron streitig gemacht wurden, nicht milde und schonend gegen ihre unglückliche

Schwester machen; daher richtet sie noch jezt die Nachwelt. Ihre Nation versagt ihr nicht die Bewunderung, welche sie als Regentin verdient, jedoch als Weib wird sie verabscheut, indeßen die unglückliche **Maria Stuart** noch immer ihre Vertheidiger hat, welche ihr Liebe und Mitleid weihen.

In jenem erwähnten Landhaus lebte auch einst die schöne **Rosamunda**, welche im Geheim mit **Heinrich II** getraut war. Hier schwanden ihr, innig von dem König geliebt in glücklicher Verborgenheit die Tage, bis sie von dessen rechtmäßiger Gemahlin **Elinor** entdeckt wurde, und durch Gift getödet, ihren vorher ermordeten drei unschuldigen Kindern folgen mußte.

Wir reißten weiter nach **Birmingham**, einer berühmten Fabrickstadt. Sie erhällt durch die jezt überall gebräuchlichen Dampf-Maschinen ebenfalls eine unendliche Erleichterung in ihren Werken. Man findet vorzüglich auch trefliche Stahlfabricken darinnen. In **Burton**, einem freundlichen Städtchen, kostete ich das daselbst gebräute **Ale**, wovon nach ganz Europa, ja selbst nach Amerika versendet wird. Die Seidenspinnereien und Porzelanfabricken zogen uns nach **Derby**, einer ziemlich großen, doch nicht schönen Stadt. Siebzehn englische Meilen davon liegt der erste bedeutende Bade-Ort **Matlock** an der Dervent den wir erreichten, deren es aber in England viele giebt. Mehr die Schönheit der Lage des Orts, als die Heilkräfte der Quelle tragen wahrscheinlich hier zur Gesundheit des Körpers und zur Heiterkeit der Seele bei. Auch wir verweilten mit Vergnügen in diesem lieblichen Thal, durchstreiften seine nächsten Umgebungen, und besahen manche, nachgelegene schöne Landhäuser, so wie auch eine große Baumwollenfabrick. Unser Weg führte uns von hier aus zu einem von aussen prächtigen und durch sein Alter ehrwürdigen Gebäude: zu dem Schloße **Chatsworth**.

Die unglückliche **Maria Stuart** wurde von ihrer grausamen Feindin zuerst hieher in enge Gefangenschaft und dann nach sechzehn traurig verlebten Jahren nach **Fotheringhay** im **Nordhumberland** gebracht, wo sie hingerichtet wurde. In jenem Schloß findet man ein Zimmer noch ganz so eingerichtet und meublirt, wie Maria es bewohnte.

Die nächste bedeutende Stadt, welche wir besahen, war **Manchester**, welche jedoch von dem Kohlendampf ihrer vielen Fabricken eingeräuchert, ein finsteres Ansehen, und auch durch die Erwerbsgierde der Einwohner, so wie durch den Mangel an hübschen äussern Umgebungen, wenig Angenehmes hat. **Leverpool** die größte und bedeutenste Stadt in England nach London, war der Grenzpunct unsrer Reise. Handel und Betriebsamkeit, Reichthum und Luxus zeigt sich hier auf alle Weise. Ein schönes Theater, ein Conzertsaal, ein großer Gasthof und viele mildthätigen Anstalten entstanden durch das Zusammenwirken der reichen Bewohner, das prächtigste Werk aber sind ihre **Docks** oder künstliche mitten in der Stadt (ähnlich denen, welche bei London errichtet wurden.) wo für die Sicherheit und Herstellung der Schiffe und für die Bequemlichkeit der Ein- und Ausladung derselben aufs Zweckmäsigste gesorgt ist. Das in Leverpool befindliche **Institut** für **Blinde** erregte indeßen mehr als alles andere meine Theilnahme, da es ein Beweis höchster Menschenfreundlichkeit ist, die Blinden erhalten hier

Unterricht in der Musik und in leichten passenden Arbeiten, als Spinnen, Korbflechten u. s. w. welche zum Vortheil der Anstalt in einem am Haus angebrachten Laden verkauft werden. Wie herzlich freute ich mich, als ich sahe, daß diesen Bedauernswürdigen, durch jene wohlthätige Einrichtung in gesellschaftlicher Unterhaltung, unter Arbeit und Musik ihr dunkles Leben heitrer und angenehmer verstreicht und sie nicht so schmerzlich, wie andere ihrer Unglücksgenoßen das Licht vermissen, das ihren Pfad erhellen sollte.

Viele reitzende Gegenden, viele stattliche Schlößer und prächtige Landhäuser durchstreiften wir auf dem Rückweg nach Derby durch **Warwick**, einem am Ufer der Avon freundlich gelegenen Städtchen, mit dem alten Schloß **Warwickcastle** und seinem herrlichen Park; von wo aus wir nach **Stratford** giengen. Dieser kleine, an sich arme Ort hat das große Intereße für die Verehrer Schackspeare's, daß es sein Geburts-Ort ist und daß dieser, auch am Ende seiner rühmlichen Laufbahn wieder dahin kehrte und sie daselbst beschloß.

Ich betrat wirklich mit Ehrfurcht die Hütte, wo Schakespeares Vater, ein armer Wollkrämer einst wohnte und wo der große Mann, bis in sein 16tes Jahr lebte. In der Westmünster Abtey, wo die Könige begraben liegen, hat auch ihm die Nation welche mit Recht stolz auf ihn ist, ein Denkmal errichtet.

Rasch gieng es nun auf **Bristol** und auf das nah gelegene bedeutende Bad zu; nur flüchtig passirten wir unterwegs einen kleinen freundlichen Bade-Ort **Cheltenham** und betrachteten auch **Glocester** nur als ein Nachtquatier. Von Glocester nach **Bristol** sind die Gegenden unbeschreiblich reizend und reicher an

Erzeugnißen wärmerer Zonen; viele große Pflanzungen köstlicher Obstbäume findet man hier und der schöne Strom Avon belebt, mit seinen auf silberner Fläche hinschwebenden kleinen Schiffen die herrliche Landschaft. Die Nähe des Meers, der schiffbare Strom, der fruchtbare Boden; alles vereinigt sich hier, um Fleiß und Mühe in Fülle zu belohnen. Die Stadt ist groß, mit breiten Straßen, schönen Privat- und öffentlichen Gebäuden versehen und voll regen Lebens. Wie Rom ruht diese Stadt auf 7 Hügeln. Von einigen derselben genießt man eine köstliche Aussicht. Der Hafen ist prächtig, aber mir schauderte bei dem Gedanken: daß er der Ort war, von wo einst mit unmenschlicher Grausamkeit Schiffe zum Sclavenhandel ausgerüstet wurden, wodurch Bristols Einwohner sich bereicherten. Es war mir unmöglich hier lange zu verweilen. Wir stiegen den steilen Berg hinab nach **Hotwels**, wo die Heilquelle fließt und viele schöne Wohnungen für Bade-Gäste erbaut sind. Jene Quelle wird besonders Kranken empfohlen, welche an der Schwindsucht leiden und da meinem Begleiter und mir dem Himmel sey Dank! dieses Uebel nicht drohte so verließen wir **Hotwels**, nachdem wir daselbst von allen Seiten die reizenden Aussichten und jede Naturschönheit genoßen hatten und fuhren zu dem berühmtesten Badeort Englands nach **Bath**. Der Weg dahin gleicht einem reitzenden Garten; doch bemerkten wir den Einfluß der winterlichen Jahrs-Zeit, welche sich näherte. Bis zu ihrem gänzlichen Eintritt, da mit ihr erst das eigentliche Leben in **Bath** beginnt, besuchten wir die bedeutendsten Landsitze in der Umgegend, und machten uns dann mit allen Merkwürdigkeiten des Orts selbst bekannt.

Es liegt in einem schönen Thal, umgeben von

beträchtlichen Anhöhen, welche dem Strom Avon nur den Durchzug zu vergönnen scheinen. Dieser erhöht die Reitze der Gegend und bewirkt eine vortheilhafte Verbindung der Stadt mit dem Seehafen **Bristol**. **Bath** gewährt einen ganz eigenen Anblick. Völlig vom Thal Besitz nehmend, erhebt es sich auf den nächsten Anhöhen. Die Häuser sind alle von Quadern erbaut, haben ein neues freundliches Ansehen und bilden geräumige Plätze und Straßen, in denen große Reinlichkeit herrscht, und die auch gut gepflastert, so wie bei Nacht wunderschön erleuchtet sind. Wegen der bergigen Bauart ist das Fahren darinnen unmöglich, doch die Wagen werden durch Portechaises ersezt. Die ganze Stadt ist zur Aufnahme der Fremden geeignet und in ein paar Stunden können sie bequem und angenehm eingerichtet wohnen. Das Wasser ist sehr heiß und erst nach 3 Stunden brauchbar. Die Entdeckung dieser Quelle verliert sich in das finstere Alterthum und es wurde uns davon manches Mährchenhaftes erzählt. In jedem Bade-Ort ist ein **Ceremonien-Meister**, der über die Ordnung und Etikette, welche auch hier herrschen sorgfältig wachen muß. In **Bath** findet man deren zwei und ihre Gesetze, welche in den Assembleesälen angeschlagen sind, werden strenge befolgt.

Meines Freundes Wunsch zu erfüllen, da er sich zu meinem großen Leidwesen nicht wohl fühlte, beschloß ich, mich mit ihm in **Bath** auf einige Monate häuslich niederzulassen. Wir bezogen ein nettes Quartier, speißten im Gasthof, sandten unsere Visitenkarten zu den schon anwesenden Badegästen und abonirten uns in den Gesellschaftssälen, zu den Conzerten, Leihbibliotheken, u. s. w. um überall Eintritt zu haben.

Der *Bals parés*, so wie der kleineren Bälle, giebt es vier in der Woche. Anfangs vermied ich sie gänzlich, da ich nicht den Tanz liebe, auch William durch vermehrte Kränklichkeit unfähig war, dieselben zu besuchen und ich ihn ungerne verließ. Allein einmal nöthigte mich mein Freund hinzugehen und der Ceremonienmeister gerieth auf den unglücklichen Einfall, mich für den Abend einer Dame als Tänzer zuzuführen, in welcher ich zu meinem Erstaunen **Lady Sidney** fand. Auch sie erkannte mich und es gelang ihr kaum ihre Freude über dies Zusammentreffen genugsam zu verbergen. Durch Mr. **Edwin** von meinen Pflichten unterrichtet, beobachtete ich sie auch treulich und sorgte für der mir anvertrauten Dame Bequemlichkeit und Unterhaltung. Das lezte wurde mir nicht schwer. Sie wich von der Sitte der Brittinnen ab, welche in der Regel sehr wenig sprechen und theilte mir von ihren Verhältnißen und gemachten Erfahrungen in ein paar Stunden so viel mit, daß ich meiner Meinung nach ganz bekannt mit ihrer Lage, ihr meine Theilnahme nicht versagen konnte. Sie war die Tochter eines sehr reichen Lords, wurde in einer Erziehungs-Anstalt gebildet (deren England viele hat, da es Sitte ist, die Kinder sogleich von der Kinderstube in die Fremde hinauszustoßen!) und verließ dieselbe in ihrem 15. Jahr, um zu Hause an dem Sarge der Mutter, den frühen Verlust derselben zu beweinen. Eine Haushälterin führte nun das Regiment und herrschte, aber auch grausam über Lady Anna: so, daß diese viel Unangenehmes zu erdulten hatte. Vom Vater wurde sie wohl sehr geliebt, doch da jene Person ihm brauchbar, ja unentbehrlich dünkte: so bewirkten alle Klagen Anna's nicht ihre Entfernung. Vor 6 Monaten, 5 Jahre nach der Mutter Hinsterben, entriß ein schneller Tod ihr auch den Vater. Ohne alle Verwandte stand sie nun ganz allein. Durch eine öffentliche Bekanntmachung, welche ihren Wunsch: einen Geschäftsführer zu erhalten, aussprach, veranlaßt, meldete sich ein junger Rechtsgelehrter, welcher eine Zeitlang seine übernommene Verbindlichkeiten genügend erfüllte. Allein bald suchte M. Wortley seine Rechte auszudehnen und quälte die Lady mit Heiraths-Anträgen. Da sie diese unerbittlich abwieß legte er seine Stelle trozig nieder und nun war sie so verlassen als vorher.

Durch die im kurzen wechselnden heftigen Gemüthsbewegungen erkrankte Mylady. Ihr Arzt war bekanntlich der Meinige und sie nannte ihn ihren treuen Freund. Er mußte ihr mehr von mir mitgetheilt haben, als er der Wahrheit gemäß hätte thun sollen; denn Lady Anna dankte mir sehr verbindlich für einen freundschaftlichen Antheil an ihrem Schicksal, dessen sie D. Richard versichert und den ich durchaus nicht gegen ihn geäussert hatte. Durch seine Fürsorge erhielt sie mittlerweile wieder einen Geschäftsführer: allein da sie nach des Arztes Vorschrift bald nachher ins Bad reisen mußte, so war sie nicht im Stande jenen genug kennen zu lernen und sie zeigte eine ängstliche Besorgnis, wegen ihrer Entfernung vom Haus und sprach von einer baldigen Rückkehr. Ueberdies hatte sie auch nach des Vaters Tod die fatale Haushälterin sogleich abgedankt und das ganze Dienstpersonale neu angestellt. Daher war nach ihrem Dafürhalten, zu Hause ihre Anwesenheit unentbehrlich.

In dem Allen was Lady Sidney mir erzählte, fand ich nichts Unglaubwürdiges und bedauerte sie aufrichtig, denn sie verstand es vollkommen durch die

Art ihres Vortrags Theilnahme einzuflößen. Von jenem Abend an wiedmete ich ihr alle Zeit, welche nicht die Pflicht für meinen kranken Freund in Anspruch nahm. Dies schien sie sehr zu freuen und sie zeichnete mich mit einem sichtbaren Vertrauen vor allen Bade-Gästen aus. Es dauerte aber leider! nicht lange genug, um die Schlaue ganz kennen zu lernen: denn der Gesundheitszustand meines armen Williams verschlimmerte sich so sehr, daß ich genöthigt war, unverzüglich mit ihm die Rückreise nach London anzutretten. Lady Anna schien bestürzt, als ich sie davon benachrichtigte doch sprach sie unverholen von einem baldigen Wiedersehen. Wir nahmen den kürzesten Weg, hielten uns nirgends ohne Noth auf und ich kann daher von dieser Reise durchaus nichts Merkwürdiges mittheilen.

Bald nach unserer Ankunft in London wurde mein geliebter Freund tödlich krank und D. Richard wurde wieder gerufen. Er suchte einen Augenblick zu erhaschen, in dem er mir seine Freude äussern konnte: daß ich die frühere Bekanntschaft mit Lady Sidney erneuert hätte. Sie erhielten wohl eine *Estafette*? fragte ich etwas bitter. Mit einiger Verlegenheit erwiederte er: „die Lady habe ihn von Bath aus, wegen ihres Gesundheitszustandes geschrieben und dabei meiner erwähnt;" gedachte aber nach diesem Gespräch der Lady mit keiner Silbe mehr. Mir war der tiefe Schmerz bestimmt: daß die treue Seele meines Williams in meinen Armen die irdische Hülle verließ. Kaum wird der eigene Bruder **das** gefühlt haben, was ich bei dem frühen Hinscheiden dieses edlen Mannes empfand. Das große London war mir zu enge, ich flüchtete mich hinaus und mehr ein Verlangen nach Zerstreuung, als sonst irgend ein sehnsüchtiger

Wunsch trieb mich zu dem Landhaus der Lady Sidney.

Da die Landsitze in England vieles miteinander gemein haben, und ich von allen denen, welche ich gesehen, noch keines schilderte: so will ich eine Beschreibung desjenigen liefern in dem ich 4 leidensvolle Jahre verlebte. —

Ein schöner Park umgiebt dasselbe mit bedeutenden in der üppigsten Vegetation prangenden Aeckern, und Wiesen. Hie und da stehen mahlerisch gruppirte ehrwürdige Eichen und Buchen; feste, reinliche Kieswege durchschlängeln den Park, in welchem zerstreut, freundliche Wirthschafts-Gebäude liegen. Ein beträchtlicher Bach, über welchen eine hübsche Brücke führt, bewäßert in mancherlei Krümmungen die Flur. Das Wohnhaus liegt auf einer Anhöhe. Die *Facade* ist mit Säulen geziert, welche einen schattigen Ort bilden, von wo aus man so recht die Aussicht auf die herrlich grünen Wiesen und fruchtbaren Aecker genießen kann. Dieser Platz ist mit köstlichen Gesträuchen und Blumen in *Vasen* geschmückt. (Ein Gegenstand, mit welchem in England ein ausserordentlicher Luxus getrieben wird.) Die Obst- und Gemüß- Gärten, die Treibhäuser und alle Oekonomie-Gebäude liegen auf einer andern Seite ganz nahe am Haus. Erstere sind eigentlich das, was die Engländer Gärten nennen. Auch der zu Fuß-Promenaden vorzüglich bestimmte Theil, ist nicht weit davon entfernt; er hat Aehnlichkeit mit den deutschen Parks. Hier giebt es Lauben, Bogengänge, Tempel, Säulen, Denkmähler, Ruheplätze u. s. w. hier grünen und blühen alle möglichen in- und ausländischen Gewächse, Blumen und Bäume. Alle

Gebäude sind von Stein, alle Geländer und Thüren von schönem eisernen Gitterwerk. Das Wohnhaus hat hohe wohl erleuchtete *Sousterains*, in welchen die Küche, Speiß-Gewölbe und die Bedienten-Zimmer sind. Vom Garten aus tritt man in eine Halle, die mit schönen Statüen, Anticken u. s. w. ausgeschmückt ist, zu beiden Seiten liegen die Putz und Wohnzimmer, ein langer Saal mit einer ansehnlichen Bibliothek, deren Bücher, alle kostbar eingebunden in zierlichen Schränken aufgestellt sind. Die Gemälde-Sammlung ist in verschiedene Zimmer vertheilt und ich traf in diesen Landhäusern auf wahre Kunstschätze von den berühmtesten Meistern. Vorzüglich muß van Dyk in England ungemein fleißig gewesen seyn. Ueberall, auch in Sidney's Hause zieren die Produkte seiner Kunst die Gemächer. Im obern Stock des Hauses sind die Schlafzimmer. Fußböden, Treppen und Vorplätze sind mit schönen Teppichen belegt. Die Möbeln sind von Mahagoni oder künstlichem lackirten Holz und die Kamine größtentheils in Marmor geschmackvoll gearbeitet.

Dies ist die Beschaffenheit des Landsitzes der Lady Sidney welchem mit einigen kleinen Abänderungen beinahe alle Landsitze der reichen und vornehmen Engländer gleichen, wo unbeschreiblicher Genuß zu finden wäre, wenn nicht die leidige Etikette, die unendlich vielen Vorurtheile, und die tyrannisirende Mode ihn verkümmerte.

Doch ich kehre zu meinem verhängnißvollen Erscheinen in Sidney'shouse zurück.

Mylady empfieng mich mit sichtbarer Freude und sowohl bestochen von ihrer verlaßnen Lage, als gedrungen von dem Verlangen nach nützlicher, zerstreuender Thätigkeit, welche meinen Schmerz um den verlohrnen Freund mildern sollte, gab ich ihr das Versprechen: ihre Angelegenheiten zu ordnen, denn ihren dermaligen Geschäftsführer mangelte es an Einsicht und an gutem Willen. Ihre Dankbarkeit bewieß sie mir auf eine Art, welche mich immer mehr anfeuerte ihr recht wichtige Dienste zu leisten. Sie bot alle Künste der feinsten Coquetterie auf, mich zu feßeln und es gelang ihr; in wenig Monaten war ich ihr Gatte.

Meinem geraden Sinn war es unmöglich, eine so entsezliche Verstellung zu argwohnen, deren Lady Anna wirklich fähig war. Ach! ich glaubte in einem Herzen Liebe zu finden wo nur Selbstsucht herrschte und wurde fürchterlich getäuscht! — Die häuslichen Tugenden, welche sie um mir zu gefallen geheuchelt und in schönen Redensarten damit geprahlt hatte, wurden in der Wirklichkeit vergeblich bei ihr gesucht! In der Anstalt worinn sie erzogen wurde, hatte sie Vielerlei doch alles nur Oberflächlich und durchaus Nichts für ihre künftige weibliche Bestimmung gelernt. Aus Stolz wollte sie, wie ich späterhin erfuhr von der Haushälterin ihres Vaters, welche sie fälschlich für so böse mir geschildert hatte, keinen Unterricht annehmen und so war sie höchstens nur im Stande, einen guten Thee zu bereiten und bei Tisch die von mir angegebenen und vom Koch verfertigten Speisen vorzulegen. Ihr Charakter enthüllte zu meinem größten Schmerz nach und nach immermehr seine wahre Gestalt. Eigennutz, Härte und drückender Stolz auf ihrem Reichthum, sprach sich in jedem Worte, in jeder Handlung aus. Die erste Leidenschaft war es, welche unsere nähere Bekanntschaft gründete. Ich hatte mich ihr bei unserm Zusammentreffen in der City von einer etwas glänzenden freigebigen Seite gezeigt; dies steigerte ihr Wohlgefallen an mir und durch die Schilderungen des Doctors, so wie durch unsere spätern Unterhaltungen glaubte sie an mir einen Mann kennen gelernt zu haben, welcher geeignet schien ihre Reichthümer auf eine vortheilhafte Weise verwalten zu können. Daher däuchte es ihr der Mühe werth, meiner gewiß zu werden und die Rollen sorgfältig einzustudiren, in welchen sie mir zu gefallen glaubte: doch als wir verbunden waren, legte sie den sehr lästigen Zwang nach und nach ab und ließ mich — leider zu spät! — das Unglück meiner Wahl tief empfinden. Ich wandte anfänglich alles an, nur Annen's Liebe zu gewinnen und zartere weibliche Grundsätze und Empfindungen ihr einzuflössen; allein weder meine Bemühungen, noch die Reitze der Natur in dem unaussprechlich schönen Richmonds Thal worinn unser Landsitz lag, noch ihr Verhältnis als Mutter, da sie zwei lieblichen Kindern, einem Knaben und einem Mädchen das Daseyn gab, konnten irgend eine vortheilhafte Umänderung ihrer Ansichten und Gefühle bewirken. Sie blieb die herrische, anmaßende Gattin, welche meine Dienstleistungen als Schuldigkeit forderte und mit Undank belohnte, die gleichgültige sorglose Mutter, welche keinen Sinn für die Freuden und süßen Mühen derselben zeigte; die unwissende und daher desto ungerechtere und härtere Hausfrau. Ich verschleiere die traurigen, mir höchst wiederlichen Scenen, welche ein solches Betragen unter uns herbeiführen mußte und eile zu einer Begebenheit, welche entscheidend für mein Schicksal wurde.

Geschäfte riefen mich einst nach der Stadt (so wird London vorzugsweise in ganz England genannt.) Ich mußte länger daselbst verweilen, als ich geglaubt hatte und während meines Aufenthaltes führte mich ein Zufall an einem Abend an der **Westmünsterabtey** vorüber. Nur einmal hatte ich sie mit meinem unvergeßlichen William und da nicht ganz genau besehen. In der schwermüthigen Stimmung in welcher ich mich immer, besonders aber damals befand, zog mich das alte gothische Gebäude mit seinen heiligen Denkmälern berühmter Entschlaffener unwiederstehlich an. Ich trat hinein und wandelte allein in diesen schauerlichen Hallen, wo die Geister der Vorwelt mich umschwebten und ich ihr Geflüster wahrzunehmen wähnte. Hie und da verweilte ich bei den, seltenen Sterblichen geweihten Monumenten und erblickte leider! an manchen unter ihnen den alles zerstörenden Zahn der Zeit. Jedoch mich ergriff der große Gedanke: „daß, was jene Männer wirkten, nicht der Gewalt irdischer Vergänglichkeit unterworfen ist; das Edle bleibt ewig Groß, das Schöne ewig Neu, und es giebt Handlungen, welche sich empor über die Erde erheben, dort von himmlischen Genien aufgenommen und eingetragen werden in das Buch des Lebens!" bewegt nahte ich mich dem sanften Dichter **Goldsmith**, dem ernsten **Milton**, Thomson u. s. w. und gedachte der herrlichen Werke jener unsterblichen Sänger, des Reichthums ihres Geistes und Herzens; ich vergegenwärtigte mir den segensreichen Einfluß ihrer Schriften auf die gleichzeitigen Weltbürger, so wie auf spätere Geschlechter; ich gewahrte im Geist die Erheiterungen, die Begeisterungen, die vielen ernsten, folgereichen Erweckungen zum Guten, welche wir Jenen zu verdanken haben und die als ausgestreuter Saame in kürzerer oder längerer Zeit immer neue Früchte bringen. O wie klein, wie unbedeutend erschien ich mir, vor den Nachgebilden jener Geistes-Helden! ich habe ja mit all' dem reichen guten Willen, den ich in mir trage, noch nichts gemeinnütziges gethan und das Wenige, was andere von mir empfiengen verschwindet wie ein leichter Schatten, vor den Strahlen der Wahrheit und der Verdienste würdigerer Menschen.

Düster, mit verschlungenen Armen, wandelte ich dem Tempel entlang, zu den zwölf, sich an ihn schlißenden Kapellen, welche die irdischen Ueberreste der Könige und Königinnen von jeher in ihrem Schoos aufnahmen. Auch hier bewunderte ich manches Werk der Kunst und beobachtete ihre stufenweis' fortschreitende Ausbildung. Innig gerührt stand ich an dem Grabe der unglücklichen **Marie Stuart**, welche nicht weit von ihrer **Todfeindin** und **Mörderin** hier schlummert. Noch mehr erschütterte mich das Grabmahl **Eduard's** I. und das seiner Gemahlin **Eleonora** von **Kastilien**. Von ihr erzählt die Sage ein rührendes Beispiel seltener, ehelicher Liebe und Treue. Ihr Gemahl zog als Kronprinz 1274 zum heiligen Krieg ins gelobte Land. Kein noch so furchtbar drohendes Ungemach konnte Eleonoren von dem Vorhaben, ihn zu begleiten zurückhalten. An ihrem weiblichen Heldensinn entzündete sich sein Muth und er richtete große Niederlagen unter den Türken an. Um sich deswegen zu rächen, sandten sie Meuchelmörder gegen ihn aus, und ihr vergifteter Pfeil traf Eduard im Arm. Die Aerzte gaben ihn verlohren, wenn nicht augenblicklich das Gift aus der Wunde gesogen würde. Keiner seiner Diener entschloß sich zu dieser That, aber Eleonora scheute nicht die Gefahr und weihte sich freudig dem Tod, um das Leben des geliebten Gemahls zu erkaufen und —

ihr gelang das schöne Werk! die Stärke treuer Liebe ehrend, soll indeßen der Todesengel sich schonend hinweggewendet und die Gatten noch eine Reihe glücklicher Jahre mit einander gelebt haben; auf ihrem Sarkophage liegen die Gestalten, der darunter Schlummernden und in Eleonorens Gesicht ist ihre Güte und Milde kunstvoll ausgedrückt.

Eine unbeschreibliche Wehmuth bemächtigte sich meiner, bei diesen Denkmählern! „Glücklicher Eduard!" rief ich aus, dir wurde der Erde höchst Seeligkeit zu Theil! mir ist sie versagt, Vergeblich sehne ich mich nach Liebe, welche ich, wie du Eleonora (ja ich fühle es!) reich, reich mit jedem Opfer zu vergelten und zu erwiedern bereit wäre! —

Mit diesen Klagen machte ich meinem gepreßten Herzen Luft und wurde so weich, daß ich weinen mußte.

Endlich bemerkte ich, daß es über meine Betrachtungen ziemlich dunkel in dem hohen Gewölbe wurde und trennte mich von dem der Trauer geweihten Ort. Auf der Straße, wo es schon dämmerte, kam ich zu einem Grausen erregenden Auftritt. Ein Zusammenlauf vieler Menschen zog meine Aufmerksamkeit an sich. Das Blut starrte mir in den Adern, als ich in unserm vierspännigen Wagen meine Gattin **ruhig** sitzen und unter den wiehernden Schimmeln, deren Zügel einige Männer hielten, ein halbtodes Mädchen von 4 Jahren hervorziehen sah. Ich weis noch heute nicht, was Lady Anna bewog, mir nachzureisen; ich weis nicht, wohin sie nachher ihren Weg nahm: denn ihre laute unmenschliche Aeußerung: „Fort, fort! was kümmert mich der Lärm; —" machte meinen ganzen Zorn rege. Ich war ausser mir. Eine bejahrte Frau, die Pflegemutter jenes

Mädchens, kam händeringend herbeigelaufen und ließ weinend und schreiend das ohnmächtige Kind, von dessen Kopf das Blut herunter trof, in ihr Haus tragen. Das tiefste Mitleid drängte mich ihr zu folgen, ich mußte aber leider Zeuge seyn, daß alle Rettungsversuche vergeblich waren und die arme kleine Molly unter den Händen des Chirurgs ihren Geist aufgab. Herzzerreissend waren die Klagen jener Frau; leider! war sie bei diesem Unglück nicht Vorwurfsfrei; auch sie hatte nach der in England häufigen Weise, die kleinsten Kinder ohne Aufsicht auf den Volkreichsten Wegen herumtrippeln zu lassen, (was mich oft in meinem Wagen ängstlich aufschreiend machte) unvorsichtig genug, Molly mit andern Kindern auf der Strasse spielen lassen, ohne sich um sie zu bekümmern, nun kam Lady Anna nach ihrer gewöhnlichen Art ungemein rasch gefahren und das Kind war verlohren. Ob nun gleich Jene einigermassen Schuld an dem traurigen Vorfalle war, konnte er doch ihr hartes Herz nicht zur Theilnahme bewegen und dies war es, was mich so sehr empörte. Es entstand ein Aufruhr in meinem Innern, der dem, durch Sturm bewegten Meere glich; und da ich zu keinem Geschäft tauglich war und das lezte Ereignis vorzüglich mein Gemüth beschäftigte: so gieng ich nach ein paar Stunden wieder in jenes Haus der Trauer; ich hatte schon vorher, sowohl durch die Aeußerungen meines aufrichtigen Mitleids, als auch durch ein reichliches Geschenk die betrübte Pflegemutter der Verunglückten von meinem Antheil überzeugt und sie mir so geneigt gemacht, daß ich ihr bei meinem zweiten Besuch sehr willkommen schien. Ich hörte nun, daß Molly eine Waise war und eine Verwandte von Frau Sara (so nannte sich jene Frau). Ihr Nahme machte mich aufmerksam; die

Haushälterin des Lord Sidney's hieß auch Sara. Ohne mich zu erkennen zu geben, forschte ich weiter nach und meine Vermuthung bestättigte sich; sie war jene Person wirklich. Aber ach! welche Erzählungen folgten dieser Entdeckung! Sie schilderte die vielen tadelnswürdigen Eigenschaften meiner Gattin so richtig, daß ich sie in ihrem Betragen während der Zeit unserer Verbindung vollkommen wieder fand. Die Alte versicherte, daß sie nur aus Liebe zu dem verstorbenen würdigen Lord im Hause geblieben sey, denn Lady Anna mishandelte sie mit Stolz und Härte und verwarf jedes Anerbieten, ihr etwas zu lehren. Nach dem Tod des Lords, als sie den Dienst verlassen, aber noch mit dem Pächter zu Sidney's House im guten Vernehmen geblieben war, erfuhr sie durch diesen noch Manches von dem nachherigen Betragen der Lady, welches sie mir mit einer ihr eigenen Geschwäzigkeit mittheilte. Dadurch erhielt ich Aufklärung über D. Richards Stellung zu Anna, und über sein Benehmen. Er war nemlich ihr vertrauter Freund, ihr verschmizter Rathgeber und gab sich alle Mühe, ihr, weil sie es wünschte, einen für ihre habsichtigen Plane passenden Gemahl aufzufinden; suchte mich daher für sie einzunehmen und hatte ihr früherhin auch Wortley zugeführt. Statt daß dieser, wie sie sagte, sich um ihre Hand beworben stellte sie ihm Netze auf: jedoch sie muß damals noch nicht so geübt in der Verstellungskunst gewesen seyn, er bemerkte zu rechter Zeit manches Misfällige an ihr und zog sich zurück. Aus dem Mund jener Frau hörte ich nun meinen Namen nennen, hörte, wie man mich beklagt hatte, eine schlechte Wahl getroffen zu haben und daß man als gewiß vorausgesezt, ja hie und da bedeutende Wetten über die Behauptung angestellt habe: daß ich unmöglich lange mit Lady Anna würde leben können. Auch mir schien dies nach den heutigen Erfahrungen ganz klar, und doch war mein Entschluß noch nicht fest genug. Kaum wird dies, für alle die mich kennen glaublich seyn. Der feurige, freigesinnte, jeden ungerechten Druck verabscheuende Guido konnte so lange, konnte damals noch zögern, sich von einem Weibe zu trennen, die ihn unwürdig behandelte! Jedoch meine geliebten Eltern werden es begreifen, warum dies geschah; Sie welche das innige Gefühl verstehen, das in einem treuen Vaterherzen waltet!

Die Besorgnis: daß Lady Anna ihr Recht auf Eines meiner geliebten Kinder geltend machen und mir es vorenthalten könnte war es, was mich immer von einem entscheidenden Schritt abhielt. Ich wollte nun auch wirklich wieder zu ihnen zurückkehren. Auf der Landstraße wurde ich von einem Menschen angebettelt, dessen Gesichtszüge mir bekannt schienen. Mich trieb eine dunkle Ahnung, von meinem Irländer abzusteigen und mich mit Jenem in eine Unterhaltung einzulassen. Sein Name brachte mir ihn ganz ins Gedächtnis zurück. Er war der Diener, welcher kurz vor meiner Verheirathung, von der Lady unter dem Vorwand: daß er ein ungeziemendes Betragen gegen sie hätte zu Schulden kommen lassen, fortgeschickt wurde. Der rüstige junge Bursche dauerte mich, daß er das Bettlerhandwerk ergriffen hatte und meine gutgemeinten dringenden Ermahnungen wirkten so mächtig auf ihn, daß er mir zu Füssen fiel und unter Thränen versicherte: er verdiene diese Güte nicht, er habe sich auch gegen mich verfehlt. Erstaunt sah ich ihn an, und erfuhr folgendes: Mit dem Brief, an meine geliebten Eltern, dessen ich schon im Anfang dieses

Schreibens gedachte und worinnen ich sie um Ihren Segen zu meiner Verbindung mit der Lady gebetten hatte, wollte ich ein Kistchen mit verschiedenen Produckten des englischen Kunstfleißes für meine entfernten Lieben absenden. Ich hatte es in Gegenwart meiner Braut eingepackt und gab es John, damit er es zu einem gewissen Kaufmann in London tragen sollte, welcher mir versprochen hatte, es einer Schiffsladung nach Deutschland beizufügen. Ich erinnere mich noch sehr deutlich, wie theilnahmlos mir damals Lady Anna zusah, welches mich innig schmerzte; und wie sie bei meiner Aeusserung: „daß ich jene Sachen auf meinen Streifereien durch England schon lange gesammelt und aufgekauft habe" den Mund zu einem spöttischen Lächeln verzog und sich schnell entfernte. Sehr gut weis ich auch, daß ich darauf in den Park eilte, um die unangenehmen Gefühle niederzukämpfen, welche dies Benehmen in mir erregt hatte. — In meiner Abwesenheit ließ nun (so erzählte John) die Lady ihn zu sich ruffen und versprach ihm noch über seinen Lohn, den sie ihm hinzahlte, eine Guinée, wenn er meinen Auftrag nicht vollziehen, sondern ihr das Kästchen und den Brief übergeben aber auch auf der Stelle schweigend ihr Haus verlassen wollte: „denn, sezte sie mit Heftigkeit hinzu, ich laße von meinem Vermögen nichts übers Meer führen." Den armen Burschen blendete das Gold; er willigte ein und hofte bald wieder einen Dienst zu bekommen, allein mehrere Versuche mislangen, und nun ergrif er das Betteln als den bequemsten Erwerb.

Diese Entdeckung machte mich rasend. Anna war also die Ursache so vieler trüben Stunden, in welchen ich mich über das Stillschweigen der Meinigen ängstigte! Anna unterschlug das von mir bestimmte Eigenthum derselben und verkümmerte mir die kleine Freude aus niedrigem Eigennutz, aus schändlichen Argwohn! Nun war es fest beschloßen mich von ihr zu trennen; und statt nach Sidney'shouse, sprengte ich nach London zurück, eilte zum Westminster Gebäude, woselbst viele Rechtshändel geschlichtet werden und brachte meine Ehescheidungsklage an. Nach diesem Schritt trieb mich die Vaterliebe wieder nach Hause: denn ich wußte, wie wenig Sorge die Mutter den Kindern wiedmete. Unterwegs überlegte ich, daß ich mit Ruhe am Ersten zu meinem Zweck gelangen und Lady bestimmen würde, mir meine zwei Kinder zu überlassen; und diese Hoffnung gab mir die Gewalt über die heftigen Ausbrüche meines gereizten Gemüths gegen die Urheberin seiner Leiden. Besonnen und kalt machte ich Anna mit meinem obigen unwiederruflichen Entschluß, und mit den Beweggründen zu demselben bekannt und fand zu meinem Erstaunen eben so viel Kälte und Bereitwilligkeit, sowohl für die Trennung, als für meinen Wunsch, die Kinder mir zu überlassen. Mir war es in diesem Augenblick, als fielen klirrend die Ketten zu meinen Füssen, welche mich so lange schmählich gefangen hielten. Ich eilte in das Zimmer meiner Kinder, preßte die Kleinen unter heißen Küssen an das klopfende Herz und konnte kaum den folgenden Tag erwarten, um mit ihnen und ihrer Wärterin nach London zu fahren. Ganz ruhig war der Abschied der unnatürlichen Mutter von ihren Kindern und — und als hätte ich sie aus dem Feuer gerettet eilte ich mit ihnen davon.

Auf der Straße begegnete ich John wieder und nahm ihn in meine Dienste, wo er sich bisher ganz zu meiner Zufriedenheit beträgt. In der Stadt logierte ich mich in einen Gasthofe ein, um den Ausgang meines Prozeßes zu erwarten. Nur einmal mußte ich mit Lady Anna vor den Schranken erscheinen und da weder sie noch ich an eine andere Instanz zu appellieren gedachten sondern mit dem Ausspruch der Richter vollkommen zufrieden waren, so war er sehr bald geendigt.

Meine beschwerliche und sorgenvolle Lage während meiner Rückreise, konnte nur die unendliche Vaterliebe zu meinem William, zu meiner Fany mir ertragen helfen. Fast in jedem bedeutenden Ort, wechselte ich, theils durch Umstände genöthiget, theils vielleicht auch aus übertriebener Besorgniß die Wärterin und es ist ein wahres Wunder, welches mich mit dem innigsten Dank gegen die Vorsicht erfüllt, daß die Kleinen diese gefahrvolle große Reise so glücklich überstanden haben. Einige kleine Unpäßlichkeiten abgerechnet, brachte ihnen das veränderte Klima und die verschiedene Lebensweise keinen Schaden. Auch gegenwärtig, wo ich dieses schreibe, sind sie vollkommen gesund.

Aber Guido der Vater, theilt mit Guido dem Sohn, die unbeschreibliche Sehnsucht, bald mit seiner köstlichen Beute im sichern Haven, im Arm der Eltern von all den Stürmen, welche ihn im fernen Land Verderben drohend umbraußten, auszuruhen! —

O, des seeligen Augenblicks! wo meine Kleinen ihre Aermchen um den Nacken der besten Großeltern schlingen und ich die theuern Vater- und Mutter-Hände auf mein wundes Herz drücken und damit die vielerlei schmerzlichen Gefühle, welche darinnen herrschen beschwichtigen werde!

Ein neues Leben wird mir aufgehen! Meine gesammelten Erfahrungen sollen mich begleiten auf das Feld der Thätigkeit, das ich mir suchen werde. Ich will wirken und nützen, und wird gleich mein Bild einst nicht der Nachwelt aufbewahrt, wie das berühmter Britten in der Westmünster Abtey: so soll doch hie und da eine Stimme im Vaterland mir ein segnendes Lebewohl in die kühle Gruft nachrufen.

Ich erwarte nun keine weitere Nachricht. Fest auf die Liebe theurer Eltern bauend, werde ich diesem Brief bald nachfolgen, um den Forderungen eines kindlichen Herzens und den väterlichen Wünschen und Sorgen für meine Kinder ein Genüge zu leisten.

Ihr Guido.

Die Baronin gieng einigemal, während Albina las zu dieser hin, umfaßte sie und sah mit ihr in Guido's Brief hinein. Bei manchen bedeutenden Stellen konnte sie die Ausbrüche ihrer mütterlichen Empfindungen nicht zurück halten, welche wechselnd Staunen, Mitleid und Freude ausdrückten; der Vater klopfte sie dann sanft auf die Schulter und sagte: „Mütterchen! laß doch unsere Albina ungestört fortlesen!" auf diese Weisung kehrte sie wieder aufs Sopha zurück; doch nicht lange, so führte sie eine neue Aufwallung der Gefühle, abermals zu Albinen, zu dem Brief. — Schweigend faltete endlich Leztere denselben zusammen. — Die Baronin sprang auf und schloß sie in die Arme. Durch ihre eigene Bewegung war sie unfähig, Albinens Gemüths-Zustand zu beobachten und die Fluth ihrer Worte gab dieser Zeit und Gelegenheit sich zu sammeln. Sie mußte sich nun zwischen das würdige Elternpaar setzen und mit redseeliger Freude theilte ihr die Baronin mancherlei häusliche Plane für die Zukunft mit, welche oft im nächsten Augenblick wieder durch Neue verdrängt wurden. Volkmar hörte lächelnd zu und gab nur zuweilen durch eine besonnene Rede dieser oder jener flüchtigen Idee Festigkeit.

Albina kehrte diesmal in einer höchst unruhigen Stimmung auf das Landhaus zurück. — Sie sollte ihn wiedersehen, ihn der ihr Herz ganz erfüllte! Er unglücklich — sie voll Mitgefühl — beide frei — war es nicht natürlich, daß die Möglichkeit einer Annäherung sich ihr unwillkührlich aufdrang? — aber fest war ihr Entschluß, sich streng im Auge zu behalten und ihre weiche Seele mit ruhiger Ergebung in den Willen der Vorsehung auszurüsten.

Guido war durch sein Schreiben noch weit höher in ihrer Achtung gestellt; sein trefflicher Charakter, sein Sinn für das Schöne und Große, seine menschenfreundlichen Handlungen, seine Vaterliebe, alles dies blickte aus jeder Zeile seines Briefs hervor und ihre rege Phantasie mahlte sein Bild in männlicher Vollkommenheit; aber der Zweifel flüsterte in ihrer Seele: wird Guidos Herz nicht **unheilbar** verwundet seyn? wird die gemachte traurige Erfahrung ihn nicht gegen das ganze weibliche Geschlecht mißtrauisch gemacht — werden die Jahre der Trennung nicht die Empfindungen der Freundschaft, deren Daseyn sie vor Zeiten in seinem Herzen ahnen durfte ganz verlöscht haben? —

Albina hatte viel mit diesen wechselnden Gefühlen zu kämpfen und immer kehrten sie wieder. Beglommenen Herzens gieng sie nun jedesmal in die Stadt, Guidos Wiedersehen bald fürchtend, bald hoffend. An einem Abend, als sie wieder in Langenheims Haus trat, überfiel sie ein heftiges Zittern denn ein Reise-Wagen im Hofraum ließ sie Guidos Ankunft vermuthen. Sie war nicht vermögend gleich die Treppe hinaufzugehen und mußte ihre ganze Seelenstärke aufbiethen, um Fassung zu erringen. Endlich hielt sie sich für fähig Guido ruhig zu begrüßen. Die Thüre öffnete sich und er — etwas mager und bleich, demohngeachtet edel und schön, saß mit dem Rücken nach der Thüre gekehrt, einem Spiegel gegenüber, in welchem sie sein Gesicht und er ihr Eintretten sehen konnte. Er sprang auf und eilte auf sie zu, die kleine Fany auf dem Arm, führte er Albinens Hand an seine Lippen. Das Kind aber streckte verlangend die Aermchen nach ihr aus; es schien ihre, alles bezaubernde Anmuth selbst das kleine Mädchen-Herz mit magnetischer Kraft an sich zu ziehen. Ein dunkles Roth überflog Guidos blasse Wangen; auch Albina fühlte die ihrigen erglühen und war froh, sie an Fanys zartem Gesichtchen verbergen zu können. William wurde auf des Großvaters Knie geschauckelt, als Albina in das Zimmer trat, und die Baronin war ausser demselben beschäftigt für den geliebten Sohn und die theuern Enkel Bequemlichkeit und Erfrischung zu besorgen: denn noch war keine Stunde

124

verfloßen, daß Guido angekommen war. Albinens befangenem Zustand kam die Gegenwart der Kleinen wohl zu statten. Von jeher der Kinderwelt mit wahrer Liebe zugethan, waren ihr natürlich Guidos Sohn und Tochter unbeschreiblich theuer; und so lange sie anwesend war, beschäftigte sie sich unaufhörlich mit ihnen. Auf ihrem Schoos genoßen sie erquickenden Thee und wohlschmeckenden Zwieback auf ihrem Arm, an ihrer Hand trug und führte sie die Kleinen in den Gemächern des Hauses umher, wo irgend ein Gegenstand war, der sie unterhalten konnte und endlich schlummerten sie auf ihrem Schoos, von der Reise ermüdet ein, und wurden sanft von ihr in die für sie bereiteten Bettchen getragen. Guidos Blick weilte mit stillem Entzücken, so oft er es unbemerkt konnte, auf Albinens zärtlicher Sorge für seine Lieblinge und auf deren zutraulicher Annäherung an Jene. Schmeichelnd schmiegte der kleine William sein Gesichtchen an das ihrige, fest schlang Fany die Aermchen um ihren Nacken und schüttelte weinend das blonde Lockenköpfchen, wenn sie die Grosmutter oder die Wärterin zu sich nehmen wollte.

Eine unerklärbare Bangigkeit hielt indeß Albina von Guido entfernt und da auch dieser eine gewiße ehrerbietige Zurückhaltung beobachtete: so herrschte zwischen Beiden eine drückende Spannung. Herzlich froh war Albina als Langenheims von einem Besuch nach Haus kamen und die Unterhaltung allgemeiner wurde. Jedoch das Uebermaß der Empfindungen bewegte zu stürmisch das sonst so ruhige Herz. Sie konnte es nicht länger unter ihren Freunden aushalten, sie mußte fort, um in der Einsamkeit sich selbst wieder zu finden.

Schlaflos verstrich ihr die Nacht. Ach! Guido war ihr wieder so interessant, so liebenswürdig und doch so kalt erschienen! und es dünkte ihr sehr nothwendig sich einen festen Plan für ihr künftiges Betragen zu entwerfen. Sie beschloß mit ruhiger Freundlichkeit ihm zu begegnen aber Miene, Wort und Handlungen genau abzuwägen um ihm zu keiner falschen Beurtheilung Veranlassung zu geben. Am andern Morgen erhielt sie ein liebevolles Billet von der Baronin, in welchem sie dieselbe dringend, und unter der Zusage ihrer wärmsten Dankbarkeit bat, „sich ihrer Enkel an — und sie zu sich zu nehmen, ihre physische und moralische Bildung zu leiten und auf diese Weise die Ruhe der Groseltern und des Vaters zu sichern; da sie durch zunehmendes Alter und durch Aengstlichkeit unfähig zur Erfüllung jener Pflicht sey."

Albinens Herz hatte sogleich entschieden; allein die Zustimmung der Mutter war auch nothwendig und sie zitterte bei dem Gedanken, daß sie sich weigern könnte.

Als sie eben überlegte, wie sie, ohne ihr Inneres zu verrathen Jene, zu einer Einwilligung bestimmen könnte: wurde sie zu Cornelien geruffen, und fand — Theresen, welche von Volkmars beauftragt, die obige Bitte mündlich wiederholen sollte. Albina zeigte der Mutter, das, kurz zuvor erhaltene Schreiben und diese fühlte sich verpflichtet durch das Andenken an den segensreichen Einfluß von Theresens großmüthiger Freundschaft auf ihr Schicksal der edlen Frau jenen Wunsch welchen sie wie einen Eigenen vortrug zu erfüllen. Albina trat an ein Nebenfenster und mit einem frommen Blick zum Himmel sandte sie ihre Freude, ihren Dank zur Gottheit, verband aber auch damit ein heisses Flehen um Stärke und Weisheit zu ihren neu übernommenen theuern Obliegenheiten.

In Begleitung der liebenden Grosmutter kamen die Kleinen bald darauf in das Landhaus und der Auffenthalt daselbst, unter Albinens allumfassender treuer Fürsorge war segensreich für ihr körperliches und geistiges Gedeihen. Aber die mütterliche Erzieherin war auch so gewissenhaft, daß sie nur durch die äusserste Nothwendigkeit gedrungen ihre Pfleglinge verließ, daher auch selten, und nur mit ihnen in die Stadt gieng.

Guido war ein eben so seltener Besuch auf dem Landhaus, und Albina verwieß ihr Herz zur Ruhe, wenn es unzufrieden darüber klagen wollte. Die kältere Vernunft gebot ihr sogar dies spärliche Zusammenkommen zu wünschen: denn ach! in Guido's Nähe war ihr so weh, so beglommen! — Eine düstere Schwermuth bemeisterte sich nach und nach ganz seiner Seele und verlezte ihr Gefühl in dem Grad, als seine übrigen großen Eigenschaften es oft beseeligten. Sie suchte den Grund in seinen ehemaligen traurigen Erfahrungen, als unglücklicher Gatte, zweifelte durchaus an ihrem Vermögen, ihn trösten und erheitern zu können und hielt sich mit wunden Herzen so weit als möglich von ihm zurück. Allein in Guido war die alte Leidenschaft für Albinen mit aller Stärke wiedergekehrt; doch in ihrem schüchternen ja beinah ängstlichen Betragen, wollte er eine neue schonende Abweisung finden. Ihre Liebe zu seinen Kindern schrieb er auf Rechnung ihrer angebohrenen Milde, so wie der, edlen weiblichen Wesen eigenen Hinneigung zu den kleinen hülflosen Geschöpfen und so vergrößerten Beide die Scheidewand immer mehr, die anfangs leicht zu übersteigen gewesen wäre. Die Eltern und Langenheims theilten Albinens obige Vermuthung und boten vergeblich alles auf, ihn zu zerstreuen. Aus gutmüthiger Gefälligkeit gieng er auf jeden gesellschaftlichen Plan ein: jedoch er war in solchen Zirkeln ein unnützes Glied. Wortarm, in sich versunken saß er oft in den bunten Reihen und so sehr sein vortheilhaftes Aeußeres den Damen und Mädchen wohlgefiel: so sehr schreckte sie sein Ernst, seine trübe Stimmung ab. War er mit Albinen zusammen: so vermied sein Auge absichtlich den ihrigen zu begegnen und geschah es dennoch, so lag so viel innerer Gram in seinem Blick daß es tief, tief ihr Gemüth verwundete, und sie die Thränen kaum zurückzuhalten vermochte. Langenheim gelang es am besten, durch seine Unterhaltung Guido etwas zu zerstreuen; sein gebildeter Geist, sein tiefes Gefühl, sprach diesen wohlthätig an, und in der Mittheilung ihrer Erfahrungen, fanden sie gegenseitig viel Interesse. Doch wurden von Guido nur Jene berührt, welche die Welt und die Menschheit im **Allgemeinen** betrafen; indeß Langenheim von seinem eigenen Schicksal ihm Mancherlei erzählte. In einem solchen Gespräch erhielt Guido Aufschluß über Familien-Verhältniße, welche sich in seiner Abwesenheit anders gestaltet hatten; und auch des todgeglaubten Direktor Hainau's wurde erwähnt; Langenheim schilderte seinen Reichthum und beklagte, daß seine rechtmäßigen Anverwandten, Albina und Theodor keinen Genuß davon erhalten konnten. Guido beschloß nach dieser Unterhaltung an einen Bekannten zu E* zu schreiben und Erkundigungen einzuziehen, ob zum Vortheil der ihm so theuren Geschwister gar nichts mehr zu unternehmen wäre.

Aus der Antwort ergab es sich, daß der alte Hainau wirklich noch am Leben, aber fest umstrickt sey von der ganzen Familie des verabscheuungswürdigen ehemaligen Kammerdieners, welcher nun die Secretairsstelle begleitete. Nun war Guidos Plan entworfen und sein Entschluß gefaßt!

An einem Morgen beim Frühstück, als den Tag zuvor wieder zärtliche Sehnsucht die Groseltern nach dem Landhaus hingeführt hatte und sie höchst befriediget zurückgekommen waren, konnte die Baronin nicht aufhören, das glückliche Geschick ihrer Enkel zu preißen welches ihnen Albinen zur Pflegerin gegeben hatte; und ihr Gatte stimmte auf das herzlichste in diese Versicherungen ein. Guido schwieg und sah finster zur Erde. Die Mutter nahte sich ihm, mit bittender Miene, strich sanft mit der Hand über seine faltige Stirne und sagte: „Wenn doch nur mein Guido Herr über die traurigen Erinnerungen an die Vergangenheiten und dadurch fähig werden könnte, das was die Gegenwart biethet, freier zu beobachten!

Ach eine holde liebliche Erscheinung könnte ihm durchaus nicht entgehen, welche das Ideal einer treflichen Tochter ist und das einer eben so vorzüglichen Gattin und Mutter werden würde!" „Ich weis wen Sie meinen liebe Mutter!" sagte Guido ernst; „aber nein — es ist nichts — es kann nicht seyn," sezte er tief seufzend hinzu; „und wenn sie mich lieben, kein Wort mehr davon!" Er stand auf, rückte den Sessel zurecht und entfernte sich. Nach einigen Tagen theilte er den Eltern seinen Plan mit: ein thätiges Leben zu beginnen und sich um eine Assessors Stelle zu melden, welche bei dem Stadtgericht zu E* erledigt sey. „Und warum denn gerade nach E*?" fragte der Vater. „Ich habe einen Freund dort," erwiederte Guido, „welcher mir eine sehr vortheilhafte Schilderung von jenem Posten und der ganzen Lebensweise in E* mitgetheilt hat; hier lieber Vater! ist vor der Hand keine Aussicht zu einer mir wünschenswerthen Anstellung und ich denke, Thätigkeit ist das kräftigste Mittel gegen meine trübe Stimmung, die auch leider ihnen geliebte Eltern! manche unangenehme Stunde macht. Verzeiht mir! und laßt den finstern Sonderling ziehen: heiterer hoffe ich, wird er Euch wiedersehen! —" Die Eltern konnten nichts dagegen einwenden, sein Gesuch wurde begünstigt und er beschleunigte so sehr er konnte seine Abreise.

Die Besorgnis, bei der abermaligen Trennung von Albinen sich vielleicht nicht genug verbergen zu können, bestimmte ihn, einen Tag zum Abschiedsbesuch auf dem Landhaus zu wählen wo er wußte, daß Albinen ein unabänderliches Geschäfte ohne seine Kleinen in die Stadt rief.

Unter schmerzlichen Kämpfen hatte er in der Nacht zuvor

ein Schreiben an sie aufgesezt, das sein dankbares Gefühl als Vater innig ausdrücken und doch von seiner unaussprechlichen Liebe zu ihr, nichts verrathen sollte. Immer vernichtete er wieder, was er geschrieben hatte, denn es däuchte ihn bald zu leidenschaftlich, bald zu kalt. Endlich schien er es getroffen zu haben; aber erschöpft und mit verweinten Augen warf er sich auf sein Bett, nicht um zu schlafen sondern in stolzen Entwürfen für das Glück der geliebten Grausamen, Linderung seiner Schmerzen und süße Zerstreuung zu finden. Mit klopfendem Herzen näherte er sich am andern Tag dem Landhaus, denn es war doch möglich Albinen zu treffen. Er hatte es gut berechnet, sie war nicht zu Hause. Gerührt drückte er seine Kinder an sein Herz, gab Cornelien den Brief für Albinen und eilte so schnell als möglich wieder fort. Albina war mit seinem Entschluß, wegzugehen schon bekannt; doch sie hatte gehofft, noch einmal ihn zu sehen, ein freundliches Wort von ihm zu hören und gelobte sich selbst: von diesem, gleich einem ärmlichen Reisepfennig durchs Leben, in den künftigen Tagen sparsam und zufrieden zu zehren. Allein auch darauf sollte sie Verzicht leisten müssen! dies war hart! und sie wurde bleich bis in die Lippen, als sie bei ihrer Zurückkunft aus der Stadt hörte, Guido habe Abschied genommen und den Brief für sie zurückgelassen. Sie nahm ihn und gieng damit in die Gartenlaube.

„Also wählte er absichtlich diese Zeit, um mich doch ja nicht zu finden!" sagte sie schmerzlich zu sich selbst; und ein gerechter Stolz empörte sich in ihr gegen diese Vernachläßigung. Sie hielt lange den Brief unentsiegelt in ihrer Hand, starrte auf ihn hin und war ungewiß, ob sie ihn öffnen sollte oder nicht. „Guido Guido!" rief sie, „du mishandelst ein Herz, das ganz dein gehört hat und — noch immer dein ist," sezte sie wehmüthig leise hinzu, und ein wohlthätiger Thränenstrom erleichterte die beglommene

Brust. Sie löste das Siegel, las, las wieder und noch einmal und manche einzelne, herabfallende bittere Thräne verlöschte hier und da ein Wort des Briefs, der nichts wohlthuendes für ihre leidende Seele enthielt. Es herrschte darinnen ein steifer kalter Ton; der in diesem Augenblick doppelt hart an das liebende weiche Herz Albinens anschlug. „Also auch nicht einmal Freundschaft, nein nur dankbare Höflichkeit giebt mir Guido für die heisse Liebe, die ich für ihn fühle!" klagte Albina und legte die glühende Stirne in die hohle Hand. „Aber weis er es denn, daß ich ihn liebe? fuhr sie fort, o! hätte er ahnen können, was in mir vorgieng, wenn ich seinen Kummer über die Vergangenheit, oder seine Freude über seine Kinder sah! wäre er Zeuge von meinen jezigen Leiden — dies große Herz, das die ganze Menschheit umfäßt mit reicher Liebe, würde auch für mich freundlich tröstenden Gefühlen Raum geben! Ach! er bleibt dennoch" — und dabei preßte sie fest beide Hände an das blutende Herz — „er bleibt dennoch Beherrscher dieses stillen Reiches in meiner Brust! guter Gott!" seufzte sie und sank in betender Stellung an der Rasenbank nieder, „guter Gott! laß einen deiner heiligen Boten, als Schutzengel ihn begleiten auf allen seinen Wegen und mir gieb Stärke bei der Erziehung seiner Kinder, sein Glück und das ihrige zu begründen!" —

Wieder ganz einig mit ihrem Herzen nahm sie noch einmal Guido's Brief zur Hand. Ihrem nun klaren Auge wollte hie und da manche Stelle in einer Spannung des Gemüths geschrieben dünken, ja sie fand Ausdrücke, welche ihr jezt eine ganz andere Auslegung zu fordern schienen, als vorhin. „Wie — sagte sie, sollte er Gefühle mir verbergen wollen, welche die höchste Seeligkeit meines Lebens hienieden ausmachen würden und sollte dieses Streben jene Kälte erzeugt haben? nicht doch Albina! täusche dich nicht wieder selbst! o der Zwiespalt im Innern ist etwas fürchterliches! Gott bewahre dich dafür!" Sie versank in tiefes Nachdenken; endlich — wie daraus erwacht — stand sie rasch auf, hob Hand und Auge gen Himmel und sagte: „es sey, wie es wolle! ich gehöre schon lange mir nicht mehr selbst an, ich bin sein und will es bleiben, bis dies Herz nicht mehr schlägt!" mit diesen Worten verließ sie die Laube und kehrte in das Haus zurück. William hüpfte ihr entgegen und seine freundlichen Liebkosungen hießen vollends jeden Nachklang schmerzlicher Gefühle schweigen. — War sie vorher schon eine treue mütterliche Pflegerin der Kleinen, so wurde sie es jezt mit einer beispiellosen Aufopferung. Sie konnte sich in dieser Pflicht immer gar nicht genügen und wer den Kleinen Beweise von Liebe und Wohlgefallen gab, der erhöhte Albinens Glück, das in diesem wunderschönen Kinderpaar aufblühte. Es waren aber auch holde liebliche Wesen, in deren großen klaren Augen ein Himmel von Unschuld und Liebe lag, auf deren Wangen die Rosen der Gesundheit glühten und in all deren Bewegungen Freude und Leben war.

Man konnte nicht anders, als liebend sich ihnen nähern und dann schmiegten sie sich mit unendlicher Freundlichkeit an die Menschen an, welche sich oft um ihre Gunst stritten. Schon in dem zarten Alter, worinnen sie noch waren, suchte Albina die schöne Grundlage der weichen Herzen für den Saamen herrlicher Tugenden zu benützen, und Wohlthätigkeit, Eintracht, Dankbarkeit, alle diese und ähnliche Eigenschaften trieben frühzeitig süße Früchte. William trug, kam während der Tischzeit ein Armer, vorsichtig seinen Teller Suppe hinaus und brachte ihn denselben mit Engelsfreude. Fany schob freundlich das vielgeliebte Spielzeug dem Bruder hin, wenn dieser darum bat und Hand und Lippe boten sie freiwillig und ohne Erinnerung Jedem der ihnen mit irgend Etwas einen Genuß verschaffte. Auch Cornelien wurden die Kleinen lieb und theuer und verwandelten oft ihre ernste Stimmung in eine heitere Laune. William nannte sie Grosmutter und Albina mußte sich, den Mutter Namen von ihm geben lassen, so wollte es die Baronin. Der kleine Mädchen Kreiß, der ebenfalls Albinens Leitung anvertraut war und dem sie mit viel umfaßender Einsicht und Liebe, trotz ihrer Pflichten gegen Guido's Kinder nichts entzog, was sie ihnen schuldig zu seyn glaubte: theilte nach Kräften, mit Albinen die Sorge für die Kleinen mit einer Anhänglichkeit an dieselben, welcher oft Albina Einhalt zu thun genöthigt war; doch diente dies ganze Verhältnis zur gegenseitigen Ausbildung mancher Tugenden und Fertigkeiten und die kluge liebevolle Vorsteherin verstand es **so** zu leiten, daß jedem Familien-Glied Vortheil daraus entstand. In heiligen Augenblicken, wo sich Albina mit William und Fany allein befand, sprach sie in schöner Begeisterung zu ihnen von dem Vater und in einer für sie faßlichen Weise legte sie ein herrliches Bild von ihm in die zarten Kinder-Seelen, damit es mit ihnen heranwachse und unvergänglich in ihnen wohne und herrsche! — Bei einem Besuch, den Albina mit den Kleinen in Volkmars Hause machte, gewahrte William das Portrait des Vaters und mit kindischer Heftigkeit verlangte er es mitzunehmen. Albina erröthete und suchte ihn davon abzubringen; doch den Groseltern war es unmöglich einen Wunsch ihres geliebten Enkels unerfüllt zu lassen, sie äusserten: daß sie sich mit einem kleinern Gemälde begnügen wollten und sagten jenes William zu. Dieser klopfte voll Freude in die Händchen und Albina mußte das Portrait über sein Bettchen hängen; wo sie dann oft, den Einfall des Knaben im Stillen segnend, mit thränenvollen Augen und mit unendlicher Liebe darauf verweilte, wenn sie William schlafen legte, oder wenn sonst sie ein Geschäft in dieses Zimmer allein führte. Erwähnte Guido in seinen seltenen, beinah unbedeutenden Briefen doch jedesmal seiner Lieblinge und ihrer treuen Erzieherin freundlich: dann eilte sie besonders zu des Geliebten Bild und weihte ihm des Herzens heissen Dank für das tröstende Angedenken. Die verstärkten körperlichen Kräfte der Kleinen, ihre immermehr zunehmende Fertigkeit im Gehen, machte, daß Albina nun öfters den Wunsch der Groseltern erfüllen und mit ihren Enkeln zur Stadt kommen konnte. Sie unterließ dann nicht, ihre theuern Pflegeltern auch jedesmal zu besuchen. An einem schönen Herbst Nachmittag wurde wieder in die Stadt gewallfahrtet und Aurelia begleitete Albinen. Dieses sanfte Geschöpf war aus der Pflegetochter Albinens, ihre Freundin geworden. Frei von allem jugendlichen Leichtsinn, hatte sie sich frühzeitig jeden Vorzug einer treflich gebildeten Jungfrau erworben und hätte ihren Kenntnissen und Fertigkeiten nach, schon länger die Schule, worinnen sie erzogen wurde verlassen können; auch erschien einst ihr Vater (welcher schon mehreremale seine Töchter besucht hatte und immer höchst befriedigt hinweggerißt war) mit dem Wunsch, daß sie nun ihren bisherigen Auffenthaltsort verlassen und zu ihm zurückkehren möchten. Sie mußten sein Verlangen billig finden und hegten eine zu kindliche Liebe für den Vater, eine zu hohe Meinung von dem ihm schuldigen Gehorsam, als daß sie sich hätten wiederspenstig zeigen sollen; indeßen fühlten sie tief das Schmerzliche der verlangten Trennung. Sidi sah, wie es besonders der von ihr herzlich geliebten Schwester einen schweren Kampf kostete, sich von Albinen loszureißen und beschloß, ins Mittel zu tretten, indem sie den Vater bat: sie einstweilen mitzunehmen und Aurelien noch eine Zeitlang zurückzulassen. Er willigte in den Vorschlag ein und mit welcher Innigkeit dankte Aurelia der edelmüthigen Schwester! wie fühlte sie sich so glücklich mit Albinen noch länger vereinigt leben zu können!

Aurelia verband mit vieler Geistesbildung auch tiefes und

richtiges Gefühl, Albina fühlte sich sehr zu ihr hingezogen und führte sie mit einem, jene hoch ehrenden, Vertrauen öfters in die Tiefe ihres schönen Gemüthes ein. Doch über Guido's Bild war in Albinens Herzen ein dichter Schleier gezogen, den nur sie zuweilen wegzuziehen wagte; allein Aureliens spähendes Auge für alles was der Freundin wichtig war erblickte durch den verhüllenden Flor dennoch die wohlbekannten Züge. Auch hatte sie Jene einst bei einer der geheimen Ergießungen ihrer Seele vor Guidos Bild ohne ihren Willen überrascht, sich aber augenblicklich und stille zurückgezogen; und suchte nun bescheiden, auf unmerkliche Weise alle diese Entdeckungen zu wohlthätigen Erheiterungen der geliebten mütterlichen Freundin zu benützen. Das heißt: sie gab öfters ganz unbefangen scheinend Albinen Gelegenheit, sich über den Heißgeliebten aussprechen zu müssen, wobei diese immer so glücklich schien. Aurelia wußte dann so geschickt durch Fragen Albinen immer mehr in solche Unterhaltungen zu verwickeln, daß dieselbe oft am Ende im Stillen staunend zu sich selbst sagen mußte „wie kam es, wie war es dir möglich so viel von Guido zu sprechen?" — Auch auf jenem Weg nach der Stadt war unversehens der entfernte Freund ihr unsichtbarer Begleiter geworden. Aurelia sprach von seinen Reisen und wünschte so herzlich mehr davon zu hören, daß Albina nicht ausweichen konnte, sie mußte ihr manches was ihr davon bekannt war, mittheilen. Das Feuer der Liebe röthete dabei immer höher ihre Wangen, strahlte immer lebhafter aus ihrem Auge und auf William und Fany übertrug sie in vielen heissen Küßen die Aeußerung ihrer schuldlosen Leidenschaft. Aurelia gieng, befriedigt durch die Erreichung ihrer reinen Absicht: Albinen wieder einen Genuß bereitet zu haben, stille, neben ihr, wagte aber keinen freien Aufblick, um ihre Freundin im Erguß ihrer Empfindungen nicht zu stören. Indeßen dadurch aufgeregt und voll seeliger Erinnerung an Guido kam diese zu

Langenheims. Sie fand ausser Volkmars einen Fremden, deßen Gesicht ihr bekannte Züge zu haben schien. Auch er betrachtete sie mit einer Aufmerksamkeit, welche sie beinahe verlegen machte; doch bald stellte Langenheim beide einander als alte Bekannte vor. Edmund, so hieß der junge Mann war der Sohn des reichen Besitzers jenes Gartens, in welchem Albina ihre Kinderjahre verlebt hatte.

Ach, sein Anblick und diese Erläuterung führte die Vergangenheit ganz vor ihre dankbare Seele und mit einer herzlichen Lebhaftigkeit fragte sie augenblicklich bei Edmund nach ihren ersten Wohlthätern so nannte sie mit inniger Rührung die braven Gärtnersleute. In Edmunds Auge glänzte bei dieser Unterhaltung eine Thräne; Er drückte Albinens Hand und sagte. „Haben Sie Dank für diese Frage; edle Albina! sie läßt mich in ein schönes Menschenherz blicken. —" Albina schlug den Blick bescheiden zur Erde und Edmund fuhr fort, ihre Hand immer nicht loslassend; „Gärtner Paul ist mit all' den Seinigen gesund und heiter und sie würden sich unaussprechlich freuen, wenn sie Zeugen des freundlichen Angedenkens ihrer Albina seyn könnten, die sie warlich nicht vergeßen haben!" Freudig wollte Albina zu Edmund aufsehen, doch sie begegnete abermals seinem Feuerblick und konnte ihn nicht ertragen. Theresen entgieng nicht die Befangenheit ihres geliebten Töchterchens, eben so wenig der Eindruck, welche der Anblick desselben bei Edmund bewürkt hatte und sie suchte dem Gespräch eine muntere Wendung und ein allgemeines Intresse zu geben. Albina erfuhr, daß Edmunds Eltern nicht mehr am Leben seyen und jener sein großes Vermögen — ganz unähnlich den kargen Eltern — zu schönen Zwecken verwende, auch einen Theil desselben zu einer bedeutenden Reise bestimmt habe. Es war sein Plan, auf derselben D* zu passiren, wo er Langenheim und Albinen zu finden hoffte. Ersterer war ihm nur durch die beredten und vortheilhaften Schilderungen des Gärtner Paul's bekannt; doch des hübschen Gärtnermädchens — wie er sich ausdrückte und dadurch eine Rosengluth auf Albinens Wangen jagte — hatte er sich noch sehr gut erinnern können, allein immer so erwartet, wie er es gefunden habe. Bei diesen Worten trat er ihr näher und küßte ehrerbietig die weiche runde Hand. Albina hatte sich wieder ganz zurecht gefunden, und suchte mit möglichster Unbefangenheit in den gewöhnlichen Unterhaltungston einzustimmen und in demselben sich nach allen, ihr durch die Vergangenheit lieben und wichtigen Personen, Gegenständen, Pläzchen und Ergebnißen zu erkundigen. Edmund befriedigte sie ganz, jedoch es überraschte ihn öfters dabei eine Art Leidenschaftlichkeit, welcher dann Albina desto mehr Ruhe und Kälte, entgegenzusetzen strebte. Sie konnte es nicht läugnen an Edmund viele große Charakterzüge bemerkt zu haben: doch die Glorie welche in ihrem Herzen Guidos Bild umgab, fehlte jeder andern Erscheinung und sie verlohr sich dann im Schatten.

Edmund war anfangs Willens nur ein paar Tage in D* zu verweilen: allein schon war eine Woche vorüber und er fand noch immer so viel Sehenswerthes, oder so viele Hinderniße diese und jene Merkwürdigkeit zu beschauen: daß er seine Abreise von Tag zu Tag verzögerte. Er kam sehr oft in Langenheims gastfreundliches Haus. Sein Blick suchte aber bei jedem Eintritt immer zuerst Albinen, er versäumte auch nicht nach ihr zu fragen; aber sein sehnsüchtiges Verlangen wurde nie befriedigt. Albinen konnte ihrer unverstellten Anspruchslosigkeit ohngeachtet der Eindruck nicht entgangen seyn, welchen sie auf Edmund gemacht hatte; jedoch, wie hätte ein so edles Mädchen-Herz wie das ihrige gewißenlos mit der Ruhe eines braven Mannes spielen können! Sollte sie seinen Gefühlen noch mehr Leben und

Bestimmtheit geben, da es nicht in ihrer Macht stand dieselben zu erwiedern! dagegen empörte sich ihr reines Gemüth. Sie beschloß also ihn zu vermeiden.

Aber an Aurelien bemerkte sie seit jenem Nachmittag eine sichtbare Veränderung. Das sonst harmlose, Geschöpf schlich jezt traurig umher, seufzte tief auf und war ungemein zerstreut.

Edmund hatte, ganz ohne es zu wollen und zu wissen von dem unbewachten Herzen, dieses kindlichen Wesens Besitz genommen und Albina gieng mit sich zu Rath, welche Maaßregeln sie wegen ihrer gelibten Aurelia ergreiffen sollte. War sie ihrer Gefühle deutlich bewußt: so ließ sich keine vorübergehende Neigung in diesem tiefen Gemüth vermuthen, doch im Fall einer Unbekanntschaft mit ihren Empfindungen schien es vortheilhafter, sie nicht bemerken zu wollen und nur ein öfteres Wiedersehen zu verhüten; dann, hoffte Albina, würde Aurelia bald ihre sonstige Stimmung erlangen. Sie war entschloßen die mütterliche Freundin Therese zu ihrer Vertrauten zu machen und der klugen und milden Leitung derselben das Schicksal Aureliens, Edmunds und auch das ihrige zu empfehlen: jedoch in den ersten Tagen beobachtete Edmund die gewöhnliche feine Sitte und stattete bei den Bekannten des Langenheimischen Hauses Besuch ab. Daß der Gang zum Landhaus der Wichtigste für ihn war, läßt sich denken.

Albina saß eben im Kreise ihrer Pflegetöchter und gab ihnen in weiblichen Arbeiten Unterricht. Die Größern saßen an Stickrahmen, die Kleinen nähten und strickten. Albina lehrte mit dem süßen Wohllaut ihrer Stimme, sanft und liebevoll. Aurelia war ihre treue Gehülfin und stand bald dieser, bald jener Schülerin bei. William und Fany saßen zu den Füßen Albinens. Ersterer baute Häuserchen von Karten, Fany reichte ihm dieselben zu und machte frohlockend Mütterchen aufmerksam, wenn es dem Bruder gelang einige Stockwerke aufeinander zu thürmen.

Von diesem allen war Edmund unbemerkt Zeuge. Es wurde ihm von der Magd, welche gerade unten beschäftigt war, bei der Frage nach Albinen der Saal bezeichnet, wo er sie finden würde und er hielt sich vor der Thüre, welche Glasfenster hatte unbeweglich und stille, um sich recht lange an Albinens Anblick so wie an der ganzen anziehenden Gruppe zu weiden.

Aurelia stand gerade bei Albinen, ihr die Arbeit von einer der Schülerinnen vorzeigend, als er die Thüre öffnete und eintrat. Sie erschrak so sehr, daß sie das Strickzeug fallen ließ und sich geschwind zu den Kindern hinunter bückte, um Edmund die glühende Röthe ihres Gesichts zu verbergen. Besonnen und anmuthig strebte Albina seine Anwesenheit so unschädlich als möglich zu machen; sie führte ihn sogleich weg und zu Cornelien dann in Begleitung einiger Kinder im Garten und Haus herum und zeigte ihm unbefangen und heiter alles, was einiges Intereße für ihn haben konnte: doch konnte sie nicht verhindern, daß Edmund überall die Spuren **ihrer** Einrichtung, ihres Waltens gewahr wurde und daß er in der sich fröhlich und unaufhörlich äussernden innigen Zärtlichkeit aller Zöglinge eine neue Bestättigung ihres Werthes fand. Aurelia hatte Albinens geheimen Wunsch erfüllt und war in dem Saal zurükgeblieben. Denn ihre Bewegung war zu heftig als daß sie es hätte wagen können, Edmund sich zu nähern. Sie wollte sich sammeln, um beim Abschied gefaßt zu erscheinen. Ach! sie däuchte sich so unglücklich! die ersten Gefühle der Liebe erregte in ihr ein Mann, welcher sie ganz zu übersehen schien und Albina, ihre geliebte Albina mit glühender Leidenschaft verehrte! Sie konnte nicht mit sich fertig werden, wohin sie ihren Blick wandte sah sie nur Schreckbilder und der, Andern freundlich blühende Garten der Liebe, der sich zum erstenmal ihr öffnete, bot ihr nur Dornen, welche ihren Fuß bei **jedem** Schritt zu verletzen drohten. Im tiefen Nachsinnen stand sie am Fenster und zerblätterte gedankenvoll eine blühende Aster als Albina — **ohne** Edmund eintrat. Ein neuer Schmerz! Er zuckte so gewaltig durch ihr ganzes Wesen, daß sie, nicht mehr ihrer mächtig an den Busen Albinens sank und laut weinte. Innig drückte sie diese an ihre Brust, bedeutete ihr leise: daß sie nicht alleine wären und versprach, gleich nach geendigter Unterrichtsstunde, deren vorige Störung sie jetzt ersetzen müsse, ihr nach in den Garten zu kommen.

In der Unterredung mit ihr fand Albina, daß die Liebe schon tiefe Wurzeln in Aureliens Herz gefaßt hatte, fand sie aber auch fest entschloßen, schweigend zu dulden und Albinens Glück ihre Gefühle zu opfern. Daß dies nicht der Fall seyn könnte, belehrte sie die Versicherung der letztern: „daß sie durchaus keine Neigung für Edmund fühle und seine fernern Bewerbungen um sie schonend abweisen müße" doch in dem ersten Entschluß: „ihre Empfindung vor Jedermann und vorzüglich vor ihm zu verbergen" bestärkte sie Albinens Beifall, welcher hohe Begriffe von der weiblichen Würde hegte, und streng bei sich und ihren Zöglingen jede Miene, jedes Wort, jede Bewegung bewachte. Sanfte religiöse Tröstungen und die innigste Theilnahme verfehlten bei der dafür empfänglichen Seele Aureliens, nicht ihre Wirkung und sie fügte sich mit wehmüthiger Ergebung in Albinens Rath: durch den Einfluß Theresens ein abermaliges Wiedersehen Edmunds für sie beide zu verhüten.

Vergeblich sahen sie einen Besuch dieser Freundin mehrere Tage entgegen; und Albina hielten auch die bekannten Gründe von der Stadt zurück. Endlich erhielt sie eine schriftliche Einladung von Jener, wo von einem ungestörten alleinigen Zusammenseyn die Rede war und dem zu Folge wagte Albina es zuzusagen.

Nicht unerwartet, aber dennoch ergreiffend waren ihr die Mittheilungen der theuern Pflegemutter. Edmund hatte dieser seine Leidenschaft für Albinen gestanden und um ihre Verwendung bei ihr gebetten. So wohl sein innerer Werth, als auch seine begüterte Lage gaben seinem ausgesprochenen Wunsch in Theresens Augen eine unaussprechlich erfreuende Gestalt. Sie sah für ihre geliebte Albina nur Glück, reines Glück darinnen und trug ihr also denselben auch mit so viel freudiger Theilnahme vor, daß diese, innig gerührt in Thränen ausbrach. Sie ergrif Theresens Hand drückte sie an ihr Herz und sagte: „theure Mutter! wie traurig ist es mir, deine gütige Sorge für mich und die reine Liebe eines edlen Mannes unerwiedert, unbelohnt lassen zu müssen! Du kennst deine Albina! du wirst gewiß voraussehen: daß mich **wichtige** Gründe bestimmen müssen, die Wünsche so guter Menschen nicht zu erfüllen. So ist es auch und ich halte es für unerläßliche Pflicht, dir diese Gründe mitzutheilen; aber nur du geliebte Mutter, sonst Niemand auf der Welt soll erfahren, was mich bestimmt, Edmunds mich ehrenden Antrag auszuschlagen!

Die innige Vereinigung zweier Menschen durch den Ehebund ist für mich ein so ehrwürdiger und heiliger Gegenstand, daß ich ihm öfters mein stilles Nachdenken wiedmete; und das Resultat meiner Betrachtungen war die Ueberzeugung: daß ein Mädchen mit ihrer Hand auch ein ganz ungetheiltes Herz voll reiner Liebe dem Erwählten hingeben müße. Das Gelübde am Altar ist ein Inhaltsschwerer Eid! die leiseste und geheimste Verletzung derselben dünkt mir eine große Sünde! auch führt der Ehestand zu viel Ernst, zu viel unvermeidliche Unannehmlichkeiten, selbst in den glücklichsten Verhältnißen mit sich: als daß nicht die höchste Liebe dazu erforderlich wäre, um alles so zu ertragen wie es seyn soll; und kann ein glückliches Ehebündniß ohne eine der festesten Grundsäulen, ohne alles Vertrauen statt finden? ist dies aber denkbar wenn irgend ein Geheimnis vorwaltet? und liegt nicht das nachtheiligste Geheimnis in einer, wenn auch unterdrückten ältern Neigung? Selten, ach selten sind die Fälle, wo achtungsvolle Freundschaft an der Stelle der Liebe genügend für das Glück beider Gatten seyn könnte und häufig geht das gegenseitig reine und beglückende Verhältnis da verlohren, wo man leichtsinnig über jene Puncte fühlt und denkt!" —

Albina hielt inne. „Mit wahrem Vergnügen höre ich meiner für Tugend und Pflicht so beredten Albina zu," sagte Therese, indem sie dieselbe zärtlich umfaßte: „und preiße den Mann unendlich glücklich, welcher die ganze Fülle der Liebe dieses reichen schönen Herzens besitzt! daß es Edmund nicht ist, das begreiffe ich und nach allen deinen Aeusserungen kann und darf ich kein Wort mehr für ihn sprechen. Meine Sorge muß nun seyn, ihn mit seinem traurigen Schicksal so schonend als möglich bekannt zu machen." „Wie wirst du mich dadurch verpflichten liebe Mutter!" erwiederte Albina, „denn gewiß, ich achte ihn sehr! aber **lieben**? — nein theure mütterliche Freundin! **lieben** kann ich nur **Einen** und dies ist — Guido!" Sie verbarg bei diesen Worten ihr glühendes Gesicht an Theresens Busen. — Erstaunt und zögernd antwortete diese: „Guido — Guido?" — „Du hast wohl diesen Namen nicht erwartet?" versetzte Albina, indem sie sich empor richtete, „Niemand — hoffentlich auch er nicht, wird den Zustand meines Herzens ahnen, nicht wahr?" Therese bejahte dies und sah schweigend und ernst zur Erde nieder. „Du bist ungehalten Mütterchen," klagte Albina, „du nennst meine Liebe vielleicht ein Phantom, du willst, ich soll es dem Glück Anderer opfern — ists nicht so?" „Ich kann es nicht läugnen," versezte Therese, „es schmerzt mich, daß meine Albine ein Gebild ihrer Phantasie der Wirklichkeit vorzieht. Guido scheint mir deine Gefühle nicht zu theilen, Edmund verehrt dich bis zur Anbetung; diesem schlägt deine Weigerung eine tiefe Herzenswunde, jener kennt dein Opfer gar nicht; Edmund würde alles aufbiethen, um deine Lebenstage zu verschönern, indeß du, in einer immer noch beschränkten Lage mit dem Leiden einer hoffnungslosen Liebe kämpfest. Mädchen, Mädchen! was hat deinen sonst so klaren Sinn geblendet?" „Die großen Eigenschaften Guido's, antwortete Albina mit Begeisterung, die ich noch bei keinem männlichen Wesen in der Vollkommenheit antraf; überhaupt die magnetische Kraft in dem Menschen, welche sich nicht schildern, nicht aussprechen läßt, die aber ohne es zu wollen, mit unwiderstehlicher Gewalt die Herzen anzieht. O geliebte Mutter!" fuhr sie fort, faßte Theresens beide Hände und sah ihr bittend ins Auge: „sey nicht grausam! versage mir nicht deine Beistimmung zu meinem Vorsatz, nie zu heirathen! Ich könnte Edmund nicht beglücken, wie er es verdient; es wäre mir unmöglich, Guido's Bild aus meiner Seele zu bannen; ich würde Vergleiche anstellen, ich würde mich elend und schuldig fühlen — ich kann nicht anders handeln! o laß mir mein geringeres Glück! laß mir meinen Wirkungskreis! er ist dazu geeignet, mich wohlthätig zu zerstreuen und meine Liebe zieht mich keinen Augenblick von meinen Pflichten ab, im Gegentheil: das edle Bild das ich im Herzen trage, verstärkt meinen Eifer, es ist mein Ideal, dem ich nachzuahmen suche. Ja ich will meinen Entschluß selbst vor dem Allwissenden verantworten: denn ich kann in meiner Lage auch viel Gutes thun, viel nützliches wirken und finde meinen Lohn in Gottes Wohlgefallen und in meiner innern kleinen Welt, wo Guido lebt, und herrscht, was ich aber Niemand als dir theure Mutter vertraue!" —

Therese umarmte Albina und sagte: „nach deiner schönen Eigenthümlichkeit, wäre es höchst unrecht, dich zu einer andern Denk- und Handlungsweise verleiten zu wollen. Folge deiner Ueberzeugung! Gott segne dich!"

Durch diese Versicherung ganz beruhigt und glücklich entdeckte nun auch Albina Theresen den Zustand von Aureliens Herzen und Jene versprach, die Sache so zu leiten, daß kein Wiedersehen Edmunds mehr statt finden sollte. Albina sezte sich mit Genehmigung Theresens an deren Schreibtisch und suchte in folgendem Abschiedsworte für Edmund milden Trost zu legen. Sie schrieb:

> Kann Sie aufrichtige Hochachtung und herzliche Freundschaft mit einem Mädchen aussöhnen, dem es sein Geschick versagt, die ehrende Liebe eines edlen Mannes mit gleichen innigen Gefühlen zu erwiedern: so wird dies unaussprechlich ein Herz beruhigen, das die wärmsten Wünsche für Ihr künftiges Glück hegt und sich stets mit dankbarer Theilnahme Ihrer erinnern wird.
>
> Albina.

Edmund nahm aus Theresens sanfter Hand den gebrochenen Stab seiner schönsten Hoffnungen mit männlicher Kraft und reiste schnell ab. Von ihm hatte Langenheim erfahren was Guido schon früher erkundet aber verschwiegen hatte; daß nemlich der alte Hainau noch lebe, jedoch ganz in der Gewalt jener bekannten nichtswürdigen Familie sey. Dieser Zusatz bestimmte Langenheim, Cornelien und ihren Kindern jene ihm unnütz scheinende Entdeckung nicht mitzutheilen.

———————

Mit einem wohldurchdachten Plan war Guido in E*
angekommen. Grade Hainaus Wohnung gegenüber
miethete er sich bei einem wackern Bürger ein und trat seine
Stelle an. Da er den Secretair Haßlieb, welcher so lange
ungestraft die gewissenlosesten Handlungen unter einer
heuchlerischen Larve verübt hatte, durch getreue
Schilderungen genau kannte: so wurde es ihm nicht schwer,
jenen auch in amtlichen Verhältnißen bei manchen
heimlichen Vergehungen auf die Spur zu kommen, welche
Erfahrungen er sorgfältig sammelte und zu gelegener Zeit
aufbewahrte. Dann ging seine zweite Sorge dahin, sich dem
alten Hainau bemerkbar zu machen. Durch seinen
Hauswirth erhielt er in gleichgültig scheinender
Unterhaltung manche Winke darüber, welche er weise
benützte. So erfuhr er z. B. daß Hainau ein
leidenschaftlicher Jagd- und Hunde-Liebhaber war und das
leztere noch sey. Er besaß eine ganze Kuppel dieser Thiere,
welche oft einen gräulichen Lärm im Hause verursachten,
aber von ihrem Herrn häufig am Fenster geliebkoßt
wurden, auch alle mit glänzenden mössingen Halsbändern
geziert waren welche mit den Anfangsbuchstaben des
Eigenthümers Namen prangten. Guido gab sich nun auch
gleich für einen Freund der Jagd aus, strebte einen
ausgezeichnet schönen Hühnerhund zu bekommen und
wanderte in Begleitung desselben, mit Flinte und Waidtasche
alle Abende aus seiner Wohnung und zum Thor hinaus.
Hainau unfähig mehr zu irgend einem Geschäft, vertrieb
sich die meisten Stunden des Tags damit, daß er in einem
Lehnstuhl am offenen Fenster saß, alles beobachtete was sich
auf der Straße und in der Nachbarschaft zutrug und dicke
Rauchwolken aus seiner türkischen Tobackspfeife, die an
einem ungeheuer langen Rohr befestigt war, in die Luft
bließ: denn seine zweite Leidenschaft war das
Tobackrauchen, aus besonders seltenen und kostbaren
Pfeiffen.

Guido hatte bald seine Absicht erreicht. Der Jäger mit seinem schön gefleckten Tyras zog Hainau's ganzes Interesse auf sich, zumal da das würdevolle und anziehende Aeußere des wohlgebildeten jungen Mannes und seine verbindliche Art zu grüßen ihm ausnehmend gefiel. Als er aber nun gar nach einigen Tagen in der Hand seines jungen Nachbars einen meerschaumenen Pfeiffenkopf von noch nie gesehener Größe und Schönheit erblickte: da vergaß der erstaunte Greis den höflichen „guten Morgen" von jenem zu erwiedern, ergrif die nahe bei ihm stehende Klingel und schellte heftig.

Ein Diener kam. „Thomas lauf geschwind da hinüber zu dem Herrn — hörst du? da in dem Haus des Meister Gerards, verstehst du mich? und sage — hm hm! — was will ich sagen — frage — nein bitte den neuen Herrn Rath, der da über wohnt: er möchte als Nachbar seine Frühpfeife bei mir rauchen und ein Frühstück mit mir einnehmen. Hörst du? lauf geschwind!" Der Bediente folgte dem Befehl. Ein zweiter Klingelzug rief die Magd, welche „schnell ein paar Tassen Chocolate zu bereiten" beauftragt wurde. Daß Guido augenblicklich erschien läßt sich denken und Hainau zürnte mit dem Thürmer, als die Glocke seinen angenehmen Besuch von ihm weg zur Session rief: denn er hatte sich unbeschreiblich gut mit ihm unterhalten, ihn auch für Morgen zum Mittag-Eßen gebetten, da heute, einer nothwendigen Arbeit wegen, Guido sein Anerbiethen ausschlagen mußte.

Der alte Mann konnte kaum die Stunde erwarten, in welcher sein neuer Freund erscheinen würde, er gieng nicht vom Fenster hinweg und als Guido aus seinem Haus trat, eilte er, so schnell, als es mit seinen kranken Füßen gehen wollte, bis zur Treppe ihm entgegen; nahm ihn am Arm und führte ihn triumphirend in das Zimmer. Auch die zahlreiche Hunde-Gesellschaft rannte auf ihn zu und bewillkommte ihn mit gewaltigen Geklöffe; einige sprangen an ihm in die Höhe, als wollten sie recht ihre Freude bezeugen. „Ey, still doch!" rief der Alte abwehrend. „Bst Pedrillo, ruhig Cinthio, Caro, Jason! was ist das für ein Lärm; wollt ihr ordentlich seyn?" er drohte mit seinem Krückenstock und sagte zu Guido: „Verzeihen sie das ungestümme Betragen der unartigen Hunde! allein es ist als ob sie mein Vergnügen, Sie theurer Freund, bei mir zu sehen mit mir theilten, auch haben die lieben Thiere gar ein scharfes Erinerungsvermögen und wahre Dankbarkeit — wissen Sie wohl, Sie haben es gestern mit der Raçe da verdorben (im guten Sinne nemlich) denn Sie haben ihnen geschmeichelt und sie mit mürbem Brod gefüttert." Dabei sah Hainau Guido recht wohlgefällig an und klopfte ihn freundlich auf die Schulter. Das Mahl würzte dem Greiß Guidos Unterhaltung über seine Lieblingsgegenstände und es schien, als wären sie für jenen unerschöpflich; immer wußte er eine neue Ansicht, einen neuen Vortheil denselben abzugewinnen, und seine, in dieser Hinsicht gemachten Erfahrungen trug er mit einer Darstellungsgabe vor, welche Hainau entzückte und mit jugendlichem Feuer stimmte er in Guidos Aeußerungen ein, oder erhob sie mit preißenden Worten. Er mußte versprechen in jener Woche noch einmal zu kommen und hier machte ihm der Alte den Vorschlag sich ganz bei ihm einzuquartiren. Dies schlug Guido aus; denn er wollte langsam, aber desto sicherer bei der Sache zu Werk gehen. Die Woche zweimal bei ihm zu eßen: dazu machte er sich verbindlich; allein schon dies war dem mißtrauischen Secretair höchst ärgerlich. Er wurde durch Guido überzeugt, daß, außer ihm, doch noch jemand fähig wäre, Hainaus Zuneigung zu gewinnen und dies war ihm unerträglich. Mit heuchlerischer Besorgniß warnte er seinen Gönner: sich dem Fremden doch nicht zu sehr anzuvertrauen, denn er wollte manches Nachtheiliges von ihm gehört haben. Der schwache Greis wurde anfangs

147

bedenklich, aber als Guido das nächstemal wiederkam, und mit seiner gewöhnlichen Herzlichkeit des alten Mannes Neigungen huldigte, auch ehrlich und freimüthig wie immer ihm ins Auge blickte: da schwand aller Verdacht aus Hainaus Seele und er erklärte Haßlieb fest: Guido könne nicht täuschen und ihm würde nichts vermögen seinen angenehmen Umgang aufzugeben. Der Bösewicht sah daß von dieser Seite nichts zu machen sey und versuchte nun von einer andern Guido zu schaden.

Ein Prozeß eines unredlichen Vormunds gegen eine betheiligte Mündel war bei dem Stadtgericht anhängig. Guido hatte sich überzeugt, daß das Recht auf Seiten der Leztern war und vertheidigte mit Feuer die Forderungen der Unterdrückten. Dieß schien dem ränkevollen Haßlieb die unvermeidliche Klippe an welcher Guidos Ruf und Glück scheitern würde. Er machte mit dem Vormund gemeinschaftliche Sache, beide erkauften falsche Zeugen und diese mußten in der Stadt vorzüglich bei den Mitgliedern des Raths das Gerücht verbreiten: „Guido sey in einem Einverständnis mit dem Mädchen: seine täglichen Jagdpromenaden dienten ihm zu geheimen Zusammenkünften mit ihr und die kostbare Tobackspfeife welche er besäße, wäre ein Geschenk der Liebe und der Dankbarkeit für seine Verwendung." Der vorher überall geachtete Guido wurde nun wirklich hie und da mit zweifelhaften Augen betrachtet, und so viel Freunde er in seinem Collegium hatte; kannten sie ihn doch zu kurze Zeit, um nicht auch mißtrauisch zu werden. Guido bemerkte bald eine Aenderung ihres Betragens gegen ihn und konnte es sich lange nicht erklären.

Auch Hainau erfuhr die Geschichte und eines Mittags traf ihn Guido sehr übler Laune. Als er sich theilnehmend nach der Ursache erkundigte, sagte dieser: lieber Herr! wem wird es nicht weh thun, wenn er sich getäuscht findet und zwar so bitter wie ich! Sie wollen wissen wie? Gut, ja, es soll heraus was mich herzlich verdrießt, und somit erzählte er Guido, was die Leute von ihm sagten. Nun fiel diesem die Binde von den Augen. Er schüttelte Hainau die Hand, versicherte ihm seine Unschuld und versprach ihm in den nächsten Tagen Aufklärung über Alles. Am folgenden Tag hinderte ihn eine Unpäßlichkeit in die Session zu gehen. Dieser Umstand wurde benüzt, ihm eine schriftliche Aufforderung zuzuschicken (weil man eine gewiße Scheu fühlte, ihn mündlich zu ersuchen) sein *Votum* in der bewußten Sache abzugeben, da er nicht ganz unpartheiisch zu seyn schiene. Mit einem Blick durchschaute er das ganze Gewebe der Bosheit und sobald es seine Gesundheit erlaubte, trat er als Kläger vor Gericht, und verlangte den Grund zu obigem Benehmen gegen ihn. Man mußte sein Begehren erfüllen und dann nannte er Haßlieb seinen Verläumder. Als Genugthuung forderte er die Untersuchung aller der Belege schlechter Handlungen jenes Elenden, welche er in seiner Gegenwart vorlegte. Haßlieb wurde überwiesen und konnte der gerechten Strafe nicht entgehen, denn eine Entdeckung führte immer wieder zu vielen Andern und die Zahl und Größe seiner Vergehungen zogen ihm nicht nur Dienstentsezung, sondern auch schnelle Landesverweisung zu.

Guido suchte in dieser Zeit eine Zusammenkunft Hainau's mit Haßlieb dadurch zu vermeiden, daß er jenen auf schonende Weise so bald als möglich alles mittheilte, was nothwendig war, ihn selbst bei dem besorgten Greis zu rechtfertigen und den Bösewicht zu entlarven. Es schien ihm um so nothwendiger, da sich unter jenen Acten auch eine unbesonnene Hindeutung des Secretairs auf ein vorhandenes Testament des alten Hainaus befand. Guido verlangte es zu sehen, und Haßlieb war darinnen als Haupterbe des ganzen großen Vermögens eingesezt. Des alten Mannes Erstaunen gieng in Wehmuth und lauten Jammer über, als Guido auch Haßlieb's frühere Handlungsweise schilderte, welche auf seine Verwandten Verderben bringend gewirkt hatte, als er die dadurch entstandenen Folgen in den Schicksalen desselben auseinander sezte und mit Begeisterung von Hainau's Enkeln sprach. Tiefgebeugt, ja völlig zerknirscht stand der sonst stolze Mann vor Guido, wie vor seinem Richter und fragte mit hohler Stimme: Wie kann, wie soll ich mein großes Unrecht gut machen? dann hob er das zitternde Greisenhaupt in die Höhe, der Reue Thränen flossen über die eingefallenen Wangen und mit flehenden Worten beschwor er den Geist seines Sohnes: ihm zu verzeihen.

Guido erschütterte der Zustand des armen Greises sehr; er sorgte mit kindlichem Eifer, daß der traurige Vorgang keine nachtheiligen Folgen für ihn haben sollte und gelobte ihm: alles für seine Ruhe zu thun. Hainau forderte selbst fürs Erste sogleich sein Testament ihm zu verschaffen, welches Guido auf der Stelle holte, und auf Hainaus Geheiß zerriß. Dann bat ihn dieser, sich an sein Bett zu sezen und ihn von seinen Verwandten zu erzählen. Die Liebe und Freundschaft führte in Guidos Hand den Pinsel, auch Cornelien gedachte er ehrenvoll und erregte dadurch bei dem Greis den lebhaften Wunsch: recht bald die geliebten Enkel und ihre Mutter bei sich zu sehen. Er ließ sich Schreibmaterialien bringen und schrieb mit ungewisser Hand selbst einen kurzen Brief, in welchem er sie eilig zu sich berief, um die lezten Tage seines irdischen Daseyns mit ihnen zu verleben. Er wollte durchaus die Veranlassung zu diesem Schreiben der Wahrheit gemäß ihnen mittheilen, allein Guido bat so ängstlich dringend, seiner nicht zu erwähnen, daß ihm Hainau, um ihn zu beruhigen, sein Wort gab, ihn nicht zu nennen, sondern im Allgemeinen eine sonderbare Verkettung der Umstände als Grund anzugeben.

„Liebe theure Mutter!" rief Albina, indem sie in Theresens Zimmer flog und ihr um den Hals fiel, „theile meine Freude! der Großvater lebt und liebt uns; er will uns sehen, wir sollen zu ihm reisen, lies', lies' diesen Brief!" mit diesen Worten zog sie obiges Schreiben aus dem Arbeitsbeutel und reichte es Langenheim hin, dessen Anwesenheit sie jezt erst gewahrte. Die Gatten durchlasen dasselbe miteinander und äusserten den aufrichtigsten Antheil über dies frohe Ereignis. —„Dies hat Guido herbeigeführt" sagte Langenheim. „Ja, nun ist mir alles klar." — Albina schmiegte sich an Theresens Busen, und flüsterte: „Mein Herz hat mir dies auch schon gesagt, o! des edlen Mannes!" — Nun aber trug die Stillbeglückte ihre und der Mutter Bitte den treuen Freunden vor: „daß, während ihrer Abwesenheit Therese ihre Stelle im Landhaus vertretten möchte!" und sie wurde gewährt. Langenheim versprach, Theodor zu beruffen und so wurde denn die ganze Angelegenheit bald ins Reine gebracht. Der Tag der Abreise erschien und mit Rührung und Freude fuhren alle der Bekanntschaft mit dem Familien Oberhaupt entgegen. Der alte Hainau wünschte: Guido sollte bei dem Empfang der Verwandten gegenwärtig seyn; jedoch dieser suchte es abzulehnen und sah nur durch eine kleine Oefnung seiner Fenster-Gardine, als der Reisewagen vor Hainaus Wohnung hielt. Aber das Herz pochte ihm hörbar, als er seine heißgeliebte Albina erblickte. Er verfolgte sie im Geist, wie sie des guten Großvaters Segen empfangen und der Blick desselben mit sichtbaren Wohlgefallen auf der holden Gestalt ruhen würde. So war es auch, der alte Hainau war tief bewegt und suchte jedem der ihm vom Himmel Geschenkten seine innige Liebe zu beweisen: doch Albina erhielt den sichtbaren Vorzug. Sie mußte immer um ihn seyn und er nannte sie mit den süßesten Namen. Diese Begebenheit, und alle vorhergehenden hatten seine morsche irdische Hütte hart erschüttert; er fühlte sich so schwach und angegriffen, daß er das Bett nicht verlassen konnte. Albina bewieß ihm die zärtlichste Sorgfalt; auch Cornelia pflegte ihn mit kindlicher Liebe und Theodor erhielt von dem Großvater den Auftrag: seine Papiere zu ordnen. Wenn in dieser Zeit Albina beschäftigt war diesem eine Erfrischung zu bereiten und sie ihm darreichte, oder sonst etwas zu seiner Bequemlichkeit und Zufriedenheit vornahm und einrichtete: betrachtete sie der Greis oft lange mit lächelndem, liebevollem Blick und es schien ihr: als bekämpfe er ein aufwallendes Gefühl, als wünsche er ihr Etwas mitzutheilen. Doch wenn sie mit ihrer melodischen Stimme fragte: „Großväterchen hast du ein Anliegen?" so drückte er ihr die Hand und schüttelte schweigend den Kopf. Nach einigen Tagen fühlte er sich wieder etwas gestärkter und wollte nun aufs Neue testiren. Er verlangt nach dem Stadtgerichtsrath Volkmar. Albinen durchzuckte bei dieser Aeusserung, bei diesem Namen ein süßer Schauer und Guido wollte sein begonnenes schönes Werk nun auch vollenden, überwand mit diesem Entschluß alle Bedenklichkeiten und trat wie er glaubte, ganz gefaßt in das Krankenzimmer. Jedoch als er Albinen daselbst in sorgsamer Beschäftigung um den theuern Großvater fand und als diese bei seinem Anblick die innere Bewegung nicht verbergen konnte: hielt er ihr schnelles Erbleichen für ein neues Zeichen ihrer Abneigung und fühlte sich unfähig, dies zu ertragen. Er sagte dem Kranken: daß er gekommen sey, ihn um die Erlaubnis zu bitten, sein Geschäft einem andern Collegen übertragen zu dürfen; und ehe jener Etwas darauf erwiedern konnte, empfahl er sich schnell, und gieng fort. Albina aber eilte durch eine Seitenthüre auf den Vorplatz. Unerwartet stand sie vor dem erschütterten Guido. „Edler Mann! sagte sie bewegt, ergrif seine Hand und sah ihn mit einem seelenvollen Blick in die dunkeln düstern Augen: vergönnen

Sie doch diesem gepreßten Herzen, die Wohlthat, sich mit der Versicherung gegen Sie erleichtern zu dürfen: daß ich weiß, **wer** diese wichtigen Ereigniße hier bewürkte; gestatten Sie mir den Trost, Ihnen danken zu dürfen!" die lezten Worte erstickten hervorbrechende Thränen. Verwirrt stammelte Guido: „Sie irren — ich weis nicht, was Sie damit sagen wollen." Indem rief die Mutter ängstlich zur Thür heraus: ob der Asseßor nicht mehr einzuholen sey, der Großvater wolle ihn durchaus sprechen.

Guido kehrte mit Albinen ins Zimmer zurück. Der Kranke richtete sich in seinem Bette kräftig auf, streckte beide Hände den Kommenden entgegen und sagte: „Hat mir doch Gott vor meinem Ende noch einen heissen Wunsch erfüllt! So wie ich da mein Goldtöchterchen erblickte, dachte ich in meinem Herzen: Wenn doch mein wackerer Asseßor Gefallen an ihr finden könnte. Dem biedern Mann, dem ich es allein verdanke, daß ich ruhig sterben kann, wünschte ich den Lohn dafür in einer guten tugendhaften Gattin und meine Albina kann gewiß einen Mann beglücken; wie meinen Sie liebe Tochter?" mit dieser Frage wandte er sich an Cornelien. „Guido ist auch mir, wie uns allen so achtungswerth, daß ich mich seines Glückes, in welcher Gestalt er auch erscheine, immer herzlich und dankbar erfreuen werde" erwiederte diese. Albinen vergiengen beinahe die Sinnen; sie zitterte und sank endlich still der Mutter weinend im Arm. Guido stand mit gefalteten Händen am Fuß des Krankenbettes und sah finster zur Erde. Der Alte schüttelte wehmüthig den Kopf. „Habe ich geirrt, fieng er an, so verzeiht mir! ich meinte es gut. Ihr schnelles Entfernen Volkmar, Albinens Betroffenheit bei Ihrem Erscheinen fiel mir auf, ich äusserte gegen die Mutter mein Befremden und erfuhr: daß ihr euch nicht unbekannt seyd. Nun wollte ich Licht haben, fuhr er fort und verlangte sehnlich Ihre Rückkehr mein Freund! Bei euerm Eintritt war mir alten

Mann als **müßte** ich ein vereintes Päärchen in euch erblicken, allein ich sehe wohl, ich war zu voreilig. — Noch einmal verzeiht mir!" „Ach! wenn Sie sich nicht geirrt hätten!" rief Guido in heftiger Bewegung; „aber es ist unmöglich," fuhr er fort! bog sich zu dem Kranken über das Bett hin und sagte im schmerzlichsten Ton halb leise: „ich bin sehr, sehr unglücklich! Albina fühlt keine Liebe für mich, ja ich fürchte, sie haßt mich." „Großer Gott!" rief sie und fuhr empor, „wer sagt dies! welch ein Argwohn!" und mit weicher Stimme, mit unaussprechlicher Liebe im Blick sezte sie hinzu: „hatte Guido denn durchaus keine Ahnung von den Gefühlen, die seit Jahren mit süßer Gewalt mein Inneres beherrschen und welche ich nur mit der äussersten Anstrengung verbergen konnte?" „Ist es möglich! fiel Guido ein, mir wäre der Himmel auf Erden längst schon offen gestanden und unseelige Zweifelsucht hätte mein Auge verschloßen! Albina, du liebst mich!" Er breitete im höchsten Entzücken beide Arme aus und sie sank mit einem innigem: „Ja" an seine Brust.

„O meine Albina! Mutter meiner Kinder!" sagte Guido mit unendlicher Zärtlichkeit. „Dich, dich nur liebte ich seit dem ersten Augenblick in dem ich dich erblickte. Jedes Gefühl für Andere deines Geschlechts war Täuschung und Wahn. Du allein warst das Ideal meiner Wünsche und mit furchtbarem Schmerz gab ich dich verlohren!" Nach einer heissen Umarmung, in welcher beide die Wonne einer lang verborgenen reinen Liebe fühlten, empfieng das überglückliche Paar knieend den Segen des vergnügten Großvaters, der liebenden Mutter. Lächelnd bemerkte Hainau dann: daß heute mit dem Herrn Rath kein wichtiges Geschäft abzumachen seyn würde und verschob die Verfertigung des Testaments auf den andern Tag. Sie mußten sich nun alle um sein Bett herumsetzen und ihm Viel und Mancherlei aus ihrer Lebensgeschichte mittheilen. Cornelia fühlte, daß ihre Erfahrungen nur schmerzlich das Herz des Greises berühren würden und sprach am Wenigsten. Desto mehr mußte Albina erzählen, wozu sie ein höchst angenehmes Talent besaß. Auch entzündete sich an der heiligen Gluth inniger Dankbarkeit gegen Gott und gute Menschen, welche eine der vielen treflichen Eigenschaften ihrer schönen Seele war, das Feuer der Darstellung bei der Mittheilung der glücklichen Ereigniße ihres Lebens. Oft unterbrach sie Guido mit den feurigsten Aeußerungen seiner Verehrung, besonders als sie seiner Kinder und der Belohnung erwähnte, welche sie in ihrem sichtlichen Gedeihen an Geist und Körper und in ihrer innigen Anhänglichkeit an sie, für ihre süße Sorge erhielt. Es war nun aber der Augenblick erschienen, wo auch der Vater derselben durch die Ergüße der dankbarsten Zärtlichkeit sie von seiner Anerkennung ihrer treuen mütterlichen Erziehung zu überzeugen strebte. „Durch mein ganzes Leben will ich dir meine Albina! diese edelmüthige, uneigennützige Liebe zu vergelten suchen," rief er aus und drückte sie innig an seine Brust.

„Warst du nicht auch großmüthig besorgt, mir die Zuneigung meines theuern Großvaters zu bewirken, sagte Albina, zu einer Zeit, wo du noch für eine Undankbare zu handeln glaubtest! du hast **Alles** abgetragen, was du mir auch vielleicht schuldig zu seyn glaubtest." — Als Theodor, welcher abwesend war, zurückkehrte, sah und hörte was unterdessen vorgefallen war: begrüßte er herzlich theilnehmend Guido als seinen Bruder. Aber sein trauriges Geschick fiel ihm bei dem Anblick des hohen Glücks der Liebenden mit neuer Schwere auf das Herz. Sie vermieden auch mit zarter Schonung so viel als möglich in seiner Gegenwart jede laute Aeusserung desselben.

O die reine Menschenliebe, wie unser großer Meister sie lehrt, spricht sich nicht allein in inniger Theilnahme, in

thätigem Beistand aus, sie zeigt sich auch bei manchen
Fällen in einem tiefen Schweigen, in einem sorgfältigen
Verbergen unserer Vorzüge, oder unserer Freuden, wenn es
die Ruhe Anderer erfordert. —

⊢————————————⊣

Guido konnte nun als anerkannter Enkel des Testirenden
das amtliche Geschäft dabei nicht mehr vollziehen. Es wurde
am folgenden Tag einer seiner Collegen berufen und mit
diesem war Hainau mehrere Stunden allein, um denselben
seinen lezten Willen zu dicktiren. Als er nach seinem Tod
eröffnet wurde, ergab es sich daraus, daß die Enkel nach
Abzug der Legate, zu Haupterben seines großen Vermögens
bestimmt waren, daß die Mutter jährlich die Zinße eines
bedeutenden Capitals, und auch Langenheim ein
beträchtliches Vermächtnis erhalten sollte. Des Letzteren
hatte sich Hainau öfters Reuevoll gegen Guido erinnert und
sich seines Glücks herzlich gefreut.

Bald darauf erlöschte sanft der Lebensfunke des Greises,
dessen letzten Tage alles früher begangene Unrecht
austilgten und um seine Leiche stand trauernd die Liebe
und die Dankbarkeit und segneten sein Andenken. Als er
beerdigt war, trat Cornelia mit ihren Kindern die Rückreise
an. So schwer die Liebenden von einander schieden,
brachten sie doch willig der Pflicht und der Nothwendigkeit
das Opfer und Albina versprach ihrem Guido bald mit
William und Fany wieder zu kommen, um sich nicht mehr
von ihm zu trennen.

⊢————————————⊣

Auf dem Weg zum Landhaus war es gerade nicht
nothwendig D* zu paßiren, man konnte die Stadt seitwärts
liegen lassen. Jedoch Albina bat, den kleinen Umweg nicht

zu scheuen, indem sie das Verlangen äusserte: Guido's würdigen Eltern sich als Tochter zu nähern, und Segen für sich und den Geliebten zu erbitten. Cornelia fand diesen Wunsch gerecht und bewilligte ihr ihn freudig. Glücklich erreichten sie D*, allein als sie über den volkreichen Markt fuhren, nöthigte ein hochbepackter Fuhrmanns Wagen den Kutscher auszuweichen. Er verfuhr dabei nicht vorsichtig genug und unsere Reisenden wurden umgeworfen. Man hofte, mit dem bloßen Schreck ohne Beschädigung davon gekommen zu seyn, und Theodor wollte bei dem Wagen und Gepäck zurück bleiben, bis derselbe wieder in der Höhe und alles in Ordnung seyn würde. Cornelia und Albina eilten nun zu Fuß nach Volkmars Wohnung. Sie fanden die Thüre geöffnet und schlichen durch den Hof in den Garten, der sich am Haus befand, weil es sie bedünkte: als hörten sie von daher einige Kinderstimmen. So war es; William und Fany tummelten sich mit mehreren kleinen Gespielen im Gras herum. Aurelia saß dabei und strickte. Welch ein Jubel, als sie Albinen erblickten! die Kinder flogen auf sie zu, umklammerten sie fest und konnten nicht Worte genug finden, ihre Freude, sie wieder zu haben, auszudrücken. Auch Aurelien beglückte das Wiedersehen der geliebten Freundin unendlich. Albina, überwältigt von den Empfindungen ihres liebenden Herzens, sank auf ihre Kniee, umfaßte die beiden Kleinen und rief: „o meine Kinder! nun bin ich durch die Liebe eures Vaters wirklich eure Mutter! — doch kann ich euch mehr lieben als bisher?" — „gute Mutter! mich recht lieb haben und Fany auch, nimmer fortgehen, wir wollen recht brav seyn!" so plauderte William und fiel Albinen immer aufs Neue um den Hals; auch Fany küßte und streichelte ihr unaufhörlich Hand und Wangen.

Die laute Freude war bis in die Gemächer des Hauses gedrungen, auch dem Baron und seiner Gattin wurde sie bemerkbar und sie folgten ihren Tönen. Ohne von Albinen gesehen zu werden, näherten sie sich schon ihr, als sie jene bedeutungsvollen Worte sprach — „meine Tochter!" rief innig erfreut und gerührt die Baronin. Albina blickte auf und fiel mit den Worten: „meine verehrte Mutter!" ihr in die Arme; dann nahm sie der beiden Eltern Hand und sagte: „segnen, o segnen Sie den Bund zweier Herzen, welche sich längst angehörten, die aber ein sonderbares Geschick so lang von einander entfernt hielt; wir haben uns gefunden und wollen nun vereint in der Erfüllung kindlicher Pflichten gegen die geliebten Eltern wetteifern." — „Welch einen heissen Wunsch hat uns dadurch die Vorsicht erfüllt!" erwiederte Volkmar. „Sey uns willkommen und gesegnet als Tochter, du edles theures Mädchen!"

„Du weinst Großmütterchen!" sagte William und küßte schmeichelnd die Hand der Baronin, welche Cornelien umarmend sich die Augen trocknete. „O Kind! das sind süße Thränen!" erwiederte diese. „Ich bin eine glückliche Mutter! denn indem sie sich zu Albinen wandte: höre und freue dich mit mir; Eugenie hat mich während der Zeit deiner Abwesenheit besucht und ich habe sie jetzt ganz deiner Freundschaft würdig gefunden. Du würdest sie kaum mehr kennen. Ihr ganzes Wesen hat eine Weichheit, eine Anmuth gewonnen, welche sie wirklich liebenswürdig macht. Ihr Gatte, von dem sie mit inniger Liebe spricht und welcher ohne Zweifel diese Veränderung bewirkte, rechtfertigt meine, gleich anfangs von ihm gefaßte Meinung; er muß ein treflicher Mann seyn!" „Ist sie denn schon wieder abgereißt?" fragte Albina. „Ja — nein" — antwortete die Baronin zögernd und blickte verlegen auf Aurelien. „Ich denke, versetzte diese, wir wollen unsern theuern Freundinnen nichts vorenthalten. Sie sollen es ja doch erfahren und Theodor ist nicht zugegen." „Nun denn," sagte die Baronin, „Eugenia ist nicht alleine gekommen —

aber ihre Begleitung ist euch nicht fremd und verdient den herzlichsten Empfang zum Ersaz vieler ausgestandener Leiden und zum Lohn vieler Tugenden" — „Antonie!" rief Albina. „Ja sie ist es!" erwiederte Jene; und Mutter und Tochter geriethen in die freudigste Bewegung. „Gott sey gelobt!" rief Erstere, nun kann ich manches begangene Unrecht wieder gut machen! und ihren und Theodors Wünschen steht nichts mehr im Weg, da er jetzt im Besitz eines bedeutenden Vermögens ist. Eben trat dieser von Langenheim geführt ein; blaß im Gesicht, den linken Arm in einer Binde. „Mein Gott was ist geschehen, was fehlt dir?" riefen alle ängstlich. „Ich habe mich beim Aufheben des Wagens so beschädigt, daß ich zu einem Chirurg gehen und mich verbinden lassen mußte" antwortete Theodor. „Ja," sagte Langenheim, „es ist keine Kleinigkeit! er brachte den Arm in eine Klemme und es hätte nicht viel gefehlt, so wäre ihm der Knochen abgedrückt worden. Ein fremder junger Mann hat ihn von diesem Unglück gerettet. Den Wanderbündel auf dem Rücken gieng er vorbei und hörte Theodor dem Kutscher zuruffen: „halt mein Arm" schnell warf er das Ränzchen ab, stieß jenen, der sehr ungeschickt zu Werk gieng unwillig weg und hob mit Gewandtheit und Stärke den Wagen vollends in die Höhe: denn so viele Neugierige sich auch versammelt hatten, so leisteten doch Wenige hülfreiche Hand; und ich war zu schwach dazu." „Du bist sehr angegriffen lieber Theodor! sagte die Baronin mütterlich sorgend, komm doch gleich mit herauf und lege dich nieder; ich will Thee machen lassen und dich treulich pflegen." Sie giengen und als Albina äusserte: „in diesem Zustand müsse man ihm die Nachricht von Antoniens Rückkehr behutsam vortragen;" versprach Langenheim dieß zu übernehmen und folgte jenem schnell nach. Die Andern aber fuhren bald darauf nach dem Landhaus. Therese empfieng sie an der Thüre und wollte sie bestimmen im Gartenzimmer abzutretten; jedoch Albina rief: „Mütterchen!

ich weis Alles, Antonia ist oben, laß mich, laß mich zu ihr!"
Sie eilten nun hinauf und Antoniens schwächlicher
Gesundheitszustand unterlag der Freude des Wiedersehens.
Sie wurde ohnmächtig. Doch die Bemühungen der
Freundschaft brachten sie wieder zum Bewußtseyn ihres
Glücks: denn Albinens Entzücken und Corneliens
mütterliche Liebkosungen verlöschten auch die kleinste
Spur trüber Erinnerungen in ihrer Seele. Sie gab sich ganz
den seeligsten Hoffnungen für die Zukunft hin. „Warum ist
aber Theodor nicht mit gekommen?" frug sie etwas
befremdet. Albina fiel schnell ein: „er blieb in der Stadt, und
ihm ist das Glück, dich wiederzusehen, noch unbekannt."
„Aber, wann wird er es erfahren und ich ihn an dies
liebende Herz drücken?" erwiederte Antonie mit
sehnsüchtigem Verlangen. „Bald, bald" antwortete Eugenia
beschwichtigend, welche durch Aurelien von Theodors
Unfall unterrichtet, wieder neuen Nachtheil für ihre
Freundin befürchtete, wenn sie es unvorbereitet erführe.
Auch war es spät geworden und mit Eugenien
einverstanden, erklärte Therese für nothwendig: „daß die
Reisenden wegen Ermüdung und Antonia wegen den
Einfluß der gehabten Gemüthsbewegung auf ihren Körper,
sich bald zu Bett begeben und die wechselseitigen
Mittheilungen auf den folgenden Tag verschieben sollten."
Man trennte sich also um die Ruhe zu suchen. Doch
Albinen verscheuchte den Schlaf die Begierde: von Antonien
mehr zu wissen und das Verlangen sich mit Theresen und
Eugenien recht auszusprechen: denn sie fand Leztere
wirklich ungemein zu ihrem Vortheil verändert und fühlte
sich durch die neugeknüpften schwesterlichen Bande
liebend zu ihr hingezogen. Beide Freundinnen waren bereit,
Albinens Wunsch zu erfüllen und sie benützten noch einige
Stunden der stillen Nacht, zu einer traulichen
Unterhaltung. Albina folgte in derselben dem Drang ihres
Herzens und schilderte sein reines und inniges Glück den

aufrichtig theilnehmenden Freundinnen; und dann gewährte Eugenia ihre Bitte und erzählte ihr, wie sie mit Antonien zusammen gekommen sey, auf folgende Weise:

Auf der Universität F* wo Eugeniens Gatte als Profeßor lebte war, noch nicht lang von einem edlen unverheiratheten Einwohner der Stadt ein Spital gestiftet worden, welcher ausser andern treflichen Einrichtungen, auch den Vorzug hatte, daß einige Gemächer des Hauses und ein Theil des großen Fonds ganz allein zur Verpflegung solcher Kranken bestimmt war, welche fremd, ohne Verwandte, auch zuweilen ohne Geld, sich in einer doppelt hülflosen Lage befanden.

Jeder große und kleine Gastwirth hatte die Weisung: dergleichen Personen zu dem Vorsteher der Anstalt zu bringen, für welche dann nach Beschaffenheit der Umstände unentgeltlich, oder gegen eine geringe Vergütung auf das menschenfreundlichste und zweckmäsigste gesorgt wurde.

Nach einem Conzert, welches in einem Gasthof der Stadt während der winterlichen Jahrszeit wöchentlich statt fand, wurde von den Theilhabern derselben ein *Soupée* einmal veranstaltet und Eugenia und ihr Gatte befanden sich auch dabei. Der besorgte Wirth saß mit an der Tafel und bediente seine Gäste, wobei er die ihm nahe Sizenden immer zu unterhalten bemüht war. Eugenia war auch nicht weit von ihm entfernt und hörte: wie er eines kranken Mädchens erwähnte, welche am Mittag bei der öffentlichen Tafel in das Zimmer gekommen war und durch einen himmlischen Gesang die Anwesenden bezaubert habe: allein noch vor dem Schluß desselben ohnmächtig niedergesunken sey. Er beschrieb ihr Aeußeres und Eugenia wurde aufmerksam. Sie wünschte mehr von ihr zu erfahren und setzte das Gespräch mit der Frage fort: „was mag wohl die Ursache des schnellen Zufalls bei dem Mädchen gewesen seyn?" „Lieber Gott" antwortete Herr Braun, so hieß der Wirth, „die bittre

Noth! das arme Kind war leicht bekleidet und zitterte vor Frost, als sie in das Zimmer kam. Hier war ziemlich dafür gesorgt, daß der schon sehr strenge Winter seine Gewalt nicht ausüben konnte und so mag der schnelle Uebergang von Kälte zur Hitze nachtheilig auf sie gewirkt haben: denn als sie auch wieder zu sich kam, befand sie sich so übel, daß ich sie in unser wohlthätiges Krankenhaus bringen lassen mußte." „Wissen sie ihren Namen?" frug Eugenia. „Ja wohl, antwortete Herr Braun, ich mußte ihn bei dem Spitalpfleger vorweisen. Die Arme hat mir ihn mit schwacher zitternder Hand aufgeschrieben." Er suchte in beiden Westen-Taschen lange herum, endlich brachte er ein Zettelchen heraus und reichte es Eugenien hin.

„Antonie Viscolina! rief diese und schlug die Hände zusammen, welche Entdeckung! fuhr sie gegen ihren Gatten, fort, der neben ihr saß; diese Antonie ist Theodors Geliebte, Albinens Freundin! und so unglüklich! ach Ferdinand! morgen mit dem Frühesten muß ich zu ihr, muß sie trösten und ihr helfen, wenn es in meiner Macht steht!"

Albina reichte hier Eugenien gerührt die Hand und jene fuhr fort: „Am folgenden Tag führte ich sogleich meinen Vorsatz aus und fand Antonien in einem bewußtlosen gefährlichen Zustand. Eine heftige Nervenkrankheit hatte sie ergriffen und in grausen Fieberphantasien beschäftigte sie sich unaufhörlich mit Theodor und mit dir theure Albina. In dieser Lage war nichts für sie zu thun, als fleißig Nachfrage zu halten: wie es mit ihr stehe und ob sie gut verpflegt würde; von lezterm konnte ich mich immer überzeugen, aber ihr Leben schwebte lange in Gefahr. Endlich erschienen wieder heitere Augenblicke und in einem solchen nahte ich mich ihr. Sie erkannte mich; jedoch bald trat wieder Fieberhitze ein und nun mischte sich auch mein Bild in ihre verwirrten Vorstellungen. Aber so oft sie zu sich kam, war ihre erste Frage nach mir. Indeßen vergingen mehrere Tage, bis ich etwas zusammenhängendes mit Antonien sprechen konnte. Doch als sie einmal aus einem lang andauernden sanften Schlummer erwachte und ich gerade an ihrem Bett saß: ergrif sie meine Hand, führte sie zu den Lippen und sagte schwach und leise: „süße Erscheinung aus meiner glücklichsten Lebensperiode, bist du ein Traum oder Wirklichkeit? —" Ich suchte sie nun zu überzeugen, daß keine Täuschung ihrer Sinne vorwalte und daß ich von Herzen bereitwillig wäre, ihr nach Kräften beizustehen, wenn sie meine Hülfe nöthig hätte. „Ach ich bin sehr unglücklich!" sagte sie und brach in heftiges Weinen aus; ich bat sie: ihre Genesung nicht durch Gemüthserschütterungen zu hindern und versprach ihr, sobald es der Arzt erlauben würde, sie in mein Haus zu nehmen. Diese Zusage schien sie sehr zu trösten und sie fragte täglich den Arzt: ob der ersehnte Tag noch nicht bald komme? In dieser Zeit versuchte sie einigemal mir von ihrem Schicksal zu erzählen: allein sie gerieth immer dabei in eine, ihrem schwachen Körper so nachtheilige Bewegung, daß ich es ihr bis zu ihrer vollkommenen Herstellung nicht mehr gestattete, ihr aber dagegen durch vorsichtige Mittheilung deßen, was ich von Eurem Befinden, und Begebnißen wußte, manche innig frohe Stunde schuf; auch zeigte ich ihr von ferne die Aussicht auf ein glückliches Wiedersehen, daß ich ihr bereiten wollte. Als ich sie endlich mit Beistimmung des Arztes zu mir nehmen durfte, als sie mein edler Gatte mit Güte und Wohlwollen aufnahm und behandelte und ich ihr jede Stärkung Bequemlichkeit und Erheiterung zu verschaffen suchte; da erhielt ihr Körper und Geist wieder so viel Kraft, daß sie meinen Rath befolgen und ihre Lebensgeschichte seit der Zeit ihrer Trennung von euch niederschreiben konnte; es schien mir dies weniger angreifend für sie zu seyn, als eine mündliche Erzählung. Eugenia stand auf nahm ein geschriebenes Heft aus einem Schrank und sagte: „in diesen Papieren erhielt ich die

Urkunde des Werths eines Mädchen-Herzens, welches heldenmüthige Tugend zu ihrem Tempel erkohren hatte und das der Sitz der edelsten Gefühle ist. Durch diese erlangte Kenntniß von Antoniens Vorzügen, freute ich mich doppelt, daß es mir vergönnt war, ihr auf dem Lebensweg tröstend zu begegnen und denselben ebener für sie zu machen und ich und mein Gatte gelobten ihr treuen Beistand für die Zukunft."

„O Ihr guten edlen Menschen! unterbrach sie hier Albina, Gott muß euch segnen für das, was Ihr an dem armen verlassenen Geschöpf gethan habt!" — "

Eine innige Umarmung beider Freundinnen gab der Vereinigung ihrer Herzen, welche früherhin unmöglich war, nun aber natürlich erfolgen mußte die erste heilige Weihe. Eugenia wurde dann von Albinen und Theresen gebetten, Antoniens Lebensgeschichte vorzulesen, denn auch der Leztern war noch manches darinnen unbekannt geblieben. Und sie begann also:

„In jener verhängnisvollen Nacht, wo ich mich mit blutendem Herzen von meinem Geliebten losriß, eilte ich so schnell als es meine Kräfte erlaubten den Berg hinan, welcher hinter dem Landhaus, durch ein kleines Gehölz, zu dem Weinberg führte. Der Mond blickte freundlich durch die dunklen Tannen und Fichten und beleuchten meinen Thränenreichen Pfad, den ich jedoch mit aller Besonnenheit wandelte. Wohl bedenkend, daß, sobald meine Flucht entdeckt seyn würde, man Anstalten treffen könnte mich einzuholen, fand ich es für nöthig, mich unter Wegs auf einige Stunden zu verbergen. In jenem Weinberg befand sich ein Hüttchen und unter diesem war ein kleiner Keller gegraben. Darinnen hielt ich mich bis zu dem andern Abend versteckt.

Zur Stillung meines Hungers hatte ich etwas Brod

mitgenommen, aber brennender Durst nöthigte mich, nun meinen Zufluchtsort zu verlassen. Dunkelheit begünstigte meine Wanderung und ich erreichte bald das nächste Dorf. Hier labte ich mich an einem Röhrbronnen und fühlte nun aber auch das Bedürfniß des Schlafes im höchsten Grad. Die Besorgniß, daß in diesem Ort leicht am vorigen Tag Nachforschungen wegen mir gehalten worden seyn konnten, verhinderten mich hier um ein Nachtquatier zu bitten; ich wankte weiter und weiter und kam endlich an ein Gartenhäuschen, das zu der Besitzung eines reichen Edelmanns gehörte, welcher aber das Gut nicht bewohnte. Ich versuchte die Thüre zu öffnen, es gelang mir und in dem ganz leeren Zimmer lagerte ich mich auf dem Erdboden, machte mein Wäschbündelgen zum Kopfkißen, meinen Mantel zur Decke und genoß auf diese Weise einige Stunden, einen durch die höchste Erschöpfung sogleich herbeigeführten sanften Schlummer. Gestärkt erwachte ich, war froh, unentdeckt geblieben zu seyn und pilgerte nun eben so getrost durch schöne Obst Alleen, Gemüßfelder, üppige Wiesen und kühle Wälder, als durch sandige Einöden und magere Steppen. Ich umgieng die Städte, paßirte aber noch manche Dörfer und erhielt theils durch gutmüthige Einwohner, theils von der freigebigen Mutter Natur, hin und wieder Nahrung und Obdach. Meine kleine Baarschaft war aber dennoch aufgezehrt, noch ehe ich die Hälfte meiner Reise zurückgelegt hatte. Ich wollte nemlich nach Italien in mein Vaterland zurückkehren und befand mich jezt in der Schweiz an der Grenze von Schwaben. Meine vorige Lebensart wieder zu ergreifen, oder — noch schrecklicher — Almosen zu verlangen, beides war mir unmöglich. Ich wollte nun von den Kenntnißen und Fertigkeiten Gebrauch machen, in welchen mich meine geliebte unvergeßliche Albina unterrichtet hatte, durch sie in einem soliden Haus Unterkunft suchen und wagte mich deshalb in eine Stadt. Allein in derselben war, wie es wohl seyn soll, eine wohl organisirte Polizey. Mein Aufenthalt in einer kleinen Herberge wurde angezeigt, ich vorgefordert und als ich keinen Paß, keinen Attest vorzeigen konnte, mir angedeutet: daß ich nicht daselbst geduldet werden könnte: sondern mich ungesäumt aus der Stadt begeben müsse. „Großer Gott! ich werde für eine Landstreicherin gehalten und kann es Niemand verargen; wie unglücklich bin ich!" So jammerte ich, als ich mich ausserhalb der Stadt befand. Ich saß auf einer steinernen Ruhebank und weinte heftig. Eine mitleidige Bauernfrau kehrte eben mit ihrem Korb ausgeleerter Milchkrüge auf ihr Dorf zurück, erblickte mich und blieb mit theilnehmender Miene bei mir stehen. „Ach gute Frau! sagte ich, Sie sieht in mir ein ganz verlaßenes, heimathloses Mädchen! weis sie Niemand in ihrem Dorf, der mich aufnehmen würde? ich wollte ja gern mein bischen Brod mit jeder, auch noch so schweren Arbeit zu verdienen suchen." „Hör sie Jungfer sagte das Weib und betrachtete mich vom Kopf bis zum Fuß, zu schweren Arbeiten ist sie nicht gemacht; vielleicht kann sie aber mit der Näh- und Striknadel umgehen: ich habe viele Kinder, muß mein Feld und mein Vieh besorgen, da reicht mir oft die Zeit nicht hin, Kleider und Wäsche auszubeßern und zu verfertigen; geh' sie mit mir; wir wollens ein paar Tag mit einander probiren. Aber da, ihr dünnes Vorhängchen, das ihr Gesichtchen ganz verbirgt und ihren seidenen Schlumber lege sie ab: denn meine Nachbarsleute würden große Augen machen, wenn so eine vornehme Mamsel zu mir ins Haus käme. Die Lumpen da, helfen ihr nicht für den Hunger, ich aber kann dafür helfen und also muß sie meinen Willen thun." „Herzlich gern gute Frau! sagte ich, nahm geschwind Mantel und Schleier ab und wickelte beides in mein Wäschbündelchen. „So, gefällt sie mir beßer" äusserte Jene billigend, und nun wollen wir machen, daß wir nach Hause kommen!" „Gott vergelte ihr den menschenfreundlichen Entschluß! erwiederte ich, es soll sie nicht gereuen!" „gut, wir wollen sehen" antwortete die Bäuerin und eilig schritten wir beide dem nah gelegenen Dorfe zu. Unterwegs ruhten oft die Blicke der Frau auf mir, aber keine neugierige Frage kam über ihre Lippen: denn sie war Eine von jenen seltenen unverdorbenen Seelen, welche auch Andern Gutes zutrauen und edle Handlungen mit Hoffnung auf Gottes Beistand ohne vieles Forschen und Klügeln ausüben. Ich aber erzählte ihr unaufgefordert Mancherlei von meinem Vaterland von meinen Eltern, wie ich diese frühzeitig verlohr und gezwungen war, meinen Unterhalt durch Singen und Leiern zu verdienen; auch von der kürzern Vergangenheit theilte ich ihr so viel mit, als mir nöthig schien, um ihr Zutrauen zu erhöhen und zu befestigen. Natürlich verschwieg ich dabei, was meine Freunde und meine innigen Verhältniße zu ihnen betraf. „Armes Kind! Sie hat schon viel erfahren!" sagte beklagend die Landfrau, und sezte hinzu; „verzag sie nur nicht, vor der Hand bleibt sie bei mir, wo es ihr gewiß nicht schlimm gehen wird, und dann wird ihr Gott schon weiter helfen!" Wir kamen endlich in Gerdrudens ländliche Wohnung. Im reinlichen Stübchen wimmelte es von Kindern; das Aelteste ein Mädchen von 12 Jahren trug ein Schwesterchen, das wenig Wochen alt war auf ihren Armen und die andern sprangen der Mutter entgegen. Voll kindischer Ungeduld nach dem Mitgebrachten aus der Stadt bemerkten sie die Fremde nicht, die mitgekommen war, nur Marie die älteste grüßte mich freundlich kopfnickend.

Die Frau packte Semmel und Birn aus und gab jedem davon. „Ich bin auch recht unachtsam," sagte sie zu mir, „daß ich ihr unter Wegs nichts von diesen Sachen angeboten habe; sie wird hungrig seyn; nun da nehme sie auch ihren Theil, oder ist ihr mein schwarzes kräftiges Brod und ein Glas Buttermilch lieber?" — Ich wählte das Lezte und genoß es mit herzlichem Dank. „Nun Kinder gebt der

Jungfer ein Patschhändchen" sagte Gertrud, als diese, ihr Brod und Obst verzehrend sich um mich versammelten, und mich anstaunten; „sie wird einige Zeit bei uns bleiben," fuhr die Mutter fort, „und eure Kleidungsstücke wieder herstellen, welche ihr muthwillig zerrißen habt." „das ist gut, sagte Konrad der älteste bauspackigte Knabe, lief fort und brachte ein Jäckchen das schadschaft war; ein Anderer brachte Strümpfe und die jüngern Mädchen, wollten die Schürzen, welche sie um hatten, gleich losmachen, weil auch hie und da kleine Ausbeßerungen daran nothwendig waren. „Seyd doch gescheud, sagte Marie. Wie kann denn die Jungfer alles zugleich machen, auch muß sie ja erst ausruhen, sie wird wohl müde seyn. „Du hast recht Mädchen!" sagte die Mutter, „doch was wissen die einfältigen Dinger, die Jungfer wird es ihnen zu gut halten." Nun kam auch der Mann vom Feld zurück. Er sah mich mit großen Augen an, aber Gertrud nahm ihm beim Ermel und führte ihn hinaus. Als sie wieder herein kamen sagte er freundlich zu mir: „Nun kann ich sie erst ordentlicher Weise begrüßen liebe Jungfer, weil ich von meiner Frau gehört habe — na es ist gut, daß Gertrud sie mit sich genommen hat, ich zähle sie zu meinen Kindern, betrachte sie mich als Vater!" — Ich drückte ihm herzlich die durch Arbeit schwülenvolle Hand und gelobte im Stillen die Gutmüthigkeit der wackern Leute mit treuer Ergebenheit zu vergelten. Mein geringer Vorrath von Wäsche und Kleidung hatte durch die Fußreise, (ich war schon 3 Wochen unter Wegs) ziemlich gelitten. Gertrud bemerkte es und einige Tage nachher brachte sie mit etwas verlegener Freundlichkeit ein Päckchen und legte es vor mich auf dem Tisch hin. „Das ist wohl auch etwas zum ausbeßern?" frug ich. „Nein," erwiederte die Frau „was darinnen ist gehört ihr. Ich möchte sie eben gar zu gerne, Tochter und du nennen, und da meine ich, wenn sie **meine** Kleidung trüge, gieng es mir leichter vom Mund weg, doch muß sie mir es nicht übel nehmen." „Ach Gott! sagte ich und ergrif Gertrudens beide Hände, wie gut ist sie, wie gut! gleich liebe Mutter soll sie mich nach ihrem Wunsch umgekleidet sehen, und immer mit ihrer dankbaren Tochter zufrieden seyn." Ich gieng nun in mein Kämmerchen und als ich das Geschenk genauer untersuchte, fand sich ein vollständiger Anzug eines Land-Mädchens von Canton Appenzell welchem auch etwas Wäsche beigelegt war. Mit herzlicher Bereitwilligkeit vertauschte ich meine Kleidung mit dieser, flocht mein Haar in zwei Zöpfe: und trat vor Gertrud mit der Frage hin: „gefall' ich ihr nun liebe Mutter?" „Freilich, freilich" sagte diese mit großer Zufriedenheit, packte mich an beiden Schuldern und drehte mich vor und rückwärts. „Ey Töchterchen, wie hübsch läßt dir die Tracht!" fieng sie wieder an und rief, „Marie, Konrad, Lise kommt, seht, nun ist Antonie eure Schwester geworden." Die Kinder sprangen mit Lachen und Jubel um mich herum und freuten sich herzlich darüber. Bald fand ich mich in die ländlichen Beschäftigungen und stand Mutter Gertrud redlich bei, wußte mich auch in ihre und ihres Mannes Launen gut zu fügen und wurde dafür von Beiden herzlich geliebt. Was mir die Zuneigung der Eltern in noch höherem Grade gewann, war meine Sorge für die Kinder; ich pflegte und wartete die Jüngern und lehrte die Aelteren. Sie hingen aber auch alle mit sehr großer Liebe an mir und lernten mit so viel Freude und Eifer, daß in kurzer Zeit Marie und Konrad fertig lesen, so ziemlich schreiben und auch ein bischen rechnen konnten. Erstere unterrichtete ich noch überdies im Nähen und Stricken, worinn sie bald bedeutende Fortschritte machte. Ich war mit meinem Loos ganz zufrieden, ich konnte wirken und nützen, befand mich im Kreiße gutmüthiger, redlicher Menschen und die ländliche Abgeschiedenheit und Stille sagte meiner verschwiegenen Trauer um verlohrenes Glück vollkommen zu: denn oft erschienen mir die Bilder meiner entfernten Lieben und ich begrüßte sie mit schmerzlicher Rührung. Wenn der Mond die volle Scheibe den Erdbewohnern zeigte, suchte ich am Abend ein Stündchen zu einem einsamen Spaziergang zu gewinnen und gedachte mit Thränen der Trennungs-Stunde, wo auch Lunens freundlicher Schimmer mein Schlafgemach erhellte und mich auf meiner Flucht begleitete.

So waren mehrere Monate ruhig dahin geschwunden. Der Frühling grüßte die Erde wieder! da kam einst Vater Jakob von der Stadt nach Hause und sagte, (indem er Hut und Stock den dienstfertigen Kleinen hinreichte und den beßern Rock mit der Hausjacke vertauschte.) „Kinder! nun wirds lebendig in unserm Dorfe werden. Das, schon so viele Jahre leerstehende Schloß dort üben auf dem Berg hat eine adelige Herrschaft gekauft und will Jahr aus Jahr ein hier haußen. — Ich weis nicht, warum mir dies nicht in den Sinn will! ich kenne die Menschen nicht, und es ist mir doch ordentlich bange vor ihnen." „Hast wieder Mucken im Kopf Alter!" sagte Gertrud und klopfte ihm freundlich auf die Schulter. „Sey nicht wunderlich Jakob, die Leute werden uns nichts in den Weg legen, wir haben ja gar nichts mit ihnen zu schaffen." und der Mann setzte bedeutend hinzu: „Na wir wollen sehen" und gieng damit zur Thüre hinaus. Ich saß am Fenster, nähete und theilte (mir selbst unerklärlich) Jakobs bange Bersorgniße. Gertrud bemerkte daß ich tief aufseufzte. „Auch du kraußt die Stirne" sagte sie schmälend. „Ihr seyd nicht klug. Es ist ja nicht anders als würde künftig das Nest dort von argen Burggeistern bewohnt." „Werdet nicht böse Mutter!" erwiederte ich; „mir war die ruhige Stille, in der wir bisher lebten, so lieb! ich bin so zufrieden unter euch und sehnte mich nach keinem fremden Menschen, daher denke ich mit Besorgnis an eine mögliche Aenderung der Dinge" „Ey so erwartet es erst, was die Zeit bringen wird und quält euch nicht im Voraus" erwiederte Gertrud. Bald darauf kam wirklich ein vierspänniger

Reisewagen, ihm folgten mehrere Küchen-Wägen, auch einige Reuter. Diese, den bequemeren Fußpfad einlenkend, welcher an Jakobs Hüttchen vorbei, sich nach und nach dem Berg hinauf schlängelte, sprengten an den niedern Fenstern vorüber. Eben saß ich wieder an meinem gewöhnlichen Platz bei dem geöffneten Fenster und nähete emsig; aber schon waren die Reuter verschwunden, als ich den Hufschlag der Pferde hörte und auf blickte. Allein im Nu wandte der Eine wieder um und ritt langsam an das Fenster hin, bückte sich herab und frug: „ob dies der rechte Weg zu jenem Schloß hinauf zu kommen sey?" da ich nichts vermuthet hatte, erschrack ich so heftig, daß ich kaum ein „Ja" hervorzubringen im Stande war und schnell entfernte ich mich vom Fenster und aus dem Zimmer: denn der Reuter stieg ab und machte sich etwas am Steigbügel zu schaffen. Eine unaussprechliche Bangigkeit fühlte ich nach diesem Ereignis den ganzen Tag über; ja es traten mir sogar Thränen in die Augen, als Jakob bei dem Abendeßen mit der Hand die faltige Stirne rieb und seufzend sagte: „Nun sind sie da die vornehmen Plagegeister!" „Wie kannst du sie so nennen, du weißt ja nicht, wie sie seyn werden."! entgegnete unzufrieden Gertrud, „O, ich weis jezt genug, versezte der Mann; ich habe nachgeforscht und erfahren, daß es recht hochmüthige, viel verlangende Menschen sind, welche glauben, unser Einer wäre nur um ihrentwillen da." Gertrud sah ernst vor sich hin. Jakob fuhr fort: „die Familie besteht aus einem alten Herrn, seiner Schwester, die sonst am Hof gelebt hat, aus zwei eitlen Töchtern und drei jungen Barons die immer noch einige ihres Gelichters bei sich haben, wo dann die liebe von Gott geschenkte Zeit, mit Jagen, Fechten und Reiten verthan wird. O, das wird eine herrliche Wirthschaft werden!" „das ist freilich nicht tröstend" sagte die Mutter, „Tonchen Tonchen! da darfst du dich hübsch verborgen halten. —" Dies war auch mein fester Entschluß; Ohngeachtet deßen entwarf mir meine rege

Phantasie ein so schreckliches Gemählde der Zukunft, daß ich die ganze Nacht schlaflos zubrachte. Am Fenster ließ ich mich nun nicht mehr sehen, denn Thomas der goldgelockte 4 jährige Knabe konnte nicht aufhören, von den schönen Reutern auf den herrlichen Pferden mit den prächtigen Reitzeuch zu erzählen, welche immer und immer an unserer Wohnung vorbei einen. Mit einem fortdauernden ängstlichen Arbeiten den gewöhnlichen heitern Muth und erschrack oft vor meinem Schatten, indem ich im Geist einen der Schloßbewohner sah. Diese streiften viel in der Gegend umher. Die Fräuleins wollten ihr Burgleben ganz nach dem in Rittergeschichten geschilderten und oft gelesenen einrichten; hatten sich altdeutsche Kleidung verfertigen lassen, hatten Rocken und Spindeln angeschafft und wollten wenigstens bei den Dorfsbewohnern und bei den seltenen Besuchen aus der Stadt Aufsehen dadurch erregen. Dazu gehörte nun auch, daß sie also aufgepuzt häufig lustwandelten und mit erkünstelter Leutseligkeit die Landleute und ihre Kinder ansprachen. Sie kamen auch in Jakobs Hütte, wollten sich mit Gertrud über ökonomische Gegenstände unterhalten und die Kenntniße der Kinder prüfen: allein in jenem Gespräch mußten sie sich eilfertig zurückziehen, da die gescheute Landfrau, die unwissenden Stadtfräuleins mit ihren prahlerischen Schein-Wissen in die Enge trieb. Bei den Kindern fanden sie auch mehr, als sie erwartet hatten und sie konnten über deren Fertigkeit im Lesen, Schreiben und Rechnen ihr Staunen nicht verbergen, da in dem Ort keine Schule, sondern diese eine Stunde weit entfernt war, wohin in der Regel die Eltern ziemlich saumseelig ihre Kinder schickten.

Da nannte mich Konrad, wie mir nachher die Mutter erzählte, mit den herzlichsten Ausdrücken, als ihre Lehrmeisterin. „Ey so zeigt sie uns doch! wer ist sie denn?" fragten die Fräuleins; und so eben trat ich in die Stube;

wollte aber eilig durch eine andere Thüre wieder hinaus: allein die Kinder riefen fröhlich: „da ist sie, da ist sie!" hiengen sich an mich zogen mich mit den Worten zu den Damen „Komm nur komm nur, wir haben eben von dir gesprochen." Ich begrüßte jene, welche mich aber kaum eines Danks würdigten, sondern heimlich mit einander flüsterten und uns schnell verließen. Gertrud schüttelte den Kopf als sie weg waren, und sagte: „das sind sonderbare Leute, bald möchte ich Jakob Recht geben! — "

Ein paar Tage nachher kam Gertrud, die Hacke über der Schulter langsam und nachdenkend vom Feld nach Haus gegangen. Jakob stand mit seiner Pfeiffe unter der Thüre, und ich war im Vorplatz mit einer häuslichen Arbeit beschäftigt. Die Kinder sprangen der Mutter entgegen, sie schien sie aber gar nicht zu bemerken. „Gertrud! wie kommst du mir vor! rief ihr der Mann entgegen. Du hast ja für nichts Augen und Ohren!" Sie war nun ins Haus getretten, lehnte schweigend die Hacke in einen Winkel und gieng auf die Stube zu. Jakob hielt sie auf. „Und nicht einmal einen guten Abend biethest du uns!" sagte er. „Ey, was hast du denn?" „Ach!" erwiederte Gertrud und trocknete sich mit der Schürze die Augen. „Ich habe etwas Betrübendes erfahren und weiß nicht recht wie ich es dir und Antonien erzählen soll, ohne daß ihr auch traurig werdet, doch kommt herein." Ich ließ alles stehn und liegen und eilte den Gatten nach ins Stübcben. Hier begann nun Gertrud: „Ihr wißt, ich gieng in den Kraut-Acker dort am Hügel, wo die Garten-Laube der gnädigen Herrschaft anstößt, und hackte das Erdreich auf. Da hörte ich in meiner Nähe sprechen, und konnte der Neugierde nicht widerstehen, sondern begab mich hinter einen breitästigen Apfel-Baum, dessen dichtes Laub mich verbarg und lauschte. Soll ich es Glück oder Unglück nennen, daß es sich so fügte — kurz ich hörte, wie die gnädigen Fräuleins mit

gar spöttischen und boshaften Worten und Gebehrden von uns und vorzüglich von dir arme Antonie sprachen. Das Herz im Leibe that mir weh, denn sie nahmen unsere unbescholtene kleine Hütte unbeschreiblich mit, verschonten weder den Vater, noch mich, ja selbst die Kinder nicht und am schlimmsten verfuhren sie mit Antonien. Es war der pure Neid der aus ihnen sprach, das hab ich gleich neulich gemerkt, wie sie bei uns waren und dich mein Goldkind erblickten. Nun aber hörte ich auch wie sich die Herren Barons eifrig um dich annahmen und da war mir wahrhaftig der vorige Tadel noch lieber, als das Lob von diesen, es klang mir gar zu gefährlich. Sie rühmten dich gewaltig, nannten dich die Krone des Dorfs, bedauerten, dich nur ein einzigesmal gesehen zu haben und versicherten: es in Zukunft schon klüger anzufangen. Ihr Vater sagte drohend: nehmt euch in acht ihr lockern Vögel, daß ihr nicht an der Leimruthe hängen bleibt und das alte Fräulein verbat sich streng mit kreischender Stimme alle Gemeinschaft mit der Bauern-Familie. Dann verließen sie die Laube und ich hatte alle Arbeits-Lust verlohren; mir fielen Eure bangen Ahnungen aufs Herz und ich dachte mir allerlei Mittel und Wege, um die Unannehmlichkeiten, welche ich mir jezt auch als möglich denke, zu verhüten."
„Nun, was hab ich denn gesagt, erwiederte Jacob finster, da habt ihr die Bescherung. Wie kann ich unsere arme Taube da, vor den Raubvögeln genug sichern und wenn ich als ihr Beschützer fest auftretten will, werde ich nicht ihre Rache gegen mich und meine Familie reitzen?" Ich gieng verzweifelnd im Zimmer auf und ab und rang die Hände. „Guter Vater! sagte ich endlich, schickt mich fort! nur auf diese Weise können wir alle dem drohenden Unheil begegnen." „Ach Gott! versezte Gertrud, wie ungerne würde ich dich missen, giebt es denn kein anderes Rettungsmittel?—"

Indem wir so miteinander überlegten, traten die jungen Herrn vom Schloß in die Stube. Ich sank zitternd auf einen kleinen Schemel. Gertrud stellte sich gleich einem Schild vor mich hin und sprach mir leise Trost ein, und der eine Sohn der Herrschaft fragte im barschen Ton nach verkäuflichem Haber. Jacob wußte die Absicht ihres Erscheinens, war gereizt und antwortete in eben so kurzen und rauhen Ausdrücken. Ich rafte mich auf und wollte mit Gertrud aus dem Zimmer gehen, die jungen Herren vertraten uns den Weg, Jacob aber packte zwei von ihnen und führte sie ziemlich unsanft zur Thüre hinaus. Was weiter vorgieng, weis ich nicht. Die Angst hatte mir das Bewußtseyn geraubt und als ich wieder zu mir kam, stand Gertrud weinend an meinem Bett. „Ach du lieber Himmel!" sagte sie; „ich dachte, du wärest gestorben und habe für deine Seele herzlich gebetet. Nun Gottlob, daß du nur lebst!" — „Wie geht es denn?" frug ich ängstlich. „Der Vater hat eben zu rasch und unbesonnen gehandelt," antwortete sie, „es wird kein gutes Ende nehmen. Er ist jezt auf dem Schloß und beschwert sich bei dem Alten." Jacob kam erzürnt zurück, warf sich in seinen Sorgenstuhl und sagte: „elende, erbärmliche Menschen! Weil in ihnen kein ehrlicher Blutstropfen ist, so trauen sie andern Leuten auch nur Schlechtes zu, und glauben das Recht zu haben unser Einem immer nur als Mittel zu ihren gottlosen Zwecken gebrauchen zu dürfen! — und die hämischen Frauenbilder! — habe ich denn nicht des Satans Freude aus ihren Augen lachen sehen, als ich mich mit dem Vater herumzankte und er mir drohte: mein Vergehen, an seinen hochgebohrnen und niedrigdenkenden Söhnen bitter zu rächen? „Ey, meinetwegen!" fuhr er fort, sprang zornig auf und rannte wild im Zimmer auf und ab; „meinetwegen! thut was ihr wollt! jagt mich von Haus und Hof — da drinnen, er schlug mit geballter Faust vor die Brust — bleibts dennoch ruhiger, als in dem Sündenpfuhl eurer armen Seelen! —" Jacobs Heftigkeit ließ Gertruden und mich alles befürchten und es wollte uns durchaus nicht gelingen, ihn zu besänftigen. Endlich als er mich so ganz trostlos weinen sah und klagen hörte: daß ich die Ursache des Jammers wäre! faßte er etwas ruhiger meine Hand und sagte: „du hast ja all' dies nicht herbeigeführt armes Kind! und bist unter uns am übelsten daran; kannst auch nicht bei uns bleiben. Aber wohin? —" „Zu meiner Schwester!" fiel Gertrud entschloßen ein. „Heute ists schon zu spät, aber morgen Jacob, morgen mache dich mit Antonien auf den Weg nach Waldsee. Du wirst gut aufgenommen werden, versicherte sie mir. Es sind wackere Leute; auch sind sie vermögend. Mein Schwager ist ein geschickter Schuhmacher und verdient sich des Jahrs über ein hübsches Sümmchen." „Gut, das ist ein gescheuter Einfall," sagte der Mann und ich dankte den beiden Gatten herzlich für ihre elterliche Sorgfalt.

Allein in derselben Nacht weckte mich Gertrud mit dem Verlangen: daß ich Feuer machen und Thee bereiten sollte; der gestrige Verdruß habe dem Vater eine Unpäßlichkeit zugezogen. Ich fand ihn wirklich bedeutend krank. Der Knecht wurde in die Stadt nach dem Arzt geschickt und mehrere Tage verstrichen unter bangen Besorgnißen. An meine Abreise in Jacobs Begleitung war nun sobald nicht zu denken, denn er war von der Krankheit sehr mitgenommen und ohne jene war diese nicht zu wagen: also sah ich sie mit geheimer Angst im Herzen auf lange verschoben. Gertrud vermehrte dieselbe, wenn sie öfters bei ihrer Rückkehr von der Stadt erzählte, wie die jungen Herrens schon am frühen Morgen herumschwärmten und einer von ihnen ganz besonders sie im Aug zu haben schien; ja sie einmal immer von fern, bis in einige Straßen der Stadt begleitet habe. Bald darauf kam sie mit der Nachricht zurück: das vielleicht jezt der Himmel für mich gesorgt habe. Denn in einem vornehmen Haus, wohin sie täglich Milch trug, sey unter den Dienstboten die Rede von einer Kammerjungfer gewesen, welche die Herrschaft suche. Die Köchin, die uns (wie ich mich wohl erinnerte) an der Kirmes besucht, und mich damals gesehen hatte erinnerte sich nun meiner. Gertrud versprach, mich davon zu benachrichtigen und am folgenden Tag wurde sie von der gnädigen Frau selbst beauftragt, mich zu ihr zu schicken. In meiner Lage mußte mir jeder Ort der Entfernung, wenn sie nur halb zu genehmigen war, erwünscht seyn und ich machte mich also sogleich auf den Weg nach der Stadt. Ich fand in der Frau von Steinfels eine liebe freundliche Dame, und unsere Unterhandlungen waren schnell und zu meiner Zufriedenheit beendigt. Mit herzlicher Trauer nahm ich von meinen redlichen Landleuten und ihren guten Kindern Abschied. Auch sie waren alle tief betrübt doch tröstete sie der Gedanke, mich jezt in Sicherheit zu wissen. Meine Fertigkeiten in häuslichen und weiblichen Arbeiten, welche ich ganz allein den theuern Vorsteherinnen des Instituts zu N* verdanke, erwarben mir bald die Gunst meiner neuen Herrschaft, und ich hatte nicht Ursache über Etwas Klage zu führen: desto schmerzlicher war es mir, als ich nach ein paar Monaten abermals eine Störung meines Glückes gewahr werden mußte. Eben war ich im Begriff meine gnädige Frau ins Theater anzukleiden, als sich die Thür öffnete und ein junger Mann mit den Worten: „guten Abend liebe Mutter!“ eintrat. „Ey guten Abend Richard! erwiederte diese, hast du endlich auch wieder einmal an das nach Hause kommen gedacht! was machen die neuen Bewohner der alten Ritterburg?“ nun erst betrachtete ich den Angekommenen und erkannte in ihm einen der Barons, welche meinen friedlichen ländlichen Aufenthalt so grausam getrübt hatten. Ich zitterte daß mir die Stecknadeln, mit denen ich den Anzug der Dame vollenden wollte, eine nach der andern entfielen. „Wie ist sie denn so ungeschickt?“ schmälte diese und ich nahm mich zusammen, so gut ich konnte.

Richard schien mich nicht zu bemerken und unterhielt sich ganz unbefangen mit der Mutter. Es vergiengen mehrere Tage und ich empfand nichts von seiner Anwesenheit im Haus, was meine Angst vermehrt hätte. Sie minderte sich nach und nach durch die Hoffnung, daß Richard wahrscheinlich nur die Vettern immer begleitet, doch ihre Plane und Absichten nicht getheilt habe. Allein bald wurde ich leider vom Gegentheil überzeugt. An einem Abend, wo ich alleine im Haus zu seyn glaubte, da meine Herrschaft mit dem Sohn sich in einer Gesellschaft befand, stand auf einmal Lezterer vor mir, klagte, daß er nicht wohl sey und ersuchte mich, ihm Thee zu machen. Ich mußte sein Verlangen erfüllen und als ich ihm denselben brachte, sagte er: „ob ich schon wisse, das der wackere Jakob in einem kostspieligen Prozeß mit der Schloßherrschaft über ein Stückchen Land, das an deren Besitzungen angränzt, verwickelt worden wäre, der ihn leicht um sein Vermögen würde bringen können?" Ich erschrack heftig, und Zorn und Verlegenheit, verbreiteten eine heiße Gluth in meinem Gesicht. Richard ergriff meine Hand und sagte theilnehmend: „Gewiß, ich kann das Verfahren meiner Oheims und meiner Vettern durchaus nicht billigen; ich war lange Zeuge davon und erfuhr jeden ihrer Plane; daher hielt ich es auch für rathsam, Ihnen liebes Kind, in dem Hause meiner Mutter einen sichern Zufluchtsort zu verschaffen. Mir haben Sie es zu verdanken, wenn es Ihnen bei uns wohlgefällt." Ich wußte nicht, sollte ich mich über diese Mittheilungen freuen oder ängstigen. Daß Richard ohne alle Neben-Absicht so gehandelt habe — dieses Edelmuths schien er mir nicht fähig. Ich suchte auszuweichen, erwiederte einige höfliche Worte und schloß mich dann in mein Kämmerchen ein, wo ich Gott an flehte, mich aus dem gefährlichen Standpunct, worauf ich mich meiner Meinung nach befand, zu schützen.

Richard ließ wieder einige Wochen verstreichen, ohne einen Versuch zu machen, sich mir zu nähern: allein diese von ihm ergriffene Maaßregel, konnte dennoch meine Wachsamkeit nicht einschläfern und bald bemerkte ich, wie nach und nach seine erkünstelte Kälte sich in zunehmende Freundlichkeit verwandelte, hielt mich desto entfernter von ihm und da ich ihm jede Möglichkeit mit mir alleine zu sprechen benahm: so suchte er den schriftlichen Weg der Erklärung; jedoch seinen Brief, den er mir in Gegenwart der Eltern, als ein Schreiben, das ich auf die Post bestellen sollte zu geben wußte, legte ich in seiner Abwesenheit uneröffnet auf sein Zimmer und ein Zettelchen dabei, worauf ich ihm bedeutete: daß ich ein zweites Schreiben unverzüglich seinen würdigen Eltern übergeben würde. Wirklich verdienten diesen Beinahmen der Baron Steinfels und seine Gattin und es schmerzte mich tief, wenn ich bemerkte, mit welcher innigen Zärtlichkeit sie den Sohn liebten, behandelten, und für ihn Sorge trugen der durch seinen Leichtsinn dieser Gesinnung sich unwerth machte. Ein gutes Herz blickte indeßen aus allen seinen Handlungen hervor, auch scheute er sich, die Eltern zu beleidigen und bemühte sich daher in ihren Augen viel solider zu erscheinen, als er war. In dieser Bemerkung lag viel Beruhigendes für mich und ich kannte keine größere Sorge, als mir die Gunst meiner gütigen Herrschaft zu erhalten, durch welche mich die Baronin dann immer gerne und viel um sich sah. Richard war nach jener Begebenheit mit dem Brief sehr ungehalten auf mich: allein je weniger ich mich um ihn bekümmerte, desto mehr schien eine unglückliche Leidenschaft für mich ihn aufzuregen. Er bewieß mir, nachdem sich sein Zorn gelegt hatte, wieder mit der zartesten Aufmerksamkeit allerlei Artigkeiten und bei einer großen Gesellschaft, welche seine Eltern gaben, gieng er zu mir an den Theetisch, wo ich beschäftigt war und sagte zu mir: „Antonie; Jacob und seine Familie ist sehr unglücklich geworden, wollen sie mehr von ihnen hören, so gestatten Sie mir eine kurze Unterredung." Ich war einen Augenblick unentschloßen. Dankbarkeit und Sorge um meine Ehre stritten miteinander. Doch bald trug die Lezte den Sieg davon. Ich erwiederte: „In Gegenwart eines Dritten, soll jene Unterredung nicht statt finden, das begreife ich wohl und ohne Zeugen ziemt sie sich zwischen uns nicht. Gott helfe den armen Leuten! ich — **kann** es nicht! —" Ein kleines Packetchen glitt aus Richards Hand auf den Theetisch und er entfernte sich schnell. Es war überschrieben: „der edlen Antonie zu wohlthätigen Zwecken." Wieder ein neuer Kampf! Mit diesem Gold es waren 2 Ducaten — konnte ich meiner Sehnsucht: mich gegen Jacob und seine Familie dankbar zu beweisen, ein Genüge leisten und doch schien es mir gefährlich, mich Richard zu verpflichten. Nach reiflicher Ueberlegung entschied ich — und er fand auch dies Geld am Abend wieder auf seinem Schreibtisch. Nun aber, war er fürchterlich gereizt und kaum fähig, sich in Gegenwart seiner Eltern, wo er mich nur sahe zurückzuhalten. Aengstlich schlug mir das Herz wenn ich seine wild rollenden Augen, seine finstere Stirne, seinen verbißenen Grimm bemerkte. Aber konnte ich anders handeln? — ich vertraute also fest auf den Schutz Gottes und hatte auch den Muth stille zu stehen, als er mir auf einem Gang vor die Stadt, wozu mich die Baronin in seiner Gegenwart beauftragt hatte, nacheilte. „Antonie!" rief er stark und heftig. Ich wandte mich um und sagte: „Herr Baron! es ist sehr unedel ein Mädchen zu verfolgen, das keinen andern Reichthum hat, als seine Ehre." Er fieng nun an, mir Vorwürfe über mein Betragen zu machen, seine leidenschaftlichen Empfindungen für mich zu schildern und mir zu versichern: daß ich durch Wiederstand meine Lage verschlimmern würde. Zugleich wollte er die Grenzen der

Achtung und Bescheidenheit übertretten und seiner Leidenschaft den Zügel lassen. Wir waren indessen an einen Teich gekommen und entschloßen schwor ich bei allem was heilig ist: augenblicklich meinem Leben ein Ende zu machen, wenn er nicht wieder die gehörige Herrschaft über sich gewinnen und mich ruhig anhören wolle. Bei dieser Versicherung trat ich an das äusserste Ende des Ufers. Er zog mich ängstlich zurück und versprach mir schuldige Mäßigung.

Ich bot nun meine ganze Beredsamkeit auf, ihm das Verwerfliche seines Benehmens mit den grellsten Farben darzustellen; ich ließ die verlezten Pflichten gegen Gott und die Tugend, gegen seine Eltern und gegen ein armes verlaßenes Geschöpf in Begleitung aller Qualen der zu späten Reue gegen ihn auftretten und entwarf ihm das Bild eines Jünglings, der, Herr seiner selbst rein und schuldlos aus dem Kampf mit Verführung und Leidenschaft herrlich wie der Phönix aus der Asche hervorgeht. Ich gestehe es, ich war in Begeisterung, die sich zulezt in unbeschreibliche Rührung auflößte. Richard gieng lange still, und mit niedergeschlagenen Augen neben mir. Als ich aber immer lebhafter sprach, blieb er einigemal stehen und blickte mich staunend an; und als ich weich wurde und Thränen über meine Wangen träufelten: da nahm er sein Taschentuch, trocknete sie sanft und dann auch sich damit die feuchten Augen; umfaßte mich endlich und küßte mich ehrerbiethig auf die Stirne. —

„Antonie!" sprach er feierlich, als ich geendigt hatte: „du hast mein Herz zerrißen: denn ich liebe dich! warlich! ich muß dich lieben und — kann dich nicht besitzen, das sehe ich ein. Doch du hast mich für die Tugend auf ewig gewonnen. Wehe den Verführern auf jener Burg! deren Beispiel mich verleiten konnte, ein solches Wesen zu ängstigen! Vergieb mir! und nimm den Lohn mit dir: in dem

Bewußtseyn: eine Seele gerettet zu haben! —" Er drückte meine Hand an sein Herz, hob das Auge gen Himmel und ein paar große Thränen perlten ihm über das Gesicht. Auch ich mußte weinen, doch durchdrang mich ein unaussprechlich beseeligendes Gefühl. Gerührt dankte ich Richard für seine tröstlichen Versicherungen und bat ihn nun, um nähere Nachrichten von Jacobs Schicksal, das mich tief bekümmerte. Ich erfuhr, daß dieser in jenem Prozeß, durch einen ränkevollen Advocaten, der sich von der Gegenparthey bestechen ließ, den größten Theil seines Vermögens verlohren hatte und genöthigt wurde sein Gütchen zu verpfänden, daß dieß endlich ganz seinen Schuldnern anheim gefallen sey, er das Dorf verlassen habe, wo er einst glücklich war und an einem andern Ort sich mit seiner Familie durch Taglohn den ärmlichen Unterhalt verdiene. Innig beklagte und beweinte ich das Schicksal dieser Redlichen. Richard versprach mir, die Armen nach Kräften zu unterstützen, da er beschämt sich gestehen mußte: daß auch er einen kleinen Antheil an dem Unglück derselben habe.

Nach diesem Ereignis betrug sich Richard mit Resignation und Würde, aber auch unverkennbar war die Anstrengung, mit welcher er seine Neigung zu bekämpfen suchte. Dieß schmerzte mich und ich faßte den Entschluß, durch meine freiwillige Entfernung es ihm zu erleichtern. Doch wohin? das war die große Frage. Einen andern Dienst zu suchen, dünkte mir eine unverdiente Kränkung für meine jezige Herrschaft zu seyn, da sie mir durchaus keine Veranlassung zu einer Veränderung meiner Lage gab, und ausserdem war ich ohne alle Freunde und Bekannte. Zu einer Reise ins Vaterland aber, war meine Baarschaft, welche sich wohl im Hause des Barons ziemlich vermehrt hatte, noch zu gering, denn ich wußte aus Erfahrung, wie viel bei der sparsamsten Einrichtung doch unterwegs aufgezehrt werden konnte.

Mir fiel wohl die in Waldsee verheirathete Schwester der wackern Gertrud bei, welche mich damals, nach dem Plan der Leztern hatte aufnehmen sollen: allein wie konnte ich mich den Verwandten der Familie nähern, welche durch mich unglücklich geworden war! In der Zeit, als ich so mit mir zu Rathe gieng, erschien auf einmal Gertrud und äusserte: daß sie und Jacob nicht länger hätten den Wunsch unterdrücken können, wieder einmal etwas näheres von mir zu hören und mir für die reichlichen Geschenke, die sie zuweilen erhielten, zu danken. Erstaunt und gerührt erkannte ich den edlen Geber und nannte ihn auch Gertruden; eröffnete ihr aber zugleich mein Verlangen, irgend eine andere Unterkunft zu finden, da mich gewiße Verhältnisse dazu nöthigten. Gertrud verwies mich abermals an ihre Schwester und da ich ihr meine Bedenklichkeit entgegensezte, versicherte sie mich herzlich: daß Niemand den geringsten Groll gegen mich empfinde, daß sie bei ihrer Armuth zufrieden und also auch ihre Verwandten darüber ganz ruhig seyen. Sie versprach mir, bei ihrer Schwester Anfrage zu halten und mich von dem Erfolg zu benachrichtigen. Statt der Antwort kündigte sich nach Verlauf von einigen Wochen ein junger Mann, als den Sohn jener Leute bei mir an, mit der Zusage seiner Eltern auf meine Bitte, und mit dem Vorschlag mich sogleich dahin zu begleiten. Ich ersuchte ihn ein paar Tage im Gasthof zu verweilen, schrieb einen Brief an Richard, worin ich ihm meinen Vorsaz, und die Gründe, welche ihm das Entstehen gaben, mittheilte; und bat die Eltern um meine Entlassung, mit dem Vorgeben: jene Leute wären nahe Verwandte von mir und wünschten mich unverzüglich bei sich zu haben. Ungern wurde mein Verlangen bewilligt; auch verweilte ich noch so lange im Haus, bis sich eine Stellvertretterin fand, die ich einzuweisen mich verpflichtet hielt. Dann schied ich mit Rührung von den Edlen, die mich so liebreich so menschenfreundlich behandelt hatten. Richard sah ich nicht mehr; er hatte sich auf einige Wochen vom Hause entfernt.

Mit Georg, so hieß jener junge Mann, trat ich nun meine Wanderschaft nach Waldsee in Schwaben an und wurde von seinen Eltern so ziemlich herzlich empfangen: doch gewahrte ich in den ersten Augenblicken einen überaus großen Unterschied zwischen den beiden Schwestern und fühlte mich in der neuen, ganz eigenen Sphäre in der ich mich befand, lange, ja beinahe gar nicht, heimisch. Bei treuherzigen Landleuten, bei der gebildeten Menschen-Classe und vor diesen allen, in dem Kreiß liebender und geliebter Freunde, öffnete sich mein Herz und Sinn allen den eigenthümlichen Vorzügen jener Umgebungen; sie zogen mich an; sie harmonirten mit meinem ganzen Wesen; sie befriedigten mich. Nicht so der wohlhabende bürgerliche Mittelstand, dessen tadelnswürdige Seite in dem Haus zu finden war, in welches ich jezt als Genoßin trat. Ich wurde wohl anfangs freundlich behandelt und ein, doch weit geringerer Grad Gutmüthigkeit machte Frau Brigitta ihrer Schwester etwas ähnlich. Uebrigens stieß ich immer auf Spuren von Beschränktheit des Geistes, auf kleinliche Ansichten und Neigungen und überall war die Uebermacht eingebildeter Vorzüge sichtbar. Unter solchen Verhältnißen war mir meine Existenz drückend und ich sehnte mich von ganzer Seele hinweg: jedoch, bis sich eine andere Gelegenheit darbot, beeiferte ich mich doppelt durch alle möglichen Dienstleistungen, die Bereitwilligkeit, mit welcher ich aufgenommen wurde, zu vergüten: denn ich begrif sehr gut, daß ich hier bald lästig werden könnte.

Von den ebengenannten Fehlern schien indeßen Georg ganz frei zu seyn. Er hatte für seinen Stand so viele richtige Bildung, so tiefes Gefühl und überhaupt einen so rechtlichen Charackter: daß ich ihm die verdiente Werthschätzung im Stillen nicht versagen konnte. Auch er betrug sich achtungsvoll gegen mich und suchte mir durch allerlei kleine Gefälligkeiten den Auffenthalt in seinem Hause recht angenehm zu machen. Ich konnte es deutlich merken, daß er es schmerzlich fühlte, wenn irgend eine unzarte Erwähnung meiner gemachten Erfahrungen von Seite seiner Eltern mir wehe that und überhaupt rügte er, zwar bescheiden, doch ernst, jedes Benehmen der Seinigen, das Eigensinn, Hochmuth und Rohheit verrieth.

In eine peinliche Verlegenheit gerieth er an einem der ersten Sonntage, den ich bei ihnen verlebte:

Brigitta erzählte bei Tisch, daß Georg versprochen sey; ich äusserte meine Theilnahme, er aber wurde blutroth im Gesicht und machte Miene sich zu entfernen. „Du bleibst!" sagte der Vater heftig. „Was soll das heißen? schämst du dich deiner Braut?" „Das hat er nicht Ursache," fiel Brigitta ein. „Rosinchen ist ein braves, sparsames, fleißiges, Mädchen, ist recht hübsch und hat überdies viel blanke Thaler."

Georg rückte auf seinem Stuhl hin und her und wischte sich den Schweis vom Gesicht. „Du bist ein recht läppischer Junge!" sagte der Alte zürnend, „meinte man denn nicht, es wäre ein Verbrechen, daß du dein Liebes hast!" „Sie wird sie heute kennen lernen Jungfer, sagte die Mutter zu mir und gewiß **unsere** Wahl billigen." „Armer Schelm! dachte ich im Stillen, Du hast also nicht gewählt; —"

Nachmittag wurde der Kaffeetisch zierlich gedeckt; die Kannen, die Tassen von blauem Porzelan herbeigeholt; der bestellte, ungeheuer große Kuchen kam vom Nachbar Beckermeister und wurde auf den Tisch gestellt und die Anzahl der Stühle, welche man einstweilen herumsezte, so wie die der Kaffeetassen, ließen auf eine starke Gesellschaft, welche kommen würde schließen. Bald erschienen auch einige Vettern und Baasen, nebst den Eltern Rosinchens und sie selbst. Georg hatte vorher seine Mutter in die anstoßende

Kammer geführt und ich hörte sie stark sprechen. Als sie wieder hereintraten vernahm ich von Brigitten noch die Worte: „Ich werde thun, was mir gut däucht;" wahrscheinlich war von meiner Herkunft die Rede und unter welchem Namen ich bei der Gesellschaft erscheinen sollte: denn da mich Brigitta derselben als eine arme weitläuftige Verwandte vorstellte, welche bei ihnen Aufnahme gesucht und gefunden habe — drehte sich Georg unwillig auf dem Absatz herum, biß sich in die Lippen und wurde feuerroth. Ich erbot mich: den Kaffe zu kochen und Georg schlich mir in die Küche nach, ergrif meine Hand und sagte leise mit niedergeschlagenen Augen: „Antonie, wollten Sie nicht den schönen Herbsttag benützen und die Umgebungen des Städtchens auf einem Spaziergang kennen lernen?" Ich verstund ihn, doch sagte ich: „warum? Ihre Eltern könnten es nicht gerne sehen." „Ach!" sezte er ängstlich hinzu: „Unser Besuch und das, was er mit sich bringt, paßt durchaus nicht für Sie." „Guter Georg!" erwiederte ich „seyn Sie unbesorgt; ich habe mich in manches finden gelernt." Wir hörten die Stubenthüre knarren und er entfernte sich schnell. Wohl fühlte ich bald, daß er recht voraus gesagt hatte. Lächerliche Höflichkeit, plumper Scherz stolze Anmaßung characterisirte den versammelten Zirkel und Rosinchen — ach wie beklagte ich den armen Georg! Rosinchen erschien mir als ein eitles, hochmüthiges, herrschsüchtiges Mädchen, ohne allen innern Gehalt. Sie erwiederte meine, ihr um Georgs willen bewiesene freundliche Annäherung, mit verächtlicher, hämischer Zurücksetzung und der Bräutigam wurde von der Verlobten und von den beiden Aelternpaar wahrhaft tyrannisirt. Sobald ich konnte, flüchtete ich mich in mein Kämmerchen. Es war im Erdgeschoß und sein Fenster gieng in den kleinen Hofraum des Hauses. Auf einmal wurde leise daran gepocht. Ich blickte auf, Georg stand vor mir und reichte mir mit nassen Blicken ein Glas Wein und ein Stück

187

Kuchen hinein. „Was soll das:" fragte ich. „Nehmen Sie doch!" bat er „und ein freundliches Wort von Ihnen soll mich stärken, mein trauriges Schicksal, das ich heute mehr als jemals fühle, gedultig zu ertragen." „Getrost Freund!" sagte ich ermuthigend zu ihm: „der Vater im Himmel verläßt seine Kinder nicht und sie sind fromm und gut!" Er drückte mir seufzend die Hand und gieng.

Die folgende Zeit war Georg unbeschreiblich traurig. Er sprach den ganzen Tag bei seiner Arbeit kein Wort und trocknete sich oft im Geheim die Augen. Die Eltern schmälten mit ihm und ich bemerkte, wie ihre Freundlichkeit gegen mich zusehends abnahm. Der Mutter Blick ruhte oft lange auf mir und dann auf ihrem Sohn finster und forschend. Ich hütete mich wohl, eine Veranlaßung zu irgend einem Argwohn zu geben, hielt mich beständig um Frau Brigitta herum und suchte ihr so gefällig als möglich zu seyn. Demohngeachtet, als ich an einem Morgen aus meinem Kämmerchen in die Stube gehen wollte, hörte ich einen gewaltigen Lärm darin: der Vater polterte: die Mutter schrie, Georg sprach heftig und laut. Ich hörte ihn sagen, als ich zitternd stehen blieb: „Ich kann Rosinen nicht heirathen, und ihr könnt mich durchaus nicht zwingen, eher gehe ich in die weite Welt." Die Mutter kreischte. „Seht den Trotzkopf! die fremde Jungfer hat dich berückt, darum ist jezt das brave Rosinchen in deinen Augen nichts mehr, aber warte — jene sollst du mir nicht kriegen oder ich lege mein Haupt nicht sanft; ich enterbe dich, ganz enterb' ich dich und sie muß mir heute noch aus dem Haus." „Das ist das beste Mittel" fiel der Alte ein. Georg erwiederte nun sanfter und bittend: „Laßt es doch dem armen Mädchen nicht entgelten! sie ist ja ganz unschuldig und ich verlange sie auch nicht; aber was kann sie und ich dafür, daß Rosina durch Vergleiche mit ihr ganz verlohren hat, ich konnte sie gleich Anfangs nicht lieb gewinnen und nun ist sie mir vollends zuwieder. Kurz ich heirathe diese und jene nicht und damit hat es ein Ende." Ich hörte ihn der Thüre sich nähern und eilte in meine Kammer zurück. Bald darauf kam die Mutter und kündigte mir mit trockenen Worten an: daß ich eine andere Unterkunft suchen möchte, da sie mich nicht länger behalten könnte. Damit gieng sie fort und schlug die Thüre hinter sich zu, daß alles zitterte. „Großer Gott!" sagte ich zu mir selbst. Bin ich denn nicht ein wahrer Unglücksvogel der wo er sich zeigt, das Glück anderer stört! Indeßen so wenig ich wußte, wohin ich mich jezt wenden und was aus mir werden sollte, war es mir dennoch unmöglich, einen Augenblick länger als es seyn mußte, in diesem Haus zu verweilen. Ich packte mein Wanderbündelchen, nahm kurz Abschied und gieng fort. Georg war ausgegangen. Als ich um die Straßen-Ecke herumbog, kam er mir entgegen. „Wie Antonie?" frug er erstaunt — „was soll das heißen?" — „Der Mutter Wille ist es, erwiederte ich, daß ich Ihr Haus verlaße." Georg glühte vor Zorn und wollte mich durchaus bewegen, wieder mit ihm zurückzugehen. Ich aber bat ihn, mich ruhig meinem Schicksal zu überlassen und lieber darauf zu denken, das Seinige durch ein kindliches Betragen gegen die Eltern zu verbeßern. „Antonie kann nicht wollen, daß ein freier Mensch sich selbst zum Galeerensclaven machen soll, versetzte er." „Das nicht, antwortete ich, aber sanfter Ernst richtet mehr aus, als heftige Wiederspenstigkeit und der Himmel belohnt den **guten** Sohn." Seine Augen füllten Thränen. Er sagte: „wahrhaftig die Trennung von Ihnen wird mir sehr schwer. Erleichtern sie mir dieselbe liebe Antonie und gewähren Sie mir in der Annahme eines kleinen Angedenkens meine **lezte** Bitte." Mit diesen Worten zog er einen Beutel aus der Tasche, drückte mir denselben in die Hand und eilte mit einem Lebewohl um die Ecke herum.

Der Winter nahte: doch durch jenes Geschenk und durch meine eigene kleine Cassa hoffte ich in irgend einem Landstädtchen oder auf einem Dorf mir die Erlaubniß, mich daselbst aufzuhalten erkaufen und mit Handarbeit meinen Unterhalt die rauhe Jahrszeit hindurch sichern zu können. Mich zog die Sehnsucht wieder rückwärts dem Lande zu, wo die Geliebten meines Herzens weilen; allein mehrere Versuche jener Art mislangen, unfreundlich wurde ich hie und da abgewiesen und meine Hoffnung schwand nach und nach gänzlich.

Der rauhe Nordwind wehte die lezten welken Blätter von den Bäumen, weiser Reif lag am Morgen auf den Fluren und befeuchtete meinen Fuß oder strömender Regen durchnäßte mich schauernd; und immer hatte ich noch keine bleibende Stätte. Lüstern blickte ich nach den rauchenden Schlöten eines freundlich vor mir liegenden Dorfs oder wandelte durch die Straßen einer Stadt, und sog die mannigfachen Gerüche bereiteter Speißen begierig ein, wenn ich an Garküchen und Gasthöfen vorbei schlich, ohne mich zu sättigen: denn ich wagte es nicht, meinen Hunger und Durst ganz zu befriedigen, um mein kleines Vermögen nicht zu sehr zu schmählern. Auch meine Kleidung war der Jahrszeit nicht angemessen: denn mit jedem Tag wurde es kälter und meine Noth größer.

Höchst niedergeschlagen und mich durch so viel erlittenes Ungemach recht unwohl fühlend, kam ich in diese Stadt. Der Jahrmarkt hatte in der Herberge, welche ich aufsuchte, herumziehende Krämer, Taschenspieler, Seiltänzer u. s. w. versammelt: schüchtern, bat ich die Wirthin um ein einsames Winkelchen zum Schlafen, da die Nacht hereinbrach. Sie schlug es mir ab und ich war genöthiget, meinen Platz auf einer Ofenbank zu nehmen. Hier verzehrte ich, still weinend ein Näpfchen schwarze Brod-Suppe und wollte mit aller Gewalt den Schlaf, deßen Anwandlung ich fühlte, widerstehen. Es schien mir gerathener: unter diesen Leuten zu wachen, als zu schlafen. Allein die Natur errang die Oberherrschaft über die Klugheit, ich entschlief. Als ich wieder erwachte — Gott wer schildert meinen Schrecken! — war das Zimmer leer und mein ganzes Bündelchen mit Geld und Wäsche — war weg.

„So **muß** ich denn den Bettelstab ergreifen!" rief ich laut jammernd und lief händeringend umher. Die Wirthsleute — harte Menschen, wollten weder von einer polizeilichen Anzeige, noch weniger von einer Vergütung etwas hören und verweigerten mir sogar ein kleines Frühstück, da ich es nicht bezahlen konnte. Verzweiflungsvoll rannte ich zum Haus hinaus und durch die Strassen der Stadt. Ich kam an einer Kirche vorüber, welche offen stand. Mit aller Gewalt zog es mich hinein. Ich sank weinend an dem Altar nieder und himmlischer Trost träufelte in mein leidendes Herz. Eine fromme Beterin kniete neben mir; als sie sich entfernt hatte, fand ich auf ihrem Platz ein feines Bildchen, das wahrscheinlich ihrem Gebetbuch entfallen war. Es stellte ein in Gefahr schwebendes Schiff auf brausenden Wellen vor. In der Entfernung war die glänzende Halbkugel der Sonne, mit ihren Strahlen dem Meer entsteigend, sichtbar. Unten las man die Worte: „nach der langen stürmischen Nacht scheint wieder freundlich die Sonne;" und den Biblischen Spruch: „des Herrn Hülfe ist nahe denen, die ihn fürchten." Psalm 84. v. 10.

Wie wichtig war mir in dem Augenblick dieser Fund! wie stärkte er mein Vertrauen auf Gott! wie hob er meinen sinkenden Muth! ich verließ voll Hoffnung die Kirche. — Der Mittag nahte, der Hunger quälte mich fürchterlich: da entschloß ich mich, wie wohl mit schweren Herzen das Erwerbsmittel zu ergreifen, wovon Theodor (Gott, mit welchen schmerzlichen Empfindungen schrieb ich diesen Namen nieder!) mich einst befreit hatte. Ich suchte einen der größten Gasthöfe auf, und nahte mich schüchtern dem Speisesaale. Ich traf eine stark besezte Tafel und begann einen Gesang; doch indem ich das niedergeschlagene Auge einmal in die Höhe hob: erblickte ich unter den Gästen, ganz am End des Tisches Richard von Steinfels. Hunger und Frost, Kummer und Sorge hatten meinen Körper mehrere Wochen sehr mitgenommen: nun kam noch diese Ueberraschung hinzu und warf mich ganz darnieder. — Ich wurde in die Krankenanstalt gebracht und was nun weiter mit mir vorgieng, welche Hülfe und Rettung mir durch die Grosmuth Eugeniens wiederfuhr, ist der edlen Seele bekannt und bleibt mit unauslöschlichen Zügen in mein Inneres gegraben.

———————

Eugenia hatte nicht ununterbrochen fortlesen können. Theils versagte ihr zuweilen selbst die durch Rührung gehemmte Stimme den Dienst, theils konnten Therese und Albina die Aeußerungen inniger Theilname und schmerzlichen Mitgefühls nicht zurückhalten. Eugenia fügte noch der schriftlichen Mittheilung die fehlende Ergänzung bei, in dem sie erzählte: daß ihr Gatte die Bekanntschaft jenes Barons in den erwähnten Gasthof gesucht und angeknüpft und in ihm einen achtungswürdigen jungen Mann gefunden habe. Er verheelte aber in einer der vertraulichen Unterhaltungen dem Professor nicht: daß er erst durch Antoniens Beispiel rein moralich denken, fühlen und handeln gelernt habe. Er gestand offenherzig ein paar Universitäts-Jahre durchaus verschleudert und ohne irgend einen Nutzen für seine Geistes- und Herzens-Bildung durchlebt zu haben, versicherte aber, fest entschloßen zu seyn: das Versäumte einzuholen; deswegen sey er in diese Stadt gekommen und wollte hier noch ein Jahr den Vorlesungen einiger berühmter accademischer Lehrer beiwohnen. Antoniens Schicksal, das er durch den Professor erfuhr, erschütterte ihn heftig und die früher bekämpfte Neigung drohte wieder mit Gewalt hervor zu brechen. Eugenia hatte ihren Gatten schon früher von Antoniens Verhältnis zu Theodor erzählt und ihn auch späterhin ihren Plan mitgetheilt die Getrennten wieder zu vereinigen. Dies benützte der kluge Mann bei dem Baron auf zweckmäsige Weise und verhinderte dadurch eine abermalige, für ihn gefährliche Annäherung an Antonien. Unendlich glücklich machte diese der ihr eröffnete Entschluß Eugeniens: sie ihren lang und schmerzlich entbehrten Freunden wieder zuzuführen. Zu verdoppeltem Dank fühlte sie sich verpflichtet, als sie von Richards längerer Anwesenheit auf der Universität hörte und sie trug mit der größten Sorge selbst alles zu ihrer gänzlichen Wiederherstellung bei, um recht bald abreisen zu können, „Ach! wie muß jezt dem armen, vom Schicksal so verfolgtem Geschöpf zu Muthe seyn, da sie sich jezt in dem Haven der Ruhe befindet!" rief Therese; „Wenn sie nur einer dauerhaften Gesundheit genöße!" sezte Eugenia hinzu. „Von Natur fein und zart, haben die vielen erduldeten Leiden ihren Körper furchtbar geschwächt." „Freundschaft und Liebe werden alles aufbiethen ihn zu stärken, ihr Leben zu verlängern!" — sagte Albina.

Es dämmerte schon der Morgen, als sich die Freundinnen auch noch ein wenig zur Ruhe niederlegten.

Am folgenden Tag war Antoniens erste Frage: nach Theodor und man erzählte ihr vorsichtig seinen gehabten Unfall. „O laßt mich, laßt mich zur Stadt gehen, ich fühle mich gesund und kräftig, es ist mir unmöglich ihn länger zu missen!" so bat Antonia und Albina, Eugenia und Therese begleiteten sie dahin.

Theodor hatte sich nicht nur am Arm beschädigt, es hatte auch der Fuß etwas gelitten und er konnte sich nicht gut von der Stelle bewegen. Langenheim und Volkmars hatten es daher für beßer gehalten, ihn Antoniens Anwesenheit zu verschweigen, um nicht seine Ungedult noch heftiger und schmerzlicher zu machen. Wie war ihm, als sie nun in sein Zimmer trat! — Ein Schrei des Entzückens und — sie lag an seinem Herzen! Fest, fest umschlang er sie mit dem gesunden Arm und wollte sie nicht loslassen: doch ihr bleichgewordenes Antlitz ließ die Freundinnen eine zurückkehrende Schwäche befürchten, und die Bitten derselben brachten Theodor zur Besinnung, welche ihm beinahe die Freude geraubt hatte. Durch zweckmäßige Mittel fühlte sich Antonie bald wieder ganz gestärkt und sie wich nun nicht mehr von Theodors Seite. Auf das zärtlichste sorgte sie für ihn, suchte seine Schmerzen und das Unangenehme seiner Lage ihm so viel als möglichen zu versüßen und segnete oft laut den wackern Unbekannten, welcher nach Langenheims Erzählung ein noch größeres Unglück verhütet hatte. Am Mittag trat dieser mit einem jungen Mann in das Zimmer und sagte: „da hat mir ein glücklicher Zufall deinen Retter in den Weg geführt, lieber Theodor! Eben wollte er mit seinem Wanderbündel wieder zum Thor hinaus; ich erkannte ihn und bat: er möchte mit mir kommen, du sehntest dich, ihn kennen zu lernen und ihm zu danken. Es hat mir aber viel gekostet, bis ich ihn dazu bewegen konnte."

Antonie, welche Theodor liebkosend, an seinem Armseßel stand, hatte sich bei ihrem Eintritt weg, und an ein Fenster begeben: denn sie erkannte in dem jungen Reisenden, Georg Werner. Theodor nöthigte ihn freundlich sich niederzusetzen und rief: „Antonie! willst du wohl diesem lieben Freund hier Brod und Wein bringen!" Georg blickte bei diesem Namen um sich, erkannte Antonien und stammelte verlegen und ganz roth im Gesicht die wiederholte Versicherung: daß er sich unmöglich lang aufhalten könnte. „Das soll auch nicht geschehen," versicherte Theodor, „sie wird gleich wieder da seyn." Sie kam wirklich und reichte ihm mit freundlicher Unbefangenheit ein Glas Wein und ein Stück Kuchen, wandte sich dann gegen Theodor und sagte: „Wunderbar sind die Wege des Schicksals! dieser junge Mann und ich sind alte Bekannte. In seiner Eltern Haus wurde ich aufgenommen, als ich einst keinen Zufluchtsort hatte. Georg verstand es, mir mit zarter Aufmerksamkeit das Drückende meiner damaligen Lage weniger fühlbar zu machen und nun muß er mir sogar mein Theuerstes auf der Welt, dich meinen Theodor, vor einem großen Unglück schützen! Innigen Dank dafür lieber Freund! Ach, noch ist mir der Augenblick gegenwärtig, wo Sie mir mit freundlicher Sorge in mein einsames Kämmerchen ein Glas Wein und ein Stück Kuchen brachten! Wäre es mir doch vergönnt, so, wie ich Ihnen hier eine ähnliche Erfrischung reichen konnte, ihnen auch den lezten wichtigen Dienst vergelten zu können!

Doch wie ist es Ihnen bisher gegangen? gewiß, ich nehme den herzlichsten Antheil! und mein Theodor," fuhr sie fort, indem sie ihren Arm um ihn schlang, „wird aufrichtig mit ihnen fühlen, wenn ich ihm später von Ihrem Schicksal erzählen werde." Georg hatte sich gesammelt. Er konnte dem offenen und herzlichen Benehmen Antoniens unmöglich Verschloßenheit entgegen setzen und mußte sich, wenn auch mit einiger Verlezung seines Gefühls, ihres Glücks und des Zufalls freuen, welcher ihn in den Stand gesetzt hatte, eine große Störung desselben abzuwenden. Er wurde zutraulich und erzählte: daß er nach Antoniens Entfernung noch viele harte Kämpfe mit seinen Eltern zu bestehen hatte; jedoch Rosinchen führte endlich selbst die Trennung herbei, indem sie sich mit einem Unterofficier, eines im Städtchen einquatierten Truppen *Detachement*, in ein

195

Liebesverständniß eingelassen hatte. Nun mußten ihn seine Eltern selbst frei sprechen und um die Leiden der Vergangenheit ein wenig zu vergeßen, auch um anderer Vortheile willen, habe er sich vor wenig Wochen auf die Wanderschaft begeben, wo ihn sein Weg zur glücklichen Stunde in diese Stadt geführt hatte. Von dem Dank und den herzlichsten Wünschen der Liebenden begleitet, sezte er bald darauf seine Reise weiter fort.

———————————

Eugenia hatte nun ihr schönes Werk vollendet und glaubte der glücklichen Antonie entbehrlich zu seyn. Sie verbarg auch nicht, daß sie sich herzlich nach ihrem Gatten sehne, in deßen zärtlichen Briefen sie ihre Belohnung für die Opfer fand, welche sie, als liebende Gattin der Freundschaft gebracht hatte. Albina riefen nothwendige Geschäfte auf das Landhaus zurück und Eugenia entschloß sich, sie dahin zu begleiten, um daselbst Abschied zu nehmen und ihre dort befindlichen Effecten einzupacken.

Der Weg dahin wurde den Freundinnen durch trauliche Gespräche verkürzt. In gebildeten und tieffühlenden Gemüthern giebt es der Berührungspuncte so viele, welche dann ein weites Feld gegenseitiger Mittheilungen eröffnen.

Auch Albina und Eugenia fanden in ihren Ansichten und Urtheilen über die Erscheinungen im Leben, reichen Stof zu gehaltvoller Unterhaltung; und so waren sie denn auch auf das interessante Thema: über den großen Einfluß, welchen der Umgang mit geliebten Personen auf den Charakter des Menschen behauptet, gekommen. Eugenia schien ergriffen und gieng eine Zeitlang schweigend neben Albinen. Endlich sagte sie: „Zu der Behauptung dieses Satzes, gebe ich selbst den unwiedersprechensten Beleg. Ja theure schwesterliche Freundin! ich kann unmöglich dem Drang widerstehen: dir einen Beweiß meines unbegränzten Vertrauens zu geben und zugleich mir den Genuß einer Mittheilung zu verschaffen, den ich mir noch bei keiner Seele gestattet habe. In deine verschwiegene Brust weiß ich, darf ich Alles niederlegen, was ausserdem mit mir begraben werden würde. Du, du bist das Wesen, dem sich alle Herzen öffnen, das mit einer sanften Gewalt, alle an sich zieht und — ohne es zu wollen, sich dieselben zu eigen machen weiß. Ich würde unzufrieden abreisen, hätte ich dich nicht ganz in das verborgene Gebieth meines Innern blicken lassen: denn ich kenne nichts heiligeres und süßeres in der Freundschaft, als die gegenseitige Enthüllung der Herzen. Nur dann, wenn du alles von mir weißt, nur dann sind wir ganz vereinigt und bleiben es in jeder Entfernung für dieseits und jenseits." Albina umarmte tief bewegt die begeisterte Freundin und versicherte innig: sie würde ihr freudig dies volle Vertrauen erwiedern und ihr auch alles mittheilen, was ihr vielleicht noch in ihrem Schicksal unbekannt wäre: doch jezt möchte Eugenia ihre Begierde: etwas der Freundin Wichtiges zu erfahren, befriedigen.

Eugenia begann mit niedergeschlagenen Augen das Bekenntniß: daß sie in ihren Mädchen-Jahren, ja noch im Anfang ihrer Ehe so viele irrige Meinungen und Ansichten, so viele tadelnswürdige Neigungen und Eigenschaften besessen habe, daß sie jezt mit tiefer Beschämung sich derselben erinnere. „Und die gänzliche Umwandlung meiner selbst," sagte sie gerührt, „hat — die Liebe bewirkt! eine reine Liebe, deren Andenken eine stille Ruhe in meiner Seele verbreitet, mich zu jeder Tugend anfeuert und mir den Standpunct, auf welchem ich unter den Menschen stehe, erst recht theuer und wichtig macht.

Höre, wie es zugieng. Ein naher Verwandter meines Mannes, Ottmar von Wildenfels, der als Major im heiligen

Krieg seine Gesundheit und seinen geraden Körperbau eingebüßt hatte, kam unerwartet zu uns und bat mit sanfter Stimme um freundliche Aufnahme, da sein trauriges Schicksal ihm unter fremden Menschen noch schwerer zu ertragen fiele. Mein guter Mann gewährte ihm mit Freuden seine Bitte und er zog bei uns ein. Sein Anblick hatte einen ganz eigenen Eindruck auf mich gemacht. So viel männliche Liebenswürdigkeit und so viel Unglück hatte ich noch nicht vereinigt gesehen. Er war innerlich verletzt und sein lahmer rechter Arm verkümmerte ihn jede Erleichterung seines harten Geschicks. Wissenschaftlich gebildet, edlen Sinnes, zart und tieffühlend, ein geschickter Mahler und Dichter, hatte er manche Quelle des Trostes in sich, doch von seinen vielen Fertigkeiten und Kenntnißen konnte er, vermöge seiner Unbehülflichkeit keinen Gebrauch machen. „Dir lieber Vetter," sagte mein Gatte bei dem ersten Mittagessen, „muß eine sanfte weibliche Hand zu Hülfe kommen, uns Männern fehlt hiezu der richtige Tact und die geschickte Weise; auch kann ich meiner übrigen Verhältniße und Geschäfte wegen meinen Wunsch, dir gefällig zu werden, kein völliges Genüge leisten; Eugenia! dir übergebe ich also unsern leidenden Freund! trage alles dazu bei, ihm bei uns sein Unglück vergeßen zu machen." Ich wagte nicht aufzublicken und stammelte verlegen eine kurze Zusicherung meiner Bereitwilligkeit. Nun mußte ich sogleich mein Amt übernehmen und alles dem armen Invaliden vorschneiden und zureichen. Er ergrif mit der linken Hand die Meinige, führte sie dankbar und ehrerbiethig zu den Lippen und eine Thräne glänzte in seinem schönen dunklen Auge. Ich mußte mich entfernen, so sonderbar war mir zu Muth. Gefühle, mir ehedem ganz unbekannt, erwachten in meiner Brust mit aller Lebhaftigkeit und drohten, die sonst darinn herrschende kalte Ruhe ganz daraus zu verdrängen. Doch fand ich in der Einsamkeit wieder so viel Stärke, meine Bewegung zu verbergen und gefaßter kehrte ich in das Zimmer zurück. Mit der größten Sorge richtete ich darauf die für unsern Gast bestimmten Gemächer zurecht! und es schien, als wäre ich in der kurzen Zeit unsers Beisammenseyns, schon völlig in den Geist seines Wesens eingedrungen, als wären mir alle seine Neigungen und Wünsche bekannt. Ich decorirte die Wände seines Zimmers mit den vorzüglichsten Kupferstichen, die ich mit Bewilligung meines Mannes aus allen Theilen unsers Hauses zusammentrug; ich versah ein Bücherschränkchen mit den besten und unterhaltensten Schriften die wir besaßen; ich schmückte die Fenster mit Blumentöpfchen, die Tische mit Blumenvasen und Einfachheit suchte ich mit der höchsten Reinlichkeit und Ordnung zu verbinden. Dabei war meine Stimmung so ganz verschieden von der ehemaligen; ich gefiel mir so wohl in den Hausmütterlichen Beschäftigungen, die mir sonst eine Last waren, daß ich mir selbst räthselhaft erschien. Mein Gatte, welcher in meinen Anordnungen nur die Gewährung seiner Wünsche fand, dankte mir mit einer herzlichen Umarmung und führte, als ich alles vollendet hatte, Ottmar in sein kleines Besitzthum. Als mich dieser wieder sah, sagte er mit Innigkeit: „Wie kann ich der Schöpferin meines höchst angenehmen Daseyns in diesem theuern gastfreundlichen Hause genug danken! Ihr Gatte hat mich versichert: die liebliche Einrichtung meines Zimmers wäre ganz ihr Werk. Kennt denn Eugenia so genau meine Lieblings-Gegenstände, daß sie auch nichts vergaß, was mir Freude und Genuß gewähren kann?" — Ich erröthete und suchte nach Worten, welche ihm meinen Antheil an seiner traurigen Lage, ruhig doch herzlich versichern sollten. Er drückte mir die Hand und sagte: „ich bin nun völlig mit meinem Schicksal ausgesöhnt und erwarte in diesen lieben Umgebungen gefaßt den Freund, der mich aus der Erde Prüfungsschule in das Land der Vollendung führen wird." Ich blickte ihn ängstlich an. „Ja meine Freundin!" fuhr er fort. „Ich habe dem Vaterland die Aussicht auf ein langes Leben geopfert. Eine feindliche Kugel fuhr mir durch die Rippen, auf der Seite wieder heraus und verletzte mir die innern Theile so stark, daß ich täglich bedeutender die tödlichen Folgen davon empfinde." Ich fühlte Thränen über meine Wangen träufeln und die Bewegung, in der ich mich befand, benahm mir das Vermögen auch nur ein Wort hervorzubringen; aber er sah, was in mir vorgieng und sagte: „Dank, tausend Dank für Ihr Mitleid, das aus Ihrem Auge spricht! aber lassen Sie die Ueberzeugung: daß eine höhere Hand unser Geschick zu unserm wahren Besten leitet, den Sieg über jede zu weiche Regung in unserm Innern davon tragen. Auch ist es ja ein schöner Tod, der Tod fürs Vaterland! Ich bin stolz darauf und darf es seyn, denn dieser Arm hat, ehe er zerschmettert wurde, die Schmach der Unterdrückten grimmig gerächt." Er wurde bei dieser Aeußerung so heftig, daß mich die Angst entsezlich ergriff: es möchte ihm Schaden bringen. Herzlich froh war ich daher, als mein Gatte herein trat und Ottmar anbot: mit ihm in eine Abendgesellschaft zu gehen. Ich war nun allein und forderte mich selbst zu einer strengen Rechenschaft über den in so kurzer Zeit gewaltig veränderten Zustand meines Innern auf. Sie gab mir Aufschluß darüber, den ich nun auch dir theure Albina nicht vorenthalten will. **Ich hatte nemlich noch nie geliebt!** zur geistigen Eitelkeit geneigt fand ich genug Befriedigung im eigenen Wissenschaftlichen Forschen und in der Anerkennung meines Wissens von Andern. Diese Neigung verdrängte jedes andere zartere und tiefere Gefühl und gab meinem Geist eine ganz falsche Richtung. Ich hatte für nichts Sinn, als für das, was Bezug auf die Vollendung meiner Verstandesbildung hatte. Das Herz gieng völlig leer aus und wollte es hie und da unter Menschen sein Recht geltend machen; so überstimmte es augenblicklich der kalte hochmüthige Geist; der mich beherrschte. Mit dieser

Gesinnung lernte ich meinen Gatten kennen. Seine gründliche Gelehrsamkeit und sein Gefallen an meinem Wissen, hieß mich seinen Wunsch nach meinem Besitz Gehör geben, und aus diesem Gesichtspunkt betrachtete ich auch mein ehliches Verhältniß zu ihm. Ich sah in ihm den einsichtsvollen Lehrer, welcher in meinen Augen nun doppelte Verpflichtung hatte, mich bei meinem wissenschaftlichen Streben zu unterstützen; hingegen seine übrigen treflichen Eigenschaften glitten an meinem verblendeten Blick leicht und ohne Werth vorüber. Mein Hauswesen war und blieb klein, die wenigen, doch mir immer lästigen Geschäfte, welche ich nicht den Dienstboten übertragen konnte, waren schnell besorgt und ich hatte viel Zeit für meine Lieblings-Beschäftigung. Ich wurde nun Schriftstellerin; tummelte mich aber immer auf dem Felde, mystischer Gegenstände und wollte unserm Geschlecht durchaus gelehrte Speise auftischen, indem ich philosophische und wissenschaftliche Gegenstände in ein gefälliges Gewand kleidete. Der Beifall meines Gatten und der Recensenten, den sie meiner Schreibart schenkten, ließ mich den Tadel verschmerzen, den ich oft über den Gehalt der Werke selbst erfahren mußte. Da uns die Vorsicht die Eltern-Freuden versagte, so konnte mein Herz auch von der Seite der mütterlichen Gefühle auf keinen Zeitpunct hoffen, wo deßen tieferes Empfindungs-Vermögen sein Daseyn beurkunden würde: allein dieser Zeitpunct erschien dennoch, wenn auch etwas später und unter andern Umständen.

Die Liebe hatte sichs vorbehalten, ihre Allgewalt an mir zu beweisen. In der Person des Majors drang sie mächtig in mein Herz; ich konnte es mir nicht abläugnen und diese Entdeckung machte auf mein Pflichtgefühl einen betrübenden Eindruck. Es entstand ein heftiger Zwiespalt in meinem Innern; die Gattin und die Freundin eines Leidenden, standen gegeneinander auf und jede forderte ihre Rechte. Ich gelobte mir endlich: mit der größten Vorsicht meine übernommenen Verbindlichkeiten bei unserm Gaste zu erfüllen, doch streng das eigene Herz zu hüten, damit es nicht nachgiebig der erwachten Neigung zu viel Raum gestatte.

Die Abendstunden abgerechnet, wo sich Ferdinand Ottmarn wiedmen konnte, war dieser den ganzen Tag allein auf **meinen** Umgang beschränkt und angewiesen. Ausser unserm Hause wollte er keine Bekanntschaft anknüpfen und schien nichts zu wünschen, als immer in meiner Nähe seyn zu können. So redlich mein Wille und Vorsatz war wenn ich mich allein befand: die gehörige Herrschaft über mich und meine Gefühle zu behalten; so schwer wurde es mir, ihm treu zu bleiben, wenn der Major Hülfe bedürfend mit weicher bittender Stimme sich an mich wandte, wenn er neben mir saß und von seinen frühern Erfahrungen offen und herzlich zu mir sprach, oder wenn ein lang verhaltener körperlicher Schmerz ihm eine sanfte Klage entlockte; inniges Mitleid riß mich dann zu den theilnehmensten Aeußerungen, zu der aufmerksamsten Sorge für ihn hin: oder wenn ich ihm vorlas und seine gehaltreichen, richtigen Urtheile hörte, wenn er absichtslos scheinend, über meine sonstigen Ansichten und Grundsätze, gleich als über die, einer dritten Person sprach und durch seine ausgesprochenen Meinungen, die Meinigen sanft und schonend zu berichtigen strebte: dann regte sich das sehnsüchtige Verlangen in mir: ihm meine Achtung doch recht beweisen zu können; oder wenn er endlich gar mit dem ihm eigenthümlichen Feuer mir versicherte: was ihm meine Freundschaft, meine Pflege, meine Unterhaltung gewähre, wenn er mir für jede kleine Dienstleistung mit einem Blick, mit einem Händedruck dankte, in welchem stille verborgene Liebe brannte: dann begann der Kampf in mir aufs Neue und in solchen Fällen konnte ich nur durch die Flucht der Gefahr entgehen, mich nicht zu verrathen; ich entfernte mich dann unter irgend einem scheinbaren Vorwand und kehrte gefaßter zu ihm zurück. Doch der Zeitpunct nahte, wo jede meiner Vorsichts-Maßregeln durch die Macht des Augenblickes niedergeworfen wurde, wo sich mir — ach nur für einmal! ein großes edles Menschen-Herz ganz enthüllte und ich die heiligste Stunde meines Lebens feierte.

An einem Abend, an welchem mein Gatte durch eine Einladung zu einem Collegen abwesend seyn mußte: saß Ottmar auf unserm, nach Landessitte, gleich einem Zimmer garnirten Vorplatz, welchen noch einige, in voller Blüthe prangende Orangen-Bäume zierten, an meiner Seite. Wir hatten Thee zusammen getrunken, wobei ich ihm den gewöhnlichen Beistand leistete. Er schien mir kränker und in einer besonders weichen Stimmung, die auch mir sich mittheilte, so, daß ich mir immer Etwas zu schaffen machte, um meine Rührung zu verbergen. Unter andern brach ich von einem der Orangen-Bäume einen blühenden Zweig und legte ihn vor Ottmar hin. „Ein frischer Schmuck für Ihre Vase lieber Freund!" sagte ich, „doch entfernen Sie ja diese Blüthen bei Nacht aus Ihrem Zimmer, ihr Duft ist zu stark, er könnte Ihnen schaden." Er sah mich wehmüthig lächelnd an — „Schaden?" — wiederholte er; „bald kan mir nichts Irdisches mehr schädlich seyn. Theure Eugenia! wie diese Blüthen nur als Treibhaus Pflanze **hier** gedeihen können und in ihrem eigentlichen Vaterland kräftig und in Fülle empor streben: so wird meine Seele, deren Gefühle **hier** auf Erden nicht alle hervorbrechen konnten und durften, sich bald **jenseits** in ihrer Heimath entfalten. Dort," er drückte mir heftig die Hand, „ist das Feuer, das ich in mir trage, eine heilige Gluth, hier ist es eine versengende Flamme. Eugenia ich sterbe bald! — Ein starker Bluthusten, der mich kurz vorhin überfiel, giebt mir diese Ueberzeugung. Traure nicht geliebtes Wesen!" fuhr er fort, als ich das Tuch vor die weinenden Augen hielt. „Es ist gut daß ich sterbe — o der schrecklichen Möglichkeit: daß ich dein Leben vergiften könnte! und das Meinige wäre mir künftig eine Qual; so aber scheide ich schuldlos und ruhig: denn ich habe mit meiner Leidenschaft redlich gekämpft und wenn dies Herz stille steht, wird meine Freundin des armen Pilgers, der ihr auf dem Lebensweg begegnete, freundlich und vorwurfsfrei gedenken können. Nicht wahr?" — Ich reichte ihm still weinend die Hand. „Mach mich nicht zu weich liebe Eugenia!" fuhr er fort. „Ich habe dir noch viel zu sagen, ehe der Tod mir den Mund verschließt und — ich weis es — es sind mir nur noch wenige Stunden dazu vergönnt. Sie sind mir deswegen um so feierlicher und ich will sie benützen, um einen ewigen Bund von höchster Wichtigkeit zwischen uns zu schließen. Bist du es zufrieden? und darf ich ohne Rückhalt mein Herz dir eröffnen? —"

„Ottmars reiner Sinn bürgt mir für Alles!" erwiederte ich tief gerührt. „Dank für dies beseeligende Vertrauen!" sagte er und drückte meine Hand an sein Herz. „Ich will es verdienen. Ich will dir alle meine, in deiner Nähe gesammelten Beobachtungen und ihre Resultate mittheilen. Sie gründen sich auf eine vieljährige Erfahrung und Menschenkenntniß; auf eine unaussprechliche aber reine Liebe zu dir und auf den heißen Wunsch, dich, durch dich selbst recht glücklich zu machen." Auf seine Bitte rückte ich näher zu ihm, da ihm das laute Sprechen schwer wurde und gab ihm das vom Arzt verordnete *Gelée* zur Erfrischung. Während einer kleinen Ruhe, die er sich gestattete, wo er mit zurückgebogenem Haupt auf dem Sopha-Kißen ein wenig zu schlummern schien, bemerkte ich mit tiefem Schmerz in dem blaßen, aber männlich schönen Antlitz, die Spuren einer baldigen Verklärung und ließ ungehindert meinen Thränen freien Lauf. Endlich richtete er sich mühsam wieder auf und sagte: „Ich fühle mich wieder etwas stärker und nun laß mich aber von der mir noch geschenkten kostbaren Zeit nichts mehr verliehren." Seine lezte wichtige Rede, welche er, oft von heftigen Husten unterbrochen und mit zuletzt immer mehr heisser werdenden Stimme sprach, habe ich bald nach seinem Hinscheiden aus meinem Gedächtniße hervorgerufen und niedergeschrieben, um sie dem möglichen Vergessen zu entziehen. Es sind festliche Stunden in denen ich sie zur Hand nehme und mir jene heiligen Augenblicke vergegenwärtige. Diese Worte bewähren dann jedesmal ihren segensreichen Einfluß auf meine Denk- und Handlungsweise und neue Kraft zur Tugend, zur treuen Erfüllung meiner Gelübde gewähren sie mir." Eine steinerne Bank unter einem dicht belaubten Kastanienbaum lud die Freundinnen auf dem Wege ein, hier auszuruhen; sie setzten sich Arm in Arm und beobachteten lange ein tiefes Stillschweigen. Ein sanftes Säuseln in den grünen Wipfel, däuchte ihnen wie Geisterwehen; in der ländlichen Stille unterbrach nichts den hohen Flug ihrer Gedanken, welche sich ungestört mit überirdischen Gegenständen beschäftigten. Endlich zog Eugenia aus einem Brieftäschchen ein Blatt Papier hervor und sagte: „Hier ist das theure Vermächtnis meines vollendeten Freundes — Ganz ist dieser feierliche Augenblick dazu geeignet dir meine Albina es mitzutheilen. Mir ist, als wäre Ottmars Geist uns recht nahe! o wohl mir, wohl mir, daß ich mit einer himmlischen Ruhe mich darüber freuen und seiner gedenken kann! hier" (sie deutete auf die Brust) „hier ist es so stille, wie es jezt in der Natur um uns her ist. Ja Albina! deine reine Seele wird in dem, was ich dir noch eröffnen will, gewiß nichts finden was sie verdammen müßte. Vernimm also die lezten Worte meines Freundes: Er begann: „Meine Eugenia ist in einem ihr selbst unbekannten reichen Besitz der herrlichsten Gefühle, vereinigt mit einer Stärke des Geistes, welche mich in dem Entschluß befestigt **alles**, was in Beziehung auf sie und mich, schon lange mich beschäftiget, ihr anzuvertrauen. Bei einer andern deines Geschlechts würde ich es nicht wagen. Du aber verstehst mich, das bin ich gewiß, du vermagst allen meinen Aeußerungen die rechte Deutung und Anwendung zu geben; so laß mir denn gestehen, daß ich meine Freundin, wie mich selbst kenne, daß ich durch stille Beobachtung deines ehelichen und häuslichen Verhältnißes und aus den Producten deines Geistes, welche mir Ferdinand mittheilte, und welche nicht den Kreiß, in dem sich das Weib alleine bewegen soll, sondern einen Außergewöhnlichen durchschreiten, mit Schmerz gewahr wurde: daß meine Eugenia den Weg verfehlte, den ihr Geschlecht wandeln soll. Die steile Bahn, welche uns Männern vorgezeichnet ist, lockte sie, durch den von fern her winkenden Loorbeer und auf diesem Pfad blühten ihr nicht die Blumen, welche durch ihren Duft, den weiblichen Sinn für eigenthümliches Wirken, und für die ihm verliehenen Genüsse und Freuden empfänglich machen.

Indeßen konnten diese Bemerkungen, den Eindruck nicht schwächen, den dein Anblick bei mir bewürkte und den deine zarte Sorge für mich, deine traulichen Mittheilungen, deine geäußerten Grundsäze und dein würdevolles Betragen verstärkten. Die tiefste Achtung gesellte sich zur feurigsten Liebe. Als ich durch dies alles bei dir das innigste Mitleid, als ich — o laß mich, laß mich mein Glück aussprechen, als ich hie und da einen Strahl der Liebe durchbrechen sah: da gewann meine Leidenschaft die höchste Stufe. Doch Gottlob! Ottmar würdigte sich nicht selbst durch ein Vergehen herab, das in seinen Augen unverzeihlich schien. Die Gastfreundschaft, das Vertrauen deines würdigen Gatten wollte ich nicht mißbrauchen, dir meine Eugenia den sichtbaren Kampf mit der Pflicht nicht geflissentlich erschweren. Ach, nur in ganz glücklichen Augenblicken, wo mich deine Nähe so unaussprechlich beseeligte, drohte die verhaltene Flamme hervor zu brechen. Gewiß! dieser Kampf hat auch meine Lebenstage verkürzt, aber dennoch ist mir die Erinnerung daran ewig theuer. O mit welcher hohen Freude bemerkte ich, daß meine Eugenia durch den Schwesterlichen Umgang mit ihrem Freunde immer und immermehr sich der schönen Eigenthümlichkeit ihres Geschlechts näherte! Wie gerne sah ich, während mancher, Rührung erregenden Unterhaltung, Thränen in diesem Auge glänzen, welche sie vorher streng in ihren Schriften, als eine leicht zu mißbrauchende Weichheit verurtheilte. Ich empfand es tief: so, nur so kann meine Freundin glücklich werden und glücklich machen. Den zerstörenden Feind in meinem Körper fühlend, wollte ich noch die wenigen Tage, den süßen Duft der mir heimlich blühenden Blume, eines stillen verborgenen Glücks, **alleine** genießen und durch eine voreilige Berührung den zarten Kelch mir nicht selbst verschließen; faßte aber den Entschluß: bei der Annährung meines Todes jene Blume auch für Andere, vorzüglich für deinen Ferdinand zu erhalten zu suchen.

Der Augenblick ist gekommen!" fuhr er fort, ergrif meine Hand und sah mir mit einem seelenvollen Blick ins Auge.

„Der Sterbende — ich betrachte mich als einen solchen — muß jede Hülle abwerfen und so will ich denn auch frei und offen dir bekennen! daß ich dich Eugenia liebte, wie noch kein weibliches Wesen auf Erden! daß ich diese Liebe mit hinüber nehme in die beßre Welt und dort sehnsüchtig des

Augenblicks harren werde, wo ich dir entgegen eilen und die Freuden der Ewigkeit mit dir theilen werde können. Gieb mir den Trost mit in die bange Sterbestunde, daß auch du mich geliebt hast!" Er hielt inne und Thränen füllten seine Augen.

Meiner nicht mehr mächtig, sank ich weinend ihm an das Herz. Er drückte mich sanft an sich und sagte: „O der seeligen Minute! wie versüßt sie mir den Tod! aber Eugenia, daß sie nie reuevoll uns erscheine, so sey dies Bündnis unserer Seelen geheiliget durch fromme Vorsätze.

Ich habe deinem Gatten nichts geraubt: denn du hast ihn nicht geliebt! Mir Glücklichem war dies Gefühl in deinem Herzen aufbewahrt. Aber Ferdinand ist gut und edel, ist dein Gatte und verdient, daß du ihn mit inniger, und zärtlicher Achtung zugethan bleibst — auch deine Zufriedenheit wird dabei gewinnen und ich werde mich dort freuen, etwas dazu beigetragen zu haben. Ich scheide — die Liebe zu mir wird in deiner Brust einen heiligen Charakter annehmen. Liebe ist kein Verbrechen, nur die Leidenschaft ist es und verklärte Geister kennen keine Leidenschaft, und erwiedern sie auch nicht. Liebe ist der Grundton im Universum. Liebe verbindet die Menschen mit Gott, die Engel mit den Menschen, die Sterblichen untereinander. Dieses Band Eugenia, das du ehedem zu verschmähen schienst sollst du ehren und dich damit schmücken; es ist die schönste Zierde des Weibes. So liebend, darfst du auch meiner gedenken, als deines treuesten Freundes, als deines Schutzgeistes. O ich will — ist es mir vergönnt, immer dich umschweben und es wird meine Seeligkeit erhöhen, wenn meine Freundin auf den nun betrettenen Pfad, immer weiter zur Vollendung schreitet; wenn sie die Pflichten der Gattin in ihrem ganzen weiten Umfange erfüllt, wenn sie für Anderer Wohl und Weh ein immer gleich offenes Herz darbietet, und nicht mehr durch kalte Sophisterei die beßern

Empfindungen verdrängt, sondern was die Edlen ihres Geschlechts seyn sollen, als sanft tröstender, mitfühlender, rettender Genius, unter den Menschen wandelt." „O Ottmar!" rief ich tief erschüttert aus, „ich will es! nimm das feierliche Versprechen, daß ich stets dieser Stunde gedenken werde. Ja, ich gestehe es dir — die Liebe zu dir hat mich veredelt und auch in Zukunft wird sie als stärkender Engel mich begleiten durchs Leben." „Heiliger Gott!" sagte er, mich an sich drückend, den schon matten Blick, in welchem noch einmal Feuer zurückkehrte, gen Himmel hebend — „heiliger Gott! wie weise und gütig sind deine Wege! du hast mich durch mein Leiden veranlaßt, Trost bei guten Menschen zu suchen; ich habe noch mehr gefunden, Liebe, beglückende Liebe wurde mir zu Theil! und vergönnt war es mir, einer theuern Seele Wohl und Heil zu befördern und das der meinigen damit zu begründen. Nun sind wir Eins hier und dort in der Liebe zu dir und deinen Geboten! und die lezte Zeit meines Erdenaufenthalts hast du mir guter Gott da angewiesen, wo sie mir so genußreich verstrich und wo ich schon den Vorschmack deiner himmlischen Freuden empfand. Wie huldreich und gnädig ist Gott!" — Mit diesem frommen Gebet beschloß mein edler Freund seine schöne irdische Laufbahn." — Eugenia faltete hier das Papier zusammen und feierte stille und mit Thränen, das Andenken dieser schmerzlich süßen Stunde. Auch Albina war höchst gerührt, wollte aber die Freundin durch keine Aeußerung in ihren heiligen Empfindungen stören. Nach einer Weile fügte Eugenia mit zurückgekehrter Fassung noch folgendes jener schriftlichen Mittheilung bei. „Erschöpft sank Ottmar nach jener Ergießung seines Herzens auf das Sopha-Kißen zurück, schloß die Augen und preßte krampfhaft meine Hand. Meine Angst war auf das Höchste gestiegen; ich suchte die Klingel zu erreichen und sandte die Magd schnell nach dem Arzt. Er kam und zuckte die Achsel. „Lassen Sie ihren Gatten ruffen," sagte er;

209

„unser Leidender wird bald vollendet haben." Und so war es. In meinem Arm hauchte er nach einigen starken Athemzügen die schöne große Seele aus. Diese Hand trocknete ihn den Todesschweis von der Stirne, diese Hand drückte ihn die Augen zu und ich legte sie auf das edle Herz, das nun ausgeschlagen hatte und wiederholte im Stillen meine heiligen Gelübde.

Ferdinand traf ihn nicht mehr bei Leben an und in aufrichtiger Trauer um unsern Verlust, vereinigten sich an seinem Sarge inniger unsere Herzen. Ottmars Beerdigung hatte ich angeordnet, da er mir deswegen seine Wünsche schon mitgetheilt hatte. Würdevoll, aber einfach und stille wurde sie vollzogen. Seine Uniform und alle theuer erworbenen Ehrenzeichen schmückten ihn im Sarge; einen blühenden Orangenzweig legte ich in seine kalte Hand und unter sanften Harmonieen blasender Instrumente wurde er dem kühlen Schoos der Erde übergeben. An seine Grabstätte pflanzte ich weise Rosen und oft weilte ich daselbst und holte mir neue Kraft zur Ausführung frommer Entschlüße. Ferdinand schien meinen Schmerz, um den mir von ihm selbst Anvertrauten sehr natürlich zu finden, ohne mehr zu ahnen, vielmehr dankbar dieser Erscheinung in unserm sonst ziemlich alltäglichen Leben, die Umänderung meiner Denk- und Handlungsweise zuzuschreiben: da er einen sehr ruhigen, durchaus nicht zur Eifersucht geneigten Charakter besitzt und durch meine Umwandlung keinen Nachtheil, sondern für sich und das Hauswesen die größten Vortheile gewahr wurde; ja immer herzlicher, immer zufriedener wurde unser Verhältnis: denn ich bemühte mich durch vermehrte Beweise meiner achtungsvollen Anhänglichkeit an Ferdinand, die Grundpfeiler unsers ehelichen Glückes zu befestigen und betrachtete von jezt an, meinen Standpunct als Gattin und Hausfrau als den Höchsten und Wichtigsten; den Beschäftigungen am Schreibtisch wiedmete ich nur meine Musestunden. Meine Feder bearbeitete nun ganz andere Gegenstände als vormals und ich darf nach dem Ausspruch meines Gattens, mich der süßen Hoffnung überlassen: durch meine kleinen Schriften jezt mehr Segen und Genuß zu verschaffen und zu verbreiten als ehedem." Eugenia endigte hier mit der wiederholten Versicherung: daß ein reines dankbares Andenken an Ottmar, den Schöpfer ihres wahren innern Glückes, unvertilgbar in ihrem Herzen wohne, daß sie ihn nicht liebe, sondern gleich einen Heiligen verehre und sein Bild und seine Wünsche ihr als Maasstab durchs ganze Leben dienen würde.

„In dieser Gestalt ist die Liebe ein wahrer Schutzengel der Sterblichen," sagte Albina, „rein von allen irdischen Mängeln gehört sie auf solche Weise, wie sie sich dir theure Eugenia genähert hat, zu den himmlischen Genien, und ohne Vorwurf darfst du dich ihres beseeligenden Einflußes auf dein Leben freuen, ja ihr noch jezt huldigen. Wir gewinnen alle dabei! o Dank und Seegen dem Edlen! der dich für ein segenreiches Wirken in der Welt und für unsere Herzen gewonnen hat!" „ja Dank und Segen ihm!" versezte Eugenia, und blickte mit leuchtenden Augen nach der Höhe. „Er hat sich unaussprechlich verdient um mich gemacht und mit hoher Ruhe folgt ihm mein Geist in jene Gefilde. — Die Trennung von ihm war zwar schmerzlich, aber sein Leben würde für ihn und mich qualvoll seyn, indeß sein sanfter Tod uns beiden Frieden gab. Aus voller Ueberzeugung ruffe ich mit ihm aus: Wie huldreich und gnädig ist Gott!" Unter diesen Gespräch hatten sie das Landhaus erreicht, und Eugenia schickte sich zur Abreise an. Mit heißem Dankgefühl für das was sie Antonien erzeigt hatte, trennten sich die Freunde, so wie diese selbst von ihr und wann sich das liebende Paar in seiner Wiedervereinigung höchst beglückt fühlte: so wurde Eugeniens Name mit Dank und Rührung genannt.

211

Antonie kehrte nach Theodors Herstellung auf das Landhaus zurück und half Albinen eifrig zu ihrer Ausfertigung. Guido's Sehnsucht sprach sich in jedem seiner feurigen Briefe aus und gerne hätte er dieselbe durch einen Besuch befriedigt: allein die Entfernung war zu bedeutend und seine Berufspflichten, welche er mit Eifer und Treue erfüllte, gestatteten keine lange Abwesenheit. Er hatte sich einen sehr großen und segensreichen Wirkungskreis selbst gebildet, in welchem er unermüdet, unendlich viel Gutes stiftete und manche große Tugend übte. Endlich winkte ihm der Lohn für alle ausgestandenen Leiden sowohl, als für alle edlen und gemeinnützigen Handlungen, welche seine Tage und Stunden bezeichneten; und es ergieng der beglückende Ruf an ihn; daß er kommen und die Heißgeliebte zu sich holen dürfe. Langenheim lud ihn in einem freundschaftlichen Schreiben ein, mit dem Bedeuten: daß er in seinem Haus und aus seiner Hand die theure Pflegetochter erhalten würde. Er kam, und noch nie hat ein glücklicheres Paar seine Vermählung gefeiert. Die heißeste Liebe, auf die tiefste Achtung gegründet, von dem Segen der Eltern und dem innigen Antheil treuer Freunde begleitet, schüttete das Füllhorn ihrer reinsten Freuden auf das Haupt der Verlobten. William und Fany waren unendlich fröhlich über diese Begebenheit und unzertrennlich von den Eltern. Die andern Zöglinge Albinens aber und Aurelia trauerten herzlich über die Trennung von der geliebten und liebevollen Erzieherin. Cornelia war tief erschüttert als Albina mit dem überglücklichen Guido, mit den Kindern und Therese in den Reise-Wagen stieg; und es verstrichen Wochen und Monate, bis sie das Versprechen ganz erfüllen konnte, welches Albina den Abend vor der Abreise im Ton der kindlichsten Ehrerbiethung ihr abgenommen hatte: nemlich Aurelia für ihre Tochter anzusehen und mit dieser vereint das Wohl der anvertrauten Pfleglinge zu besorgen: denn obgleich durch Albinens Entfernung, Aureliens

Auffenthalt bei Cornelien allen Reitz verlohren hatte, so hielt es doch diese zartfühlende Seele für ein großes Unrecht, die ohnehin jezt betrübte Mutter zu verlassen und hatte Albinen zugesichert: jene noch eine Zeitlang zu unterstützen; denn auf Antonien konnten sie nicht rechnen. Diese lebte ihrem zärtlichen Freund und der Sorge für ihre Zukunft, in Verfertigung ihrer von Cornelien großmüthig bestimmten reichlichen Mitgabe von Kleidung und Wäsche. Nach Jahresfrist wurde auch sie mit Theodor verbunden, bei welchem fröhlichen Fest Albina mit ihrem Gatten innig theilnehmende Gäste waren.

Doch ich kehre zu diesen und zu der Zeit zurück, wo sie sich in E* häuslich niederließen. Albina und Therese begegneten sich in dem Wunsch: daß diese, jene dahin begleiten möchte. An dem Ort, wo durch die edelmüthige Freundin, Albinens Lebensglück gegründet wurde, in so ganz veränderter Lage mit ihr einige Wochen wieder zusammen zu seyn, mit ihr die Vergangenheit in der Erinnerung daselbst durchleben zu können: welche erfreuende Aussicht! Auch Therese hofte viel Genuß in der lezten Beziehung von der Reise nach E* und was sich beide von der Erfüllung ihres Verlangens im Geist versprochen hatten, gieng alles in Wirklichkeit über. Mit Hülfe Theresens war Albinens häusliche Einrichtung bald geordnet und dann ersuchten beide Frauen Guido, daß er sie in die ehemalige Wohnung Langenheims führen möchte. Nach eingezogener Erkundigung erfuhr er zu Theresens großer Freude, daß der gegenwärtige Besitzer der edelmüthige Asseßor Freiberg war, der sich so verdient um Langenheims gemacht hatte. Durch einen frühern Briefwechsel, wurde Langenheim benachrichtigt, daß sich der Rath nach jenem unangenehmen Auftritt in der Session abgefordert hatte und daß er Willens war, irgend wo Anders eine Anstellung zu suchen. Er versprach Langenheim, ihn von seinem neuen Auffenthaltsort, wenn er bestimmt seyn würde in Kenntniß zu sezen: allein es erschien kein Schreiben mehr und dieser glaubte sich vergeßen. Als nun Therese und ihre Freunde Freiberg besuchten, erfuhren sie, daß der Tod seiner Gattin ihn die Lust benommen habe, den ersten Plan auszuführen. Er hatte vorgezogen, in dem Ort zu bleiben, in deßen Nähe die Hülle seiner Lebensgefährtin ruhte und hatte es auch Langenheim geschrieben. Da der Brief also verlohren gegangen seyn mußte und er keine Antwort erhalten hatte, gestund er: dem Argwohn Raum gegeben zu haben, daß die Glücklichen nicht mehr des Freundes gedächten, der im Unglück ihnen so viel war. Höchst erfreut über diesen angenehmen Irrthum, gab er Theresens dringenden Bitten nach und entschloß sich, mit ihr zurück nach D* zu reisen um den Rest seiner Tage in ihrer Nähe zu zuzubringen. Hier machten Guido's Eltern, Langenheims und der Asseßor in der großen Welt eine kleine, innig mit sich zufriedene Welt aus; und auch Cornelia gehörte in diesen Cirkel. Freiberg seegnete oft seinen Entschluß: denn ihm waren jezt theilnehmende Freunde so nothwendig, als Andere sonst seiner in dieser Hinsicht bedurften. Er war im höchsten Grad trübsinnig geworden und führte in M* ein einsames, freudenloses Leben. Wie süß war Theresens edlen Herzen die Hoffnung: dem Redlichen seinen thätigen, segensreichen Antheil, den er einst an ihrem Schicksal genommen hatte, vergelten zu können. Ach, für den guten Menschen ist dies eine hohe, eine himmlische Wonne! Auch Albina und Guido strebten nach diesem reinen Genuß.

Sie suchten nemlich die wackern Gärtnersleute auf, deren menschenfreundliche Denkungsart Albinen nicht nur das Leben erhielt, sondern auch demselben durch eine treue und fromme Erziehung die Kinderjahre hindurch, Werth gab.

Ihre Freude war unaussprechlich, Albinen wieder zu sehen, und zwar in einer so glücklichen Lage und mit so unverändert dankbaren und liebevollen Gesinnungen gegen sie. Die Eltern weinten vor herzlicher Rührung, als sich Albina wie ehedem traulich zu ihnen auf die Bank sezte, nach allem fragte, sich alles erzählen ließ und die Hauptabschnitte ihrer nachherigen Lebensgeschichte ihnen mittheilte. Die Kinder, deren mehrere in Dienste gegangen und nur noch die drei jüngsten derselben bei den Eltern sich aufhielten, schienen sie nicht mehr zu erkennen; doch wurden sie bald recht herzlich und gesprächig: denn Albina hatte sich einen großen Korb nachbringen lassen, welchen sie geschäftig auspackte und dann jedes reichlich und passend beschenkte. Auch Vater und Mutter giengen nicht leer aus; allerlei Bedürfniße der Nahrung wurden befriedigt und die Familie konnte nicht aufhören zu danken und sich zu freuen. „Ach Vater Paul!" sagte Guido und umfaßte innig seine Gattin — „was ist all das gegen dies Kleinod welches ich euch zu verdanken habe! so lange ich lebe sollt ihr gewiß an Nichts Mangel leiden und dennoch werde ich meinem Verlangen, euch zu vergelten, immer nicht Genüge leisten können!" Er hielt Wort, besuchte häufig mit seiner Albina den Ort ihrer Kindheit und erzeigte ihren Pflegeltern viel Gutes.

Nach ein paar Jahren kam Edmund von seinen Reisen zurück, erfuhr durch Paul die Verheirathung Albinens, und ihren Auffenthalt zu M* und fühlte sich stark genug, mit ruhiger Herzlichkeit sie selbst seines Antheils versichern zu können. In ihrem Haus und durch die Freundschaft des edlen Guido wurde ihm manche genußreiche Stunde zu Theil und hier war es auch, wo sein ehliches und häusliches Glück gegründet wurde. Ein schneller Tod Corneliens zog nemlich die Auflösung des ohnehin klein gewordenen Instituts nach sich und Aurelia wurde von ihrem Vater abgeholt. Doch dieser sollte die geliebte Tochter nicht lange

215

besitzen. Er befriedigte ihr sehnsüchtiges Verlangen: ihre theure Albina wieder zu sehen und wollte mit ihr über E* zurückreisen.

Guido und seine Gattin freuten sich innig der lieben Gäste und wußten ihnen ihren Auffenthalt so angenehm zu machen, daß die dazu bestimmten Tage zu Wochen wurden. In dieser Zeit lernte Edmund, nun mit freiem Herzen, Aureliens Vorzüge kennen und eine zärtliche Achtung und Liebe war die Folge davon. Ach Aurelia hatte auch ihn noch nicht vergeßen! sie gestand es Albinen mit heißem Erröthen, und des Vaters Gefallen an dem jungen Mann, erleichterte diesem die Bewerbung um die liebenswürdige Tochter. Jener gab seine Einwilligung und Aureliens reines Glück erhielt die Vollendung durch die reizende Aussicht in Albinens Nähe leben zu können.

Corneliens Tod hatte Albinens kindliches Gemüth tiefbetrübt. Auch Theodor betrauerte sie herzlich. Ihn hatte die Verstorbene zum Besitzer des Landhauses ernannt. Bald darauf folgte der damalige Pächter seiner Herrin in die Ewigkeit nach. Die Stelle mußte ersezt werden und Antonie wurde dadurch in den Stand gesetzt, sich gegen Jacob und seine Familie dankbar zu beweisen. Mit gänzlicher Beistimmung ihres Gattens wurde er berufen, das Gut zu pachten und erschien mit Freuden. Sie wurden unter den für sie vortheilhaftesten Bedingungen angenommen, erfüllten treu ihre Verpflichtungen und fühlten sich unbeschreiblich glücklich.

Nach zurückgelegten Wanderjahren besuchte Georg Werner seine Verwandte und holte sich bald darauf sein Bäschen Maria zum Weibe. Sie erhielt von Antonien eine reichliche Ausstattung. Dies war aber die lezte Freude, welche sie hienieden genoß. Nach dem zweiten unglücklichen Wochen-Bette, in welchen sie beidemale von einem todten Knaben entbunden wurde, führte sie der Tod aus den Armen ihres trostlosen Gattens, in das Land, wo keine Trennung ist.

Theodor flüchtete sich mit seinen wunden Herzen zu Albinen, gab seine Stelle am Hof auf und wiedmete sich der Tonkunst. Bei dieser sanften Muse fand er den kräftigsten Trost. Tragisch, dramatische Werke verdanken ihm ihre musikalische Bearbeitung. Eugenia hörte von Theodors traurigem Schicksale und von den Früchten, seiner im Dienst der Wehmuth stehenden Phantasie. Sie schrieb an ihn theilnehmende Briefe. Wie liebliche Töne aus der Jugendwelt klangen ihm ihre Versicherungen im Herzen wieder, und er fand in dem fleißig unterhaltenen Briefwechsel wahre Beruhigung.

Einem dieser Briefe war ein Schreiben Richards von Steinfels beigeschloßen, welcher durch den Profeßor von Antoniens Vollendung in Kenntniß gesezt worden war. Der Brief war folgenden Inhalts:

Nun, da der Engel, welcher mich einst der Tugend zuführte, in seine Heimath zurückgeeilt ist, nun darf ich es wagen, mich dem würdigen Manne zu nähern, welchen der kurze Besitz jenes himmlischen Wesens beglückte und welcher durch dessen Verlust tief gebeugt wurde. Ich darf ihm sagen, daß ich unfähig war, nachdem ich Antoniens Werth kennen gelernt hatte, eine andere Verbindung zu knüpfen, daß ich ihr Andenken heilig in meinem Herzen bewahrte. Mit Ihnen nun aber auch treu den Schmerz um die

Verlohrene theilend, kenne ich keinen innigern Wunsch für diese Welt: als daß Sie mich werth finden möchten, in brüderlicher, gemeinsamer Trauer mit mir Hand in Hand die kurze Bahn durchs Leben vollends zu wandeln. Ich stehe ganz allein. Meine Eltern weilen, wo Antonie ist. Das väterliche Haus habe ich weggegeben, da mir der Auffenthalt in der geräuschvollen Stadt nicht zusagte. In einem lieblichen Thal liegt das Gut, deßen Besitz ich mir erkauft habe. Hier lebe ich von den Früchten des Landes und suche meine Unterthanen zu beglücken.

Kommen Sie zu mir Freund! bringen Sie Ihre Muse mit; sie liebt die ländliche Stille und was Tonkunst, Natur und Freundschaft dem Betrübten tröstliches zu biethen vermögen, das wird unser Antheil seyn.

Richard.

Theodor konnte diesen freundschaftlichen Ruf nicht ausschlagen. Er folgte ihm und fand nie Ursache, es zu bereuen.

Eugenia freute sich schwesterlich, als sie nach und nach aus Theodors Briefen die Ueberzeugung schöpfte daß die Zeit und sein Verhältnis bei und zu Richard seinen Schmerz ruhiger gemacht habe. Sie vereinigten sich endlich zu einer gemeinschaftlichen Kunstthätigkeit. Eugenia schrieb treffliche Werke für die Bühne, doch alle ernsten und tragischen Inhalts; denn auch sie hatte durch ihr Geschick eine andere Ansicht des Lebens erhalten und fühlte sich mehr zur stillen Schwermuth als zum lauten Frohsinn geneigt, welcher Stimmung sie aber nie die Herrschaft im Umgange mit ihrem Gatten und ihren Freunden einräumte: sondern hier eine ruhige, alles beglückende Heiterkeit zeigte. Aber jene Produckte ihrer Feder sprachen ihren wahren

Charakter aus und diese gehaltvollen Worte sezte Theodor dann in Musiek. So entstanden mehrere große Opern, welche den Liebhabern des Theaters vielen Genuß gewährten.

Albina, aber lieber in der wirklichen Welt lebend, wurde eine überaus treue Mutter von vier eigenen wunderschönen und liebenswürdigen Kindern; doch empfanden Guido's Sohn und Tochter keine Beeinträchtigung der mütterlichen Liebe und Sorgfalt durch Jene. Sie schöpften mit diesen aus der Fülle ihres milden und geistreichen Wesens. Guido fand den Himmel auf Erden in dem Besitz seiner Albina und wer in ihrer Nähe lebte, freute sich doppelt seines Daseyns in dem Wiederschein und den Wirkungen ihrer Tugenden. Auch die alltäglichsten Geschäfte, auch die gewöhnlichsten Neigungen hatten bei ihr Sinn und Bedeutung und dienten ihr dazu, die Lebenstage Anderer zu verschönern und ihren eigenen zarten und tiefen Gefühl, Genüge zu leisten.

So war sie auch ihr ganzes Leben hindurch eine Freundin der Blumen: denn sie waren ja ihre ersten Gespielen und die Begründer ihres Glücks. Doch vorzüglich liebte sie unter ihnen diejenigen, welche einst, in jenem folgereichen Augenblick Langenheim zum Geschenk für seine Gattin in ihrem Körbchen zusammengesucht hatte; und als sie — eine würdige Greisin — ihr schönes Leben endigte: war, nach ihrem ausgesprochenen Wunsch, ihr einziger Schmuck ein Strauß von **Granaten**, **Nelken** und **Jelängerjelieber**, welchen die ihrigen unter heißen Thränen in ihre kalte Hand legten.

.

www.ingramcontent.com/pod-product-compliance
Lightning Source LLC
Chambersburg PA
CBHW021227020726
47498CB00008B/2729